惟願星辰
劍魂如初③
懷觀 著

目錄

序——無盡人間

祝九站在墓室中央，仰頭看黃沙傾洩而下，心中閃過一絲淡淡的遺憾——

可惜，再無緣得見碧海青天。

也就只是那麼一個念頭閃過去而已。畢竟，對他而言，無窮無止境的生命老早成爲一種負擔，而非特權。

救過太多人，遇過太多次恩將仇報，乃至於這一次，當他看著那群村民逃離古墓，割斷救援繩索之際，心中一點意外都沒有，只感到疲憊。

至善至惡人性，至明至暗人心。

可惜，知止不懂。

胸口泛起一股鈍鈍的痛。但祝九隨即想著，那樣也好。不受他牽累，知止當能活得更肆意自如，不負神兵大夏龍雀名號。

流沙迅速淹至腰部，周圍倏地變暗。緊接著，不遠處的半空中隱約浮現一株參天巨樹，閃耀著青色與金色交織的光芒，樹枝輕輕擺動，好似在向他招手。

這株樹散發出一股奇異的吸引力，讓人不由自主地產生臣服之意，祝九在那一刻感受到前所未有的心安，彷彿只要交出自我，便可以得到解脫。

朝樹的方向走了兩步，他猛然一驚——不對，這不是長眠，這是毀滅！

然而已經太遲了，祝九腳下一空，身體頓時飄浮在半空中，一條手指粗細的金色氣根自樹枝下射出，將他緊緊纏住，拖向巨樹。力氣一點一滴自體內沿著氣根往外流逝。更可怕的是，生平頭一回，本體劍不受控制自動浮現，被氣根牽引著迅速往樹飛去，離他越來越遠。

手中無劍，身體動彈不得，就連意識都逐漸變模糊，祝九用盡最後一絲氣力，狠狠咬住自己的舌頭，保持清醒。

不知道過了多久，呀地一聲自頭頂傳來，他勉力張開眼，只見大樹底下憑空出現一扇用樹枝編紮而成的簡陋柴門，一片金燦燦的葉片自枝椏飄落，緊接著，一名穿著旗袍的女子推門而出，接住了他飄在半空之中的本體劍。

女子用指腹撫摩劍身，緩緩說：「劉徹鑄來祭泰山的八服劍，可惜，斷成兩截……咦，劍都斷了，你倒還醒著？」

隨著女子的視線不經意掃過他，纏繞住祝九的氣根緩緩下沉，將他放至地面，然後鬆開，退回巨樹。

祝九掙扎著爬起身，苦笑答：「命硬吧。」

「我從不信命。」女子放開手，任憑斷劍浮在空中，轉過身便往門走。

祝九勉強提起一口氣，朝女子的背影喊：「山長？」

女子腳步一頓，身體以一種極其不自然的姿態固定不動片刻，這才僵硬地轉回頭，問：「你知道我？」

「臆測而已。」祝九欠身爲禮，謹慎地回答。

女子唔了一聲，跨前一步，居高臨下俯視他。四目相對，祝九赫然發現她原本深褐色的瞳孔如今蒙上一層淡淡的金霧，眼神也變了，帶著冷酷與評量，彷彿在這轉身之間，他就從一柄斷劍變成一件商品，待價而沽。

這怎麼回事？祝九面上不顯，心內暗自提高警覺，女子用上位者帶著優越感的態度，再問：「爲了救人，折成兩段，你後悔嗎？」

這一句，她連聲音都不一樣了。祝九目光沉了沉，挺直腰再答：「祝九處世，但求問心無愧，從不言悔。」

女子貌似滿意地點點頭，又問：「倘若給你一個機會，讓你回去改變自己的命運，你會怎麼做？」

重來一次，改變命運，有那麼容易？她究竟想送他回去做什麼？

女子眼中的金霧越來越濃，映得一雙眸子泛出微光，祝九一邊思索，一邊緩緩回答：「祝九以爲，倘若本性不變，無論重來多少次，也只是徒勞無功。性格，才是決定命運的關鍵。」

「所以呢？」

「若能重來，祝九願不惜一切代價，擺脫本性，遵循己心，活成自己眞正的樣子。」

「己心？一個物件而已，哪有己心可言。」女子笑出聲，用輕蔑的口吻說：「八服劍作爲祭品而出世，本性就是犧牲奉獻。沒了這層本性，你就連出世的資格都沒有了，懂不懂？」

果然，他早就懷疑，所謂本性，根本是人爲強加於身的束縛。

壓抑不住心頭驟起的憤怒悲哀，祝九迎上女子的視線，淡淡說：「既然如此，祝九無意重來，閣下也不需要站在這裡，跟一柄斷劍糾纏不清。」

原本不斷呼呼吹動的風，驟然間靜止不動，在女子身後，大樹的氣根悉數緩慢揚起，互相糾纏，在空中織成一張耀武揚威的金色大網，慢慢朝祝九逼近。

願賭服輸。祝九閉上雙眼，靜待死神將他拖走。

然而，就在金網碰觸到他的前一刻，一道歌聲自樹下柴門內隱隱傳出。

那是一個小女孩的聲音，彷彿來自最古老的記憶，伴隨著泉水潺潺流過，打鐵聲鏗鏘叮噹，炭火在爐內嗶剝爆裂。

她拍手唱著：「曾記否，覓歸處，萬千星辰照前路……」

1. 早該知道

「我還是決定辭職。」

接受蕭練求婚的第二天早上，如初坐在「國野驛」餐室靠窗的小圓桌旁，神色凝重地如此開口。

「當然。」坐她對面的蕭練立即回答，一點驚訝或反對的樣子都沒有。

這個反應出乎如初的意料之外，她捧起茶杯喝了一口，看著他又說：「我會照原定計畫，開始準備出國進修。」

「選好地點了？」蕭練問。

「還沒，我還在看資料……」如初打住，喝下第二口茶，抬起眼，看進蕭練的眼底，問：「所以你打算什麼時候移除禁制？」

蕭練取茶杯的手停在半空中，神色出現掙扎，但並未迴避她的視線。過了一會兒，他垂下眼，輕聲說：「只要妳願意，我隨時可以。」

很明顯他原本有話要講，最後選擇不說，但如初顧不得介意。她伸手拉住蕭練，開心地問：「我明天就去找主任，好不好？」

陽光映射下，她無名指上的訂婚戒指熠熠生輝。蕭練盯著那顆碩大的翡翠片刻，抬起眼，對如初微微一笑，說：「一起去。」

他說到做到，隔天便與如初一起，敲開杜長風辦公室的門。杜長風當場接受了如初的辭呈，並建議她在準備幫蕭練移除禁制的這段期間，轉任為公司的特約修復師，並且搬出員工宿舍……

「那我要住哪裡？」如初聽到這裡，忍不住打岔問。

「老家。」杜長風瞥了蕭練一眼，對如初解釋：「老家有間修復室，裡頭的設備跟十五樓相差無幾，他跟鼎鼎的手術，就在那間修復室裡動，妳早點搬過去，早點適應環境。」

如初噢了一聲，點點頭，想想不對又問：「那為什麼不在十五樓做就好呢？」

「習慣。大手術一定在自己的地盤上動，求個心安。更何況這次缺了鼎鼎的預見，老家有麟兮，多一層防護，有備無患。」

杜長風以不容拒絕的口吻說完，頓了頓，指著她手上的戒指又說：「恭喜。」

他的語氣並無太多喜意，如初下意識地用右手握住左手，掩蓋住那枚光芒過亮的戒指，結結巴巴地解釋：「剛、決定的，我們還沒有對外公布。」

「婚期也還沒訂下？」杜長風問。

如初猛搖頭。杜長風又看了蕭練一眼，然後說：「那行，就這樣。」

這樣……是怎樣？

幾天後，如初爬上遊艇的甲板，舉目四顧。一年前封狼的事件過後，她雖然不時會造訪森林公園，卻再也沒來過老家，對這一帶的印象已十分模糊。今天湖面上起了濃霧，船在群島中穿梭前進，她張望了好一會兒，卻依然分辨不出老家究竟位於何方，正有點洩氣地打算回到船艙，還沒來得及轉身，後方有人張起一條毯子，將她整個人裹住。

「找什麼？」蕭練環住她，在耳旁低聲問。

如初想了一下，然後回答：「方向。」

他伸出修長的手，指著斜前方說：「老家就在北北西。」

如初順著他手所指的方向瞥了一眼，點點頭，眉眼之間的茫然神色卻並未因此減少。蕭練收回手，摸摸她被霧氣沾染到微濕的頭髮，再問：「進修結束之後，妳打算回雨令嗎？」

「不會耶。」衝口而出之後如初有點不好意思，忙補充：「我一直想在國外工作幾年，累積點不一樣的經驗。」

「那樣很好。」蕭練的嘴角彎起一個美麗的弧度，將下巴擱在她肩膀上，帶著興味繼續追問：「接下來呢？」

「還沒想。」如初迅速回答後，頓了頓，又說：「出來工作之後，發生的事情太多。多了傳承，多了你，我感覺都還沒來得及修改人生計畫，整個人生就已經、亂到自己都認不出來……」

她再停頓片刻，低聲問：「你呢？」

淡青色小火燄在蕭練的眼底一閃即逝，他欲言又止地凝視著她的側臉片刻，以宣誓般的沉穩語氣，低聲說：「跟妳一起。」

雖然一顆心依舊懸在半空中，乍聽見這四個字，如初還是開心地笑出聲。而霧氣則突然一團團地朝兩旁散開，煙雨迷濛中，一片白牆黑瓦兩層樓高的別墅赫然出現在眼前。

蕭練親了親她的臉頰，一本正經問：「老家，還認得出來嗎？」

怎麼可能認不出來？

如初瞪了他一眼，蕭練微笑，一把抱起她，腳下劍影浮現，長劍載著兩人緩緩飛向岸邊。

接近甲板時蕭練並未減速，如初咦了一聲，蕭練對她眨眨眼，繼續低空飛行。長劍掠過石板路，飛到老家大門前時陡然拔高，如初還來不及發出驚呼，就看到蕭練帶著她輕鬆越過大門，落到庭院裡。

緊接著，他抱著她一路穿過放置本體的大廳，掛有名家眞跡的寬廣起居室，拐個彎順著樓梯飛上二樓，行經一條長長的整面落地玻璃窗走廊之後，才將她放在一扇房門前面。

「妳的房間。」他對她這麼說。

如初推開房門，看到一間十分雅致的套房。空間很大，家具雖只有一桌一椅跟一張床，但每件都是精品，擺設得錯落有致，十分具有藝術感。

然而不知道爲什麼，如初有點麻木了，她隨意打量環境一眼，忽地想起來，忙問蕭練：「鼎姐以前布置的？」

他點頭，如初低頭看著幾乎要淹沒腳背的長毛地毯，喃喃說：「喬巴會愛死這塊地毯……」

「妳漏了一個重點。」蕭練指指地毯：「我住樓下。」

於是，他們再度成爲樓上樓下的鄰居。然而體重已經超過五公斤的黃貓喬巴，卻並未如如初所料地愛上地毯，牠在搬進老家的第二天，便溜出房門，找到一條如初始終沒搞清楚的祕密通道，足足失蹤了大半天。如初嚇得發動全家幫忙找貓，最後還是靠站在屋頂上的青銅麒麟一聲長嘶，大家這才注意到，喬巴正悠閒地躺在屋頂晒太陽。

搬進老家之後，如初還是照以往上班的節奏，每天規律進出位於一樓的修復室，針對專案計畫繼續進行研究。

在這間嶄新的修復室裡，她總共需要完成兩項專案——第一項是跟秦老師一起，修復鼎姐鏽蝕的右耳；第二項則是獨立作業，解除蕭練的禁制。

幾天後，秦觀潮也搭船來到老家。他板著臉、背著雙手在新修復室裡轉了兩圈，走到每個會用上的儀器前面檢查一遍，便又板著臉離開，從頭到尾都對如初愛理不理，讓有心想跟老師多聊幾句的她碰了一鼻子灰。

雖然如此，是夜，如初還是忍不住走進起居室，走到正敲打鍵盤的殷含光面前，問：「現在還來不來得及改變計畫，邀老師加入？」

「我以為，早在去年妳瞞著他私下打造禁制的時候，就已經將他排除在外了。」含光眼睛盯著電腦螢幕，頭也不抬地如此回答。

他最近說話口氣很衝，但如初可以理解。隨著表定移除禁制的時間一天天逼近，她的心情也越來越緊繃，一點風吹草動都能讓她跳起來。將心比心，想來含光也不好受。

她按下心裡的不舒坦，又對含光說：「之前我打造禁制，無論成功或失敗，對蕭練都沒影響。這次不一樣，還是請老師也加入吧？」

含光抬起頭，冷冷地瞧著她問：「如果修復現場妳出了任何狀況，秦觀潮能接手嗎？」

當然不行。如初搖頭，含光又問：「那邀他進場目的何在？」

「總是，多一個人幫忙——」

「之前我就告訴過妳，凡是關於我們本體的修復工作，涉及的人員越少越好。」含光打斷她，用銳利目光盯住她，又說：「如果妳要一個助手幫忙遞工具或清潔檯面，那儘管訓練我或承影都行，妳需要嗎？」

早在去年底，如初便已將移除禁制的流程寫下，連同辭呈一起交給杜主任。過去半個多月，她又將流程反覆檢討改進，到如今已熟到閉著眼睛都能動手的地步。說實話，這種情況下多一個人在修復室，根本是徒增干擾。

所以究竟為什麼，她會需要秦觀潮進場？

她只是害怕，怕在關鍵時刻，獨自承擔。

如初深深吸了口氣，對上含光的視線，答：「不用。」

「別理大哥，會怕才正常。」原本坐在起居室另一端的承影站起身，雙手插在口袋裡走了過來，一派輕鬆地說：「不過妳也別緊張，反正老三過去百年來活得超廢，不成功大不了保持原狀……」

此時蕭練正好走進來，聞言揚起雙眉，承影微笑，面不改色繼續往下講：「我的意思是，過去一百年，老三韜光養晦，把日子過得像隻烏龜，挺好。」

當然如初聽得出來承影在搞笑，但她笑不出來，只胡亂點點頭，拉住蕭練的衣袖，問：「我移除禁制的時候，你會失去意識吧？」

「當然。」他對她一笑，又說：「這樣反而方便，妳放手做，沒有牽掛。」

他近來彷彿想通了什麼，舉手投足多了三分灑脫，眉目間不再如往常般沉鬱，這個笑容再加上無與倫比的精緻容顏，能教人頓時淪陷其中，再也挪不開眼。

如初非常希望自己能夠淪陷，只可惜事與願違。她怔怔地看著他的臉，心一點一點往下沉，再問：「那劍魂呢？如果過程出了任何意外，即使你失去意識，劍魂也一定會現身保護本體的，對不對？」

蕭練默不作聲，含光取下眼鏡揉了揉眉心，不耐煩地答：「從崔氏那次經驗判斷，顯然不對，我們對傳承的了解還是太少……」

說到這裡，含光猛地打住，然而承影注意到他的異樣，看向含光的目光微沉，眼神滿是疑惑。如初則倒抽一口冷氣，將蕭練抓得更緊些，喃喃地說：「我們從來沒有評估過移除禁制失敗的話，你會、你會、你會變成怎麼樣……」

「不需要評估。不會失敗。」蕭練沉聲如此答。

他的聲音充滿自信，如初幾乎要被說服了，她小聲問：「真的嗎？」

「這世上沒有百分之百。」含光插嘴。

蕭練與承影同時瞪了含光一眼，含光不為所動，承影拍拍如初的肩膀，說：「沒事，手術前半小時，麟兮會打開防護罩，確保手術過程不受外界干擾。說到底，當天妳的臨場表現才最要緊，妳出任何差錯，我們都只能站在外面乾瞪眼。」

掌心開始冒汗，如初點頭，喃喃答：「我會盡力——」

「盡力不夠，」含光打斷她，冷冷說：「需要百分之百，不然——」

「你剛剛才說這世上沒有百分之百。」換蕭練用不耐煩的語氣打斷含光。

他頓了頓，轉頭對如初說：「做不好就重來，沒什麼大不了的，別聽他亂發話威脅人。」

「就說個兩句也叫威脅？」含光冷笑：「要是威脅她能增加成功機率，我會讓你見識到什麼叫威脅，就是怕不但沒用還造成反效果，我才一路好聲好氣，只敢提醒她失敗的後果。」

自從專案計畫啓動之後，這種對峙場面已經發生過不只一次。如初相當懷疑含光的強硬態度不完全因爲擔憂移除禁制失敗，也反映了他對自己與蕭練訂婚一事的不以爲然。然而含光不肯明講，她也只好裝作不懂，之前幾次她還會出聲打個圓場，或者拉蕭練離開，但今天她實在累了，索性垂眼盯著地板，假裝沒聽見。

然而今天她才一低下頭，就見原本掛在貓咪樂園上的銀薰球慢慢滾了過來，而喬巴翹著尾巴跟在小球後頭，也輕快地小跑步進入起居室。

紫檀木地板忽地有些搖晃，帶動她整個人都產生輕微的暈眩感，如初正懷疑是否自己過去幾天都沒睡好，精神狀態不佳，就見麟兮撒開四個蹄子，轟隆隆追在貓後頭狂奔入室。

牠的體型像匹小馬，跑起來的聲勢卻絕不亞於一條迅猛龍。說時遲那時快，蕭練環在如初腰上的手一緊，腳下劍光閃動，瞬間抱住她飛到落地窗前。含光伸長手撈起肥嚕嚕的喬巴，一個大跨步輕鬆跳過沙發，直接跨到戶外。

唯一留守原地的是殷承影，他站在麟兮前進的路線上，在牠衝過來時攔腰一把抱住，然後整個人朝後方斜飛而出，仰躺在沙發上，身上還壓了一只伸出舌頭直喘氣的青銅麒麟。

下一秒，沙發旁邊矮几上的花瓶搖了搖，跌落至地面。

「汝窯！」如初慘叫。

「複製品。經過上次的教訓，現在全家的瓷器都換成複製品。」蕭練摸摸她的頭髮。

如初鬆了一口氣，目光落在地面上，又發出一聲悲鳴：「銀薰球！」

被踩得扁到不能再扁。

承影翻身跨坐在麟兮身上，伸手撿起薰球，瞧了一眼問：「這玩意哪來的？」

「國野驛的庫存貨。」蕭練答。

「我叫邊鐘再送半打過來。」含光取出手機，按下放音鍵，問如初：「夠不夠用？」

那顆銀薰球論年分是件古董，論手藝則是件藝術品，哪能用打來計算。如初趕緊答：「謝謝，其實再給我一顆就好了——」

「還會再被踩扁的，下次別尖叫，聽得我頭疼。」含光一邊翻手機通訊錄一邊不耐煩地打斷她。

鈴聲響了幾下，旋即被接起，邊鐘痛快地先一口答應，又提到廚房研發出了好幾款新口味的桃酥，有黑糖、抹茶跟椰子口味的，還有一款加了杏仁粒，用法國進口的麵粉，麥味極香，推薦一試。

整個爭執事件，最後以大家和氣討論該買哪些口味的桃酥作爲收尾。就連蕭練都被說服了，選了一款無糖但加有核桃與燕麥片的桃酥。聽說這是入冬以來最受歡迎的款式，專門賣給愛吃甜食又怕胖的太太小姐們，沒想到居然意外合乎從來不吃甜食又不怕胖的蕭練的口味……

當然，和緩只在表面，每個人都緊繃著，準備迎接即將到來的改變。

幾天後，如初果然收到六顆刻工與花樣都有些微不同、大小卻相差無幾的鎏金銀薰球，裝在一只手工雕刻著亭臺樓閣山水人物的檀香木盒裡，如同一件精美的禮物般放在她的工作桌上。

至於那個被壓扁的薰球——開玩笑，修復師連碎成百多片的青銅爵都能復原，修復一個被踩扁的銀薰球當然不是問題，正好順便練習紥圓箍幫器物整型。

只不過每當如初看到那個雕花鏤空的古董木盒，心裡總忍不住升起一股感慨，覺得這樣的日子太過奢華，她不太習慣，也不想習慣。

所有的紛紛擾擾，在表定的荊州鼎修復日，塵埃落定。

秦觀潮於早上八點半搭遊艇來到老家。如初一大早就穿上工作服在修復室門口等候。師徒兩人一起進場，秦觀潮鋸開一只豎耳，確認因內部腐蝕緣故，與豎耳相連的鼎緣部分略有變形，但不嚴重。他們於是分工合作，如初負責除鏽，然後把姜拓提供的補料填入腐蝕處，秦觀潮用他自製的小槌，一點點將形變部分敲回去。

修復工序推進得十分謹慎，雖然每一道步驟都已在事前經過討論與電腦模擬，當場他們還是先做小範圍測試，確認無誤後才敢眞正全面執行。

如初可以從荊州鼎的外表來判斷修復的進程，但只有身負禮器傳承的秦觀潮，才能夠確知修復工作眞正成功與否。

這是一種只能意會、無法言傳的感應，秦觀潮在之前就告訴她，到了這個地步，師父領過門，修行在個人。因此，足足一個禮拜的工作期，如初雖然自問每一步都做得夠踏實，心裡卻始終有點發虛，深怕沒拿捏好，一個對普通古物來說是正確的修復動作，卻會害得鼎姐再也醒不過來。

當豎耳與鼎身之間最後一絲縫隙完全消失之後，如初放下噴槍，推開護目鏡湊近了仔細觀察——肉眼可見之處，完美無暇，但，眞的嗎？

她扭過頭徵求老師的意見。還沒開口，就瞧見秦觀潮嘴角微翹，流露出一抹欣慰中帶著感慨的笑容。

他朝她一點頭，說：「成了。」

如初哇地一聲跳了起來，杜長風衝進修復室，伸長雙臂一把抱住師徒兩人，含光、承影跟鏡子紛紛跨了進來，如初抱完了這個抱那個，忙得不可開交，一回頭見蕭練靠在牆壁上望著大家，眼角眉梢均是暖暖的笑意。

三天後，就輪到他了。

在根本不知道自己要做什麼之前，如初已走到蕭練面前，一把抱住他，將頭埋進他寬廣而冰涼的懷中。

熱騰騰的眼淚淌下臉龐，如初一邊哭一邊不忘記警告蕭練：「不要問我爲什麼哭，也不要安慰我。」

「懂，抱住就好。」他伸手環住她的腰，語氣裡竟還夾雜一絲笑意。

他爲什麼一點也不緊張？

如初喃喃：「我其實對自己很有信心。」

「我也是。」他輕聲說。

「但還是好怕好怕。」

「我也是。」

連續兩個一模一樣的答案也太敷衍了。如初抬起頭，控訴似地說：「完全看不出來啊。」

「我有信心的時候不哭，怕的時候更不會哭。」蕭練一臉無辜地回答。

澎湃的心情忽地在瞬間止住，如初狠狠瞪了一眼蕭練，一把推開他，板著臉轉回到秦觀潮身旁。

當晚，大家在國野驛辦慶功宴，兼做秦觀潮的歡送會。如初吃到一半才知道秦觀潮的女兒原本在香港工作，之後會調到臺北，因此秦觀潮也打算先去香港逛逛，接著再搬去臺北住一陣子。她知道秦觀潮一直以來的心願就是，退休後跟女兒共度一段時光，然後全世界到處走走看看。如今眼看心願即將實現，如初也很替老師感到高興。

她趁大家酒酣耳熱之際，捧著果汁杯溜到秦觀潮身邊，舉起杯子說：「老師，我敬你，平安出行，旅途愉快。」

秦觀潮喝的是高度數白酒，看上去喝得有點多，臉都紅了。他跟如初碰了下杯，指著旁邊的兩個大紙箱，說：「我師父跟我的筆記，都傳給妳。」

這太珍貴了。如初一疊聲道謝，秦觀潮收回手，指指胸口，大著舌頭又說：「傳承這事兒，擱在心裡比放在腦子裡重要，要記住。」

「一定！」

秦觀潮瞇起眼看她，像是在評估這個弟子，微皺的眉頭彰顯出不盡如意卻又無可奈何的心情。如初最不會應對這種場合，她還在絞盡腦汁想說些什麼讓氣氛不至於尷尬，卻聽秦觀潮問：「今天妳在修復室裡，有沒有瞧見、嗯，一棵樹？」

爲了這次修復，杜長風特別將老家原本的修復室重新裝修，附帶也整理了周圍的庭園。雖然屋內爲保持乾淨，連盆栽都不放，但戶外花木扶疏，小橋流水造景一應俱全。從落地的玻璃窗看出去，滿眼綠意，不要說一棵樹，幾十顆樹都數得出來。

「外面那些樹嗎？」如初問。

秦觀潮一怔，神情在瞬間變得有些不自然，但他揮揮手，說聲沒事，然後又將話題帶回那箱筆記，指點她在研讀時還應該搭配哪些書，這個話題隨即被如初拋諸腦後。

這頓晚餐稱得上是賓主盡歡。離開餐廳前如初又跑到秦觀潮身旁，請老師如果到臺灣一定要通知讓她來招待。

秦觀潮醉醺醺地答應了，如初跟著他一起跨出門，忍不住低聲再問：「老師，我們這次修復，眞的成功了吧？」

「那當然。」秦觀潮順手在她頭上敲了一下，口裡嘟囔：「妳個小兔崽子還敢懷疑我？」

他眞的喝醉了。如初單手抱住頭，傻笑著又問：「那鼎姐什麼時候會醒過來？」

「一個月？十個月？一年？十年？這誰能說得準，他們畢竟不是人，我們也不是醫生。」

這句話秦觀潮說得挺大聲，然而並未引起任何驚訝的目光，他說完後步履不穩地往下踏一階，身子晃了晃，杜長風伸手扶住他。如初停在原地，不敢置信地朝身旁的蕭練望去。

他先微微一怔，緊接著會過意來，伸手環住她，發出一聲嘆息。

「你一直知道？」她耳語似地問。

「我以爲妳早就知道。」他輕聲回答。

所有的喜悅如退潮般消失得一乾二淨，胸腔被鋪天蓋地的恐懼填滿，壓得如初喘不過氣來。

是的，她早該知道，或者最起碼早該提出這個問題——就算移除禁制的手術能成功，他何時會醒過來？

但，她偏偏不。

2. 恐懼與渴望

慶功宴當晚深夜，蕭練敲開了承影的房門。

他們無須睡眠，在市區的房子要掩人耳目，因此裝潢家具都盡量與普通人無異。但是在自己家裡當然可以放肆，愛怎麼布置就怎麼布置，因此承影的房間裡沒有床，一張超大的吊籃籐椅就擱在窗戶旁邊，殷承影窩在椅子裡，手上晃著白蘭地酒杯，銀白色月光打在他的側臉上，益發顯得整個人懶洋洋。

蕭練腳下劍影吞吐，低飛掠過地板上拼到一半的樂高積木，來到承影跟前，指著積木問：「這盒留著等我醒過來一起拼？」

「不必，樂高積木賣了百來年，粉絲越養越多，看態勢再賣個兩百年也沒問題。我每年都買好幾盒，年頭拼到年尾，無論你什麼時候醒過來，總能撞上我某一盒正好拼到一半，何必執著這盒。」承影看都不看蕭練一眼，毫不客氣地如此回答。

蕭練摸摸鼻子，低聲問：「連你也覺得我做錯了？」

「當然錯，從頭到尾我都主張開誠布公！」承影重重放下酒杯，轉向蕭練又說：「你今晚也看到如初知道眞相的反應了，那種精神狀況，我要如何放心讓她幫你移除禁制？」

「只是情緒繃太緊需要發洩，她沒那麼脆弱。」蕭練平靜地回答。

「這不是理由，爲什麼不講實話，你心裡有數。」承影沒好氣地說。

「我知道、我知道。」蕭練頓了頓，低聲說：「我不知道，該如何放手。」

「不知道，還是不願意？」承影問。

「……不願意。」

「總算誠實了一次。」承影噗了一聲，想想又說：「好吧，看在終於等到一句老實話的分上，什麼事？」

蕭練自懷中抽出一個厚厚的西式米白色信封，遞給承影，說：「幫個忙，等如初移除禁制之後交給她。」

信封的封口並未黏貼住，承影接過，打開來取出放在最外側的一張信紙，讀了幾行之後他唔一聲，抬頭問蕭練：「這算什麼，補償？」

「確保無論我在或不在，她都能終生無憂。」

「全副身家當聘禮了。」承影揮揮信封，惡劣地一笑，問：「那萬一你幾年後醒過來，發現人財兩失怎麼辦？」

「追回來。」蕭練毫不猶豫地如此答。

承影哈哈大笑，將信封扔在地上，說：「可以，我幫。」

蕭練道過謝，又問：「你們會照顧她？」

「當然。」承影盤起腿，正打算窩回籐椅，見蕭練依舊站在原地不動，於是問：「還有事？」

「閒聊。」蕭練斜倚在窗玻璃上說：「我最近才知道，祝九對結契這件事，下過很大功夫。」

承影一怔，說：「我一直以爲封狼才是熱心找結契辦法的那個，祝九志不在此，他的本性……怎麼說，悲天憫人？」

想起重環的犀利吐槽，蕭練微笑，答：「鏡子一直覺得祝九過分虛僞，面目可憎。」

「她看誰都能看到最眞實的那一面，所以看誰都不順眼。」承影聳聳肩，無所謂地這麼答。

蕭練若有所思地點點頭，又告訴承影：「祝九認爲結契與情愛無關。」

「我看他跟封狼之間也不像情人，更像君臣。」承影隨口答。

對於始終不肯接話的承影，蕭練有點頭疼，他不理會承影的岔題，繼續說：「結契之後雙方禍福同享、生死與共。光憑這兩句話，其實更像戰友。」

「豈曰無衣？與子同袍。」承影目光微動，含糊地說：「有那麼一點類似……關於結契，祝九當年有沒有找出來任何線索？」

「沒有。」蕭練審慎地看著承影，慢慢地說：「不過祝九倒是問了一個好問題。」

「什麼問題？」承影漫不經心地反問。

「從我們化形成人的那一刻起，結契這件事就存在於我們的腦海之中，天經地義、再自然不過。但這麼多年來，祝九從來沒見過誰能跟誰成功結契，我也沒見過，你呢？」

「沒有。」承影果斷答：「所以我勸你別浪費時間。」

「我的時間很多。」

「但如初可沒有。」承影挑眉，問蕭練：「你想跟她結契，所以才對祝九和封狼的未竟之志感興趣，我沒說錯吧？」

「沒有。」

「完全不切實際的念頭，趁早打消，珍惜眼前人才最重要。」

蕭練不置可否唔了一聲，就在承影以爲自己已經說服他的時候，聽見蕭練淡淡說：「我不善於觀察細節，但兄弟多年，有些事情，不知不覺中還是會注意到，特別是我們的聽力都太好。」

「哦？」承影忽地產生一種不太好的預感。

「比方說你說謊的時候，語速會不自覺加快。」

四目對視片刻，承影露出一個完全沒誠意的笑容，問：「所以呢？」

蕭練看著承影，問：「所以究竟有誰，曾經成功結契過？」

「純粹道聽塗說，你我都不認識，非洲出土的古董。」

這句話的語速不但超快，語氣也敷衍到了一種不忍卒聞的程度，但蕭練卻若有所思地點點頭，問：「等移除了禁制，你願意帶我去認識認識？」

「再說。」

這句話等於逐客令，蕭練於是禮貌地說聲打擾了，踩著飛劍離去。房門被關上之後，承影自地板上拿起酒杯，窩回籐椅，仰望新月如鉤。

麟兮無聲無息地自屋頂落至地面，隔著窗面對他舉起蹄子刨了兩下地，承影對牠揚了揚酒杯，喃喃說：「我不是反對老三這麼做，而是覺得結契這檔子事根本有問題——生命共享、禍福同當，乍聽之下挺帶感。但你想想，我跟你已經不老不死了，再花大把力氣去弄到同生共死，這不是多此一舉？」

麟兮仰頭長嘶，聲量雄厚，承影舉雙手做投降狀，說：「好，我知道，算是個保險措施，不怕一萬只怕萬一。但還是不對勁，不光結契這檔子事不對勁，而是整個世界都不怎麼對勁……你也這麼覺得？」

青銅麒麟從鼻子裡噴出兩道白氣，嘴裡嘰哩咕嚕唸了幾句。就承影的理解，這算是表達同意，但覺得問題無趣。

他拉開窗戶，伸手摸摸麟兮的頭，問：「堅持原則，活在當下？」

麟兮抬了抬下巴，一臉睥睨，從頭到腳都流露出「我任性我驕傲」的神情。承影哈哈大笑，仰起頭將酒悉數灌進口中，啪地一聲又把酒杯擱到地上，隨手拿起飛盤躍出窗外，一人一獸沐浴在月光下開始嬉戲。

然而，隨著他放酒杯的動作，籐椅下方離地表約二三十公分處，一塊拳頭大小的鵝卵石隱然出現裂痕。

同樣在老家裡，如初緊閉雙眼，在床上翻來覆去。

今晚她一直睡不太著，斷斷續續入夢，又斷斷續續醒過來。折騰到半夜兩三點左右，如初聽見窗戶被輕輕推開，旋即又被關上。

床墊沉了沉，有人坐在她身旁。如初沒睜眼，只胡亂伸出手，抱住他。

「睡不著？」蕭練俯下身，湊近她臉頰問。

「嗯。」

「我陪妳。」

這是一個陳述句，然而以前蕭練說完就會回到本體，變成宵練劍躺在她身邊，今天卻遲遲沒有行動。如初狐疑地睜開眼，正好對上他望過來的視線，蕭練俐落地翻個身，側躺在她身邊，將她整個人都擁入他懷中。

兩個人誰都沒開口，過了一會兒，如初聽見頭頂傳來一聲輕笑，然後他低低地說：「床太小。」

「嗯。」

「這樣會不會讓妳更難睡著？」

「……會。」

「要不要我離開？」

「不要！」

她不僅答得堅決，答完後還伸出手摟住他的脖子，將頭埋進他寬廣厚實的胸膛。

他低低嘆息一聲，伸出手在她背上摩挲著，悄聲說：「我們之後會有很多很多的時間在一起，直到妳厭煩我爲止。」

「蕭練，你可不可以答應我一件事？」

「我答應。」

「不要跟我提『之後』，也不要提『未來』，我討厭聽到這些詞。」

「好，那我可以說晚安嗎？」

如初哼了一聲，沒回話，蕭練低下頭，嘴脣從她的額頭流連到耳畔，落下一串細碎冰涼的吻。

就這樣，兩人相擁而眠了三個夜晚，沒有之後，沒有未來，只有晚安。到了第四天，如初因爲心悸而清醒，在破曉時分睜開雙眼，再也無法入睡。

今天，是表定移除禁制的日子。

她曾經無比期待過這一天，然而真的來了，卻又無比惶恐。

蕭練的眼睛還是閉著的，但是他當然不可能睡著。如初伸出手輕觸他修長的眉毛，喃喃說：「好悶，我想出去透口氣。」

他沒答應，如初可以理解。冬天的清晨，外頭樹木的枝條上都結了冰，絕非出門透氣的好時機。不管睡不睡得著她都應該躺回枕頭上，數羊數兔子數老虎都可以，閉目養神，不應該任性。

「穿夠。」蕭練突然張開眼睛。

如初跳下床，迅速套上兩件毛衣再穿上長及腳踝的羽絨大衣，戴上兜帽拉起拉鍊，將整個人裹得嚴嚴實實。蕭練抓了條圍巾塞進她手裡，然後打橫將她整個人抱起，駕著長劍滑出窗臺，朝外低飛而去。

按照如初的本意，在老家外面轉一圈已然足夠，但蕭練顯然不這麼想。長劍穿過庭園後拔高而起，順著風一路平飛，很快便來到大湖上方。

天才濛濛亮，一輪紅日正冉冉自東方升起，晨霧瀰漫，重重包圍住整座森林公園與湖面。小島在霧中時隱時現，連結島與陸地的長橋像是架在雲海之上，景色分外迷離。

蕭練讓劍停在七八層樓高處，問她：「要不要玩點刺激的？」

如初素來怕高，也從不追求速度感，因此他預期聽到一句「不要」，或者外加捏起拳頭搥他一下。

然而她自他懷裡探出頭，掙扎著雙腳落在劍上，低頭往下看了半晌後，深吸一口氣，毅然答：「要。」

她仰起頭，直勾勾地看著他，又問：「你平常都怎麼玩？」

她的目光透露出強烈的恐懼與渴望，蕭練本要安慰她幾句話，還沒開口卻忽然意識到，如初所恐懼的跟渴望的，都與此時此刻無關——她只是在分散注意力而已。

他也需要。

感覺如初的雙手還環在他的腰上，蕭練低頭說了聲「抓緊」，身子一偏，腳下長劍一斜，隨即往下朝湖面俯衝而去。

他飛得不算太快，但是當疾風自耳邊呼嘯而過時，如初還是不自覺屏住了呼吸。

就這樣，長劍在幾乎要碰到水面時才驟然停下，劍尖斜挑，改變方向水平往前飛行。蕭練也在同一時刻用足尖在劍身上輕輕一踏，借力躍上半空順勢抱起如初，落下時他已改變姿勢，盤腿坐在劍上。

這幾下動作兔起鶻落，快得讓如初還來不及害怕，便已告結束。蕭練指指下方，說了個「看」字，如初張大眼睛，只見在湖面的薄冰之下，游魚因爲受驚而四散，有一群甚至與長劍往同方向竄去，游得居然比劍還快。四面青山環繞，一團團水霧就飄在身邊，觸手可及，卻又一碰便煙消雲散……

同樣一個世界，因爲有他在，便成了夢幻人間。

「你都這樣玩？」如初靠緊蕭練問。

「不只，還有更刺激的玩法，可惜沒辦法帶妳。」蕭練用自己額頭抵住她的額頭，微笑回答。

「等禁制移除了你玩給我看？」她朝他伸出小指頭。

「一言爲定。」他也伸出小指，慎重其事地與她打勾勾。

這趟旅程來回只花了不到一小時，感覺更像是坐了一趟大型雲霄飛車，如初直到雙腳落地才發現腿軟了，腰也直不太起來，心情卻終於不再灰暗。

她站在老家的起居室裡，彎下腰，雙手撐住膝蓋喘息了好一會兒，對蕭練揮揮手說：「待會兒見。」然後邁開腳步，頭也不回地朝修復室走去。

蕭練雖然飛回室內，卻一直都站在劍上。黑色長劍懸浮在離地面約莫三五公分高處，劍光閃爍吞吐，忽明忽暗。他雙手插在長褲口袋裡，目送如初的背影消失在門後，這才踏下地面，長劍在他腳邊繞了兩圈，消失於無形間。

「你控制本體的能力又精進了？」含光推開落地窗走進來，朝蕭練發問。

過去一個多月，蕭練與含光一直沒能好好講上幾句話，總是一聊起來便起爭執。此時此刻，蕭練沒心情跟含光多囉嗦。他淡淡答了聲「是」，含光自顧自地又說：「我今天早上去看過鼎姐的本體，流光溢彩，幾百年累積下來的老毛病全給修好了。」

「秦師父很強。」蕭練隨口答。

「如初要是成長起來，也許能青出於藍而勝於藍。」含光說到這裡，頓了頓，忽地問：「上回我們遇到這麼強的修復師，應該是崔氏，我還記得，你的異能在那時候也達到巔峰？」

蕭練一怔，緩緩點頭，含光又問：「你覺不覺得，在我們變強的同時，總也有更強的修復師現世，像是冥冥之中自有一股力量在壓制，不讓我們取得人世間的主導權？」

蕭練臉色微沉，還沒來得及回答，承影拎著一個飛盤大步自戶外走進來，不耐煩地朝含光說：「拜託，不要說老三自始至終對權力沒興趣，就算他有，準備動大手術的節骨眼上，你扯住他談這個，有沒有搞錯？」

屋頂忽地微微震動，緊接著，一層薄紗似的金光自上而下灑落，將老家以及周圍庭院全數籠罩在其中。

含光冷冷瞥了承影一眼，仰起頭問：「現在才發動，早幹什麼去了？」

「麟兮乖，時間抓得眞好。」承影也仰頭，微笑出聲。

含光沒好氣地瞪了承影一眼，正要開口，杜長風踏進門來，劈頭便朝蕭練問：「如初正要去客廳取劍，你打算怎麼樣，留在這兒跟我們聊天，聊到意識撐不下去為止？」

「我回本體。」蕭練開口。

他環顧四周，對其他三人一一頷首致意：「杜哥、大哥、承影，回頭見。」

含光與杜長風均以頷首作答，承影則揮揮手，以半開玩笑的語氣說：「安心去吧，再回首已百年身。」

蕭練的身體在瞬間消失，身上衣物紛紛落地，黑色襯衫的長袖飄落到承影的鞋尖上。

承影一腳將襯衫踢開，對含光說：「扔了吧，我懶得幫他收。」

含光脫下眼鏡，煩躁地揉著眉心，說：「奇怪，我一點也不緊張，好像心裡頭確知老三一定能挺過去，甚至於還希望他晚個幾十年再醒過來，省掉跟如初一場糾纏不清……杜哥，你怎麼看？」

「我在看……」杜長風雙手抱胸，站在走廊上凝視雪花一片片穿過金色薄幕，緩緩說：「麟兮越來越聰明了。」

承影得意地點點頭，附和說：「那是，理解力跟表達能力都突飛猛進，能聽得懂複雜指令，也學會用簡單的聲音跟我溝通，還懂得討價還價要出去玩。」

他說到這裡，臉色忽地一僵。杜長風看了承影一眼，問：「進步神速，快到連你都覺得不可思議？」

承影點頭，神色益發凝重，含光則踏前一步，問杜長風：「麟兮第一次進步迅速，是在老三被下禁制的前幾年，那時候我對天象的預知力也大幅度躍升，現在是第二次……杜哥，你呢？」

「我沒多少改變。但另一方面來說，我的情況特殊，看我不準。」杜長風依然望向窗外的遠方說：「如果算上你們剛化形那次，現在應該是第三次了。」

「第一次是什麼情況？」含光問。

杜長風搖搖頭，答：「那時候我剛離開蜀國，心裡還有道坎過不去，沒留意外頭究竟發生了什麼。倒是軒轅注意到化形者的數量突然變多……唉，那年代化形成人的，到如今也沒能留下幾個。」

含光沒回應杜長風最後一句感慨，只再問：「軒轅大哥還說了些什麼沒有？」

杜長風收回目光，思索片刻，說：「傳承。軒轅認為傳承之地從那時候起對外開放，讓人進去裡面學習，類似一種開門收徒的概念。」

「又是傳承？」含光煩躁地踢了一下椅腳，說：「走到哪都繞不過這個掐脖子的傳承。」

杜長風看著含光的模樣，微皺起眉頭。含光收回腳，又朝杜長風說：「第一次進化讓我們數量變多，第二次進化讓我們異能變強，輪到現在第三次進化，方向會是什麼？軒轅大哥離開前提過嗎？」

杜長風搖頭，含光追問：「他當年不告而別，跟這兩次進化有沒有關係？」

「我沒問。」杜長風淡淡回答。

「他現在在哪？」含光不死心。

「他沒說。」

四目對視，杜長風眼中的警告之意，成功讓含光閉上嘴，但眼底的忿忿不平神色卻益發濃厚。

一旁跨坐在沙發上的承影忽地出聲，說：「杜哥，我問個問題，行嗎？」

杜長風掉過頭轉向他，說：「你想問什麼？」

「軒轅大哥跟他的妻子，是不是結契成功了？」

「有這種事？」含光插嘴問。

杜長風遲疑地點點頭，承影接著問：「那軒轅大哥的妻子，是人類嗎？」

3. 無風

每個人的工作習慣大不相同。有些人喜歡不停換環境，連寫一份報告都需要坐過三家不同的咖啡廳，靈感才會源源不斷；有些人需要穩定，連換張桌子都會不自在半天。

如初一直以爲自己屬於中庸派，對環境的變化不特別敏感，只要不太吵不太熱，給她一段時間進入狀況就能做事。直到今天，她發現自己不但錯了，還偏偏在關鍵時刻，錯到離譜。

她從老家的客廳牆上取下宵練劍，捧著劍進入修復室，入座，習慣性伸手探向左邊抽屜，想先找些日常小事來練手，讓心慢慢靜下來，等進入狀況後再正式開始進行修復。

抽屜打開了，裡頭沒有印象中需要修復的小零件，卻整整齊齊擺放了一盒天然磨石。如初愣了愣才想起來，雖然此地的布置與方位跟公司的修復室一模一樣，但這裡是老家的修復室，而非早已習慣的廣廈十五樓。

一股壓力忽地湧上心頭，她環顧四周，只見所有工具在牆面上一字排開，方便隨時取用，地板一塵不染，桌面乾淨閃亮，整個環境像在無聲催促她趕緊開始，快、快、快……

瞪著劍柄上的禁制將近半小時之後，如初站起身，大步離開修復室。

起居室裡杜長風、含光、承影各據一個角落，原本各做各的事，她一跨進來，六道視線頓時聚焦在她身上。

如初直接朝杜長風問：「主任，家裡有沒有什麼受損的物件可以讓我練練手，找一下感覺？」

「之前壓扁的那顆薰球呢？」含光搶著問。

「已經修好了，我最近一緊張就埋頭修東西。」難得有一次，如初恨自己手腳太快。

杜長風沉吟著說：「儲藏室裡有兩個破瓷瓶，雖然說是仿品，也是明朝的東西——」

「不適合。妳等我一下。」承影打斷杜長風，倏地走出起居室。緊接著，隔壁客廳傳來開啓箱籠的聲響，一分鐘不到他又走了回來，手持一柄插在蛇皮劍鞘裡的玉具劍。

「接住。」他隔著一張沙發將劍擲給如初。

如初張開雙手接住劍，只覺得這柄劍莫名眼熟。她端詳片刻，脫口問：「祝九？」

漢武帝用來祭祀泰山的八服劍，當年封狼要取她的心頭血用以喚醒的祝九！

承影點頭，含光開口說：「妳就當自己是醫學院學生，手術前拿先人遺骸練習，磨壞了也無所謂，有心理障礙趁早說。」

這話語氣頗爲暴躁，跟平日的殷含光大不相同，但如初無心介意。她鄭重對大家一點頭，什麼也不說，抱著劍匆匆走回修復室，關門、上鎖，抽出黯淡的玉具劍，放在工作桌上，落坐。

劍尖上還殘存著指甲大小的枯乾血漬，那是她的血，當封狼用這柄劍刺進她胸口時，蕭練為了救她，硬逼著她御劍……

他是以什麼樣的心情，毅然決然犧牲自己？

那一夜，他先救下她，她再反過來救了他，一切都發生得如此自然，卻又如此驚心動魄。然而之後，他們卻從未再談起這一段共同的回憶。

真奇怪，她完全不了解蕭練，卻義無反顧地愛上他。

如初盯著那一小塊血漬，眼眶不自覺發紅，但現在並非感傷的時刻，她深吸一口氣，再度拉開抽屜，憑直覺挑了一塊拇指大小的磨石，開始磨劍。

修復室裡沒有鐘，她也並未帶手機進場，時間在此時、此刻、此地，毫無意義。如初垂下頭，左手摸索著劍身，右手一點點來回研磨。

起初動作還不太順，調整幾次姿勢後找到節奏，磨石在劍身上擦出的聲響逐漸產生韻律，重複卻不單調，而如初整個人也慢慢陷入無我的專注之中——

心不妄動，情不為因果，緣註定死生。

不知自何時起，房間內響起一股沙沙的聲音，像是千萬年前的風從海洋吹向陸地，在林間逗留嬉戲，又似遠方不知名的歌者，低聲吟唱遠古流傳下來的頌曲。

她又換了一塊磨石，調整長劍的位置，移動時還稱不上鋒利的劍尖不經意地在她掌心劃開一道淺淺的傷口，鮮血一點一滴滲出來，暈染到了劍身，然後緩慢地消失，乃至無影無蹤。

感覺不到痛，耳畔的聲音逐漸變弱，終至某一刻，如初停下手，發覺自己處在一個絕然安靜的狀態。眼前的一切都相當陌生，空間失去了真實感，時間則停止流動。

這種感覺似曾相識，但是在哪裡、什麼時候？

老街的影像忽地自腦海中浮現，她踩著青石板，一步步往前走，而路的盡頭，黑衣黑褲的蕭練，正低頭吹奏豎笛，懷念舊時戰友。

初相遇的前一刻，他們站在路的兩頭。

彷彿有陣風，在心弦上輕輕撥動，如初緩緩站起身，取過宵練劍，開始一圈圈解下禁制。

彷彿與之前的吟唱聲相呼應似地，她的一舉一動都帶著奇異的節奏。然而如初本身完全沒有意識到這一點，她心無雜念，全神貫注只為完成眼前的工作……

下午兩點半，承影第一個坐不住。他瞄一眼牆上的掛鐘，轉頭問杜長風：「如初不用吃飯嗎？」

「修復室裡有礦泉水跟點心，說好了她不出來我們也不去吵她。」杜長風語氣鎮定，但手上翻來覆去把玩著菸盒，不經意透露出些許焦躁感。

「順利的話，不應該太久。」含光坐在電腦螢幕前，手握滑鼠，猶豫片刻後低聲說：「杜哥，我在修復室裡裝了隱藏式監視器，要不要打開來瞧瞧？」

「萬一打擾到她呢？」杜長風自菸盒裡倒出一顆巧克力，丟進嘴裡。承影對含光聳聳肩說：「有些情況之下，除了信任隊友，別無他法。」

含光冷哼了一聲，並未開口，起居室旋即恢復安靜，只剩秒針滴答滴答。

到了下午五點半，修復室房門呀地一聲，被緩緩推開。杜長風動作最快，一下子就衝到門前，含光承影對望一眼，也跟著邁開大步走了過去。只見如初捧著宵練劍，搖搖晃晃地走出來，斜倚在走廊的牆邊。

她的雙眼像是不太能對焦似地，張望了片刻才認出杜長風，微弱地喊了一聲主任，將劍遞過去，說：「成功了，我確定。」

杜長風本欲詢問她如何確定？但視線落在宵練劍上，立即怔住——原本植在劍柄上的金絲帶已不見蹤跡，如今劍柄完好如新，劍身更是被打磨到光可鑑人，帶著蓬勃的生機，令長劍產生一種任爾東南西北風的堅韌感。純黑色的劍身上流轉著幽幽藍光，寒芒一絲絲滲出來，即使在蕭練鼎盛的時期，他也沒見過如此具有威脅感的宵練劍。

杜長風不由得退了半步，定了定神，才走上前接過劍，拍拍如初的肩膀說：「辛苦了。」

「不辛苦。」如初心滿意足地喘了口氣，喃喃又說：「今天風好大，我在修復室裡都能聽到外面樹葉嘩啦啦一直響……」

話還沒說完，她腳一軟，差點跌倒在地。承影眼明手快地一把將她拉起來，問：「送妳回房間？」

「謝謝。」如初靠在承影肩膀上，往前走了兩步，又站住腳，回頭留戀地看著宵練劍，說：「你們會好好照顧他的，對不對？」

「當然，但依目前狀況，妳比較需要照顧。」杜長風微笑著如此回答。

如初喔了一聲，偏了偏頭，狐疑地看著他又問：「眞的嗎？那爲什麼你一臉不高興？」

杜長風一怔，這才意識到如初問話的對象並非自己。他轉過頭，只見含光站在半步外，垂眼注視宵練劍。聽了問句後含光抬起頭，平靜地說：「今日無風。」

大家不約而同轉頭看向窗外，麟兮正緩緩收起防護罩，淺金色紗網一寸一寸自地平面往上消散，露出點綴著東一塊西一塊冰雪的土地。如初已經累到眼睛都快睜不開了，她隨便瞄了一眼，確認今天風的確不大，便轉頭追問：「所以呢？」

含光雙脣微動，彷彿想說什麼卻又在啓齒前改變主意，他搖搖頭，只說：「沒什麼，心有點亂。」

含光的異能是預測天候，他對大自然變化所帶出的吉凶徵兆，有著比其他所有人都更敏銳的感受。這種對未來的判斷比鼎姐的預見範圍更廣、看得更遠，雖然無法得知某個特定事件的發生情況，卻對整個世局的變遷有更深一層的體認。

如初相信含光心亂必有緣由，卻已無力深究。她勉強走回客房，頭一沾到床便陷入夢鄉。

這一覺睡得天昏地暗，醒來時已是隔天傍晚，如初一清醒便立即坐起身四下張望，然而蕭練並未在房內，只有喬巴窩在枕頭上睡覺，聽到聲音閉著眼睛翻了個肚皮，算是打招呼。

雖然早就告訴過自己，不太可能修復一完成他就醒過來，但事到臨頭，如初還是免不了沮喪。她坐在床上發了一會兒呆，進浴室慢呑呑地梳洗，然後踏出房間，沿著右半邊整面玻璃牆的走廊，一步步往前行。

老家燈火通明，卻不見人影。金色的防護罩已經撤掉，平日連散個步都能造成驚天動地效果的麟兮也不知道跑哪裡去了。外面天色昏暗，烏雲密布，更讓整間別墅都充斥冷清感，帶著山雨欲來風滿樓的氣息。

如初走完長廊，穿過空蕩蕩掛滿名畫的起居室，腳步不自覺越來越快，最後一小段路她索性小跑步，就這麼一路跑著進客廳。

宵練劍高懸在玻璃壁櫃之內，如初一顆心頓時落回胸腔。她仰起頭，對劍揮揮手，低聲說嗨。緊接著，一聲輕咳在客廳的另一端響起。如初轉過頭，只見杜長風獨自坐在鼎姐本體旁邊，面前居然擺了張餐桌，桌上架著一個中間有根煙囱的碳燒銅鍋，周圍擺滿火鍋料跟沾醬。

「餓不餓？」杜長風舉起筷子問。

一天沒吃飯了當然餓，但是在擺滿大家本體的客廳裡吃火鍋，這樣眞的好嗎？還有，她幾乎沒見過杜長風吃正餐，今天是怎麼了？

壓住心底滿滿的問號，如初點點頭，答了聲餓，杜長風指著旁邊的椅子，用平和的語氣又說：「坐，想吃什麼自己動手，天助自助者。這湯頭還是鼎鼎知道自己身體不好之後弄的，一包一包凍在大冰庫裡，雖然過了好些日子，味道還是挺不錯。」

他才剛講完，擺在廳內正中央的編鐘便適時輕響了幾聲，像是在催促如初入坐。如初走到桌旁，鍋裡的湯汁正好沸騰，香氣四溢，是傳統的酸菜白肉鍋。切成細絲的酸白菜跟煮得半熟的五花肉小火慢燉，再加上螃蟹干貝滾在湯裡提鮮，凍豆腐粉條跟肉丸在奶白色的湯汁裡翻滾，正好適合冬天。

被香味一勾，她的肚子咕咕直叫，如初動手取了碗筷，坐下來先喝一口湯。熱湯一下肚，手腳頓時回暖，這湯頭的滋味濃厚，桌面上的食材不但新鮮，品質也都一流，她索性不沾醬，燙熟了直接吃。杜長風則不然，他悠然取了一小勺芝麻醬，配上一點紅糟腐乳，再淋上一匙有著濃濃韭菜花味道的醬料，舉手投足間十分自在。

杜長風吃得很少，每隔幾口就換調一次不同的醬料，不像是在磕火鍋，倒像是在懷念與品嘗。如初看得有趣，忽地想起一件事，於是趁杜長風吃到一個段落放下筷子時開口，問：「主任，你火鍋吃起來是什麼味道啊？」

化形成人的古物在五感上總有一處特別缺失，像蕭練嘗不出酸與甜，邊鐘眼睛的識別力格外薄弱，但扣除這一處缺失，他們其他的感官卻比普通人要來得敏銳許多，杜長風吃得那麼香，想必味覺不是他的弱項。

如初好奇地等答案，只見坐旁邊的杜長風擦擦嘴，說：「跟妳一樣。」

怎麼樣也不可能跟她一樣吧？如初困惑地眨了眨眼睛，杜長風倒了一小杯白酒，向她舉杯，說：「很多年前，我曾經是個人。」

「啊？」這話什麼意思？如初完全不懂。

杜長風乾了一杯酒，又倒出一杯，緩緩吟道：「滄海月明珠有淚，望帝春心託杜鵑。」

他再對她舉杯，問：「聽過沒？」

「聽過。」一種不詳的預感自心頭浮現，如初放下碗筷。

關於杜長風的身分，一直是如初心底最大的疑惑，也是蕭練無論如何不肯透露的祕密。她一直認爲，隨著自己即將離開，這個祕密將永遠是個祕密，但杜長風卻選在工作全部結束的今晚揭曉，爲什麼？

「喜歡嗎？」杜長風再問。

如初決定實話實說，她答：「詩很美，但我沒什麼共鳴。」

杜長風大笑，說：「那倒是，妳不是文藝青年那塊料。嘿，別翻白眼，這是讚美，有一技之長比傷春悲秋強太多，經過亂世妳就懂。」

如初臉上的怪異神色其實並非因爲杜長風的話，而是來自他提到的這首詩，但她沒有反駁，只等杜長風笑完了，才謹慎地又說：「我每次來老家搭的那艘遊艇，名字就叫『珠有淚』。」

「我取的。」杜長風悠然眺向遠方，說：「望帝是我父親，蜀王杜宇。當年在古蜀，七國稱王，我父在七王之上而稱帝，是個好皇帝。過世的時候人民列隊送葬，子規鳥沿路長鳴，《蜀王本紀》裡稱：『蜀人悲子規鳴而思望帝』。」

這段話他講起來雲淡風清，如初只聽得心頭一跳。古蜀王國這段歷史屬於遠古，與殷商甚至夏朝並列在同一個時代，無論文化或文字都與中原相去甚遠。《蜀王本紀》則是在古蜀王國消失千百年後才由漢朝人拼拼湊湊寫出來的文字紀錄，從現代人的角度來看根本算神話——初代王者從天而降，眼睛不長在眼眶裡面，而是如同螃蟹一樣向前凸起，大大的招風耳，頭髮在腦後梳成日本相撲選手似的髮髻，活了數百歲後化神而去。

這個古文明在歷史上沉寂多年，若非近代三星堆出土大量青銅器與玉具，根本無從考證起。然而即使到了今天，這個文明依舊是個謎——考古學者從祭祀坑裡挖掘出高達四公尺的青銅樹，上面棲息了九隻頭帶羽冠的鳳鳥，坑裡還埋有貌似外星人的青銅面具，以及各種大大小小的青銅人偶，有些與《山海經》的描述神似，有些卻根本像是另一個文明。

如初對這段歷史的所知非常有限，她想了想，問：「所以，主任你來自古蜀文明，從遠古一直活到現代？」

杜長風搖頭，曲起食指敲敲桌面，說：「能活那麼久，就不是人了。」

如初悚然一驚，杜長風又說：「別怕，我也不是鬼，雖然的確死過一次。」

如初呑了口口水，杜長風繼續解釋：「我是蜀帝長子，原本該繼承皇位。我們那時政教合一，我在十五歲入神廟，十八歲親手鑄造出青銅巫旭神人，成爲靈山十巫之一。二十歲那年，廟裡的大巫巫咸跟我三弟勾結，趁父皇發兵出征的時候，將我綁在我自己鑄造的巫旭神人像上，活活燒死。」

他講到這裡打住，如初壓下砰砰亂跳的心臟，想了想，小聲問：「然後主任你又復活了？」

「唔，算不算復活，妳是人，妳來判斷。」

他舉起手，拍了三下，客廳另一角的頂燈應聲而亮。如初猛地轉頭往後，看到一尊高達兩公尺左右的青銅巫師像，靜靜矗立在燈光下。

這尊人像頭戴高冠、垂耳凸目，跟三星堆出土的青銅立人像在五官輪廓上十分類似，不同之處在於他緊閉雙眼，雙手則握住一根比人還高的金杖，杖上刻滿符號與圖案。

杜長風渾厚的聲音響起，他說：「我的身體被燒焦之後，意識卻沒有消散，渾渾噩噩地跟著青銅人像待在神廟裡。後來靈山崩，我跟著青銅人像被送進祭祀坑，又過了不知道多少年，忽然發現自己有手有腳還能動，爬出坑找了條溪一照，就瞧見自己變成現在這模樣，也感應到自己有異能了。」

說到這裡，他伸出手，指著青銅人像說：「我的本體，以後也請妳負責保養了。」

這尊青銅人像給人一種高傲的奇詭感，彷彿下一秒就會睜開雙眼，睥睨人間，跟杜長風本人的氣質截然不同。

如初腦子一團亂糟糟，她望望人像又看向杜長風，結結巴巴地問：「所以，主任你、你本來是人，後來又變成青銅巫師，然後再化形成人？」

「理解力不錯。」杜長風微笑。

下一秒，他的身體忽地消失，如初反射性扭頭朝人像望去，只見青銅人像睜開雙眼，嘴角微翹，朝她露出一個近乎微笑的表情。

如初跳了起來，與青銅人像對望片刻，猛地一鞠躬，說：「主任好，我、我會努力。」

青銅人像發出呵地一聲輕笑，閉上眼睛，如初僵著脖子轉過頭，只見杜長風正坐在原位，襯衫扣子全開，毛衣就擱在膝蓋。

他一邊扣扣子一邊說：「加油，不努力要扣薪水的。」

「我早辭職了。」如初衝口而出，說完覺得不對趕緊補救：「但還是會盡力，跟薪水沒關係，修復室守則啊。」

杜長風手一頓，抬眼看她，說：「妳還好意思提修復室守則，妳自己算算，進來之後犯了幾條？」

這樣的杜長風才是如初所熟悉的杜主任，如初不知不覺鬆了口氣，隨手指著身後的宵練劍回嘴說：「我就只犯了一條，而且還有共犯，你要罵連他一起罵才公平。」

杜長風大笑，用手虛點了點她，搖頭說：「妳呀……」

他頓了頓，又說：「我知道妳現在心裡頭一定有很多疑惑——爲什麼我沒死，還變成這樣，是不是還有其他人跟我遭遇相同？這些，有的我知道部分答案，有的我也全然不明白，但讓我先問妳個問題……」

說到這裡，杜長風收斂笑意，緩緩問：「對妳而言，我是人呢，還是化形的古物？」

「爲什麼要區分這個？」如初不假思索反問。

「因爲如果有一天，這兩個族群站到對立面，無論妳或我，都勢必得做出取捨。」杜長風看進她的眼底，問：「妳會站在哪一邊？」

他的口吻雖然和藹，神色卻頗爲慎重。如初剛剛才放下的一顆心又提了起來，她想了想，小心地問：「爲什麼會有那一天？」

「假設性問題而已。」

這種應付式的回答只能哄小孩子，如初可不買單。她搖頭，堅決地說：「假設性的問題太多了，我還可以假設如果外星人攻進來，人類跟化形者必須團結合作才能保護地球呢，我不回答假設性問題。」

杜長風輕笑一聲，說了句「也對」，拿起酒杯舉到脣畔後發現裡頭根本沒酒了，於是又放下，斟酌片刻，問：「也就是說，除非事到臨頭，不然妳拒絕面對問題？」

不是這樣的。她不是逃避，只是從來就不覺得這個世界會只剩下二選一。

如初昂起頭，迎上杜長風的視線，答：「如果眞有那麼一天，我不會選邊站，只會盡自己最大努力，保護親人跟朋友都平安。」

杜長風怔了怔，似乎沒想到她的答案居然會是這樣。他又淺淺飲了口酒，才自言自語似地說：「好答案。」

如初眼睛一亮，追問：「眞的，不會太自私？」

「只想樸樸素素地活著，爲什麼算自私？」杜長風反問了這麼一句，將杯子斟滿，舉杯對如初微笑，說：「來，爲世界和平，乾杯。」

他也不等如初回應，一口飲盡杯中酒。如初跟著喝了半杯柳橙汁，聽杜長風轉換話題，聊起含光最近幾次的期貨投資都失利，還好外匯買賣賺了一筆，總算打平，倒是承影最近對玉石交易產生興趣，跑到緬甸投資了幾個翡翠礦坑，頗有斬獲，總算把異能發展成能賺錢的本領。

這種話題如初完全沒有概念，只能安靜地聽著，不時發出「原來如此」「怎麼會這樣」之類的應答。

這頓飯以凝重的話題開始，卻輕鬆地結束。飯後她幫著杜長風收拾，老家的廚房中西合璧，既有中華大炒鍋跟強大的抽油煙機，也有能烤整隻火雞的西式大烤箱。如初之前只知道鼎姐愛下廚，因此明明不需要靠進食維生，卻特地建了一個大廚房。今天她再度踏進廚房時，忽然想到，也許鼎姐起初是爲了杜主任才會去學廚藝，最後卻成了她千百年來的興趣？

牽絆有一種魔力，能在無形間將人改頭換面，直到自己也認不出自己。

懷著些許感慨，如初將盤子放進洗碗機，轉頭問杜長風：「主任，我可以在老家多住幾天嗎？」

雖然從來沒人跟她提起這個問題，但是按照先前的合約，她的特約工作在修復完鼎姐與移除禁制後已然結束，照理說應該收拾行李，馬上離開。

杜長風揚眉表示出一絲驚訝，答：「當然可以，那間房就留給妳了，即使老三沒醒過來，也歡迎妳隨時回來住。」

如初假裝沒聽到那個「即使」，擦乾手又問：「那我在老家住的時候，宵練劍可以交給我保管嗎？」

這個問題再次獲得了一聲「可以」，如初於是抱著宵練劍回到房間，在屋內轉了一圈，最後決定將劍放在靠近床的窗戶旁邊，又在床頭櫃上放了一整套蕭練的乾淨衣物，這才撲倒在床上，將臉埋進枕頭裡，雖然沒有睡意，卻好久好久都不願意動一下。

乍聽見杜主任經歷的震撼，到頭來，還是比不過對蕭練的牽掛。如初翻過身，抱著枕頭，面朝長劍輕聲說：「我今天才忽然感覺，雖然我們住在一起，可是你的世界跟我的世界，完全不一樣。」

長劍悄然無聲，如初躺平，面朝天花板，自言自語似地又說：「我不後悔，你呢？」

長劍繼續沒回應。但如果蕭練聽得見，想必他會微笑，說：「不悔。」

她有信心，對他，也對自己。

如初閉上眼睛，過了幾秒後卻又倏地睜開，翻過身問：「蕭練，如果，我只是說如果，結婚以後你跟我一起回家，不管外星人有沒有要來攻占地球，我們都把『不忘齋』重新開張，你做鑑定我做修復，好不好？」

這個主意是突然間冒出來的，但相當具有吸引力。如初在心底數完一二三後，又說：「不出聲就當作你同意喔。」

喬巴喵嗚一聲跳上床，緊挨著如初腳邊躺下，呼嚕聲響亮。烏雲密布的夜晚，她低低說了一聲「晚安」，闔上眼，再度躺平，幾分鐘後，屬於人類的輕微鼾聲也跟著響起。

窗外無星無月，湖面風平浪靜。

4. 情書

隔天一大早，劍還是劍，衣物也還是整整齊齊擺在原處，沒有一絲被動過的跡象。

還不到一天呢，如初也知道自己心太急了，她向宵練劍道過早安，出了房門，來到空蕩蕩的廚房。

爲了她跟秦老師修復時的便利，之前採買了一大堆冷凍食品，都堆在美式的龐大冰箱裡，現在雖然剩下的不多，充饑倒沒有問題。如初翻出硬得跟石頭一樣的吐司，再從冷藏庫裡取出快要過期的冰牛奶跟生雞蛋，烤箱、微波爐跟瓦斯爐全開，做出一份熱騰騰的早餐，自己一個人吃。

昨天與杜長風的一席話，乍聽之下對如初震撼力十足，但仔細想過一圈，她又感覺這件事根本與她無關。

過去半年多，她清楚地意識到，擁有無限生命的化形者們，對待時間流逝的態度與壽命有限的人類截然不同。他們舒緩從容，可能這一秒還在考慮明年要去哪裡度假，下一秒就跳去思索百年後的居所，而且切換在兩者之間，步調並無顯著不同。

杜長風的擔憂是否合理？

幾百年後，也許吧。但截至目前爲止，如初看不出有一絲一毫跡象顯示，人與化形古物之間的關係會變得劍拔弩張——根本沒幾個人知道化形古物的存在，又如何對立得起來？

吃完後她回房換上工作服，準時在八點半，踏進修復室。

儘管體力還沒恢復，精神也嫌緊繃，儘管她已經完成合約的要求，沒有任何工作需要負責，但如初決定不放假。之前的經驗讓她徹底明白，沉浸在工作之中，讓心思保持專注，最能保持身心健康。

思念有如殭屍病毒，一經感染便無藥可救，她已經中毒過一次，有足足半年時間活得類似行屍走肉，要堅決防堵二次感染。

只可惜，老家的修復室裡根本沒什麼東西能讓她工作。如初在房裡轉了兩圈，最後又拿起玉具劍，換了塊磨石一點點研磨。她忙到中午，正習慣性地站起身，準備出去吃午飯，敲門聲忽地響起。

如初站在原地不動，狐疑地對著門說：「請進。」

承影走進來，遞上一個厚厚的信封，說：「老三要我交給妳的。」

「遺書」兩字頓時躍進如初腦海，她咬住嘴脣，抽出整疊信，慢慢攤開第一張——

熟悉的瘦金體比平常要來得亂，一開頭就坦率地說，遇見她之前，他不信神佛，認定這世界的存在只是一場惡意的嘲弄。如今，他依然是個無神論者，卻心懷感謝，因爲她是命運贈予他最好的禮物。

如初看完第一段，眼睛便已經模糊了。她掙扎著往下看，蕭練說他希望醒過來的第一眼，看見的就是她，然而如果她選擇離開，他也完全可以理解——她的時間太過珍貴，每一分、每一秒都值得認眞對待……

讀到這裡，如初匆匆闔上信，大口深呼吸。承影拉了張椅子反過來，跨坐在她身旁，懶洋洋地問：「怎麼啦？」

「沒事、沒事。」腦子裡亂烘烘的，巨大的歡喜與傷痛並存，如初搖著頭，語無倫次答：「他第一次寫信給我。我、我太高興了……」

承影吹了聲口哨，戲謔地問：「情書？」

這個講法不錯，如初咬住嘴唇點點頭，忍不住舉起信紙朝向窗外的天空，輕聲朝對岸的山脈問：「你好嗎？」

天空跟山脈都沒有回答她，如初等了片刻，放聲繼續對山說話：「我很好喔。」房間裡隱隱約約傳來迴音。無邊的思念，化做簡簡單單的幾個字，不斷反覆。

承影翹起二郎腿，優哉游哉旁觀完她一連串傻氣舉動，才慢吞吞地指指她手上那疊紙，說：「底下的文件比較重要，建議妳先處理。」

還有文件？

如初趕緊應了聲好，放下還沒看完的信，攤開底下的紙。這張紙的顏色泛黃，上頭一行行全是英文，字體不像是現代的印刷字，也並非手寫字，倒是貌似出自她只聽說過卻從來沒見過的打字機，信底蓋了好幾個大紅色印章，再加上龍飛鳳舞的簽名，怎麼看都是一份官方文件。

她來回讀了兩次，將信紙遞給承影，茫然問：「這是什麼？」

承影接過來掃了一眼，還給她，答：「港島的樓契。老三在幾十年前住過香港一陣子，八成那時候買下來的。那年代香港人習慣一買就買整棟樓，沒人一間間買公寓。」

如初完全不關心香港的房地產，她再問：「蕭練給我看這個幹嘛？」

「不是給妳看，是給妳，他把這棟樓送給妳。」承影糾正她。

「爲什麼？」如初還沒反應過來。

承影攤手，無可奈何地說：「道理不明擺著嗎？他怕自己再醒來已是百年身，先把名下的資產交到妳手上，不管妳以後去哪裡、做什麼、跟誰在一起，有錢就有底氣。」

如初完完全全呆掉了。她大腦一片空白地站在原地好一會兒，才猛地將樓契塞給承影，說：「我不要。」

承影把腳在地上輕輕一蹬，椅子滑出半公尺外。他舉起雙手微笑說：「我只負責運送，不負責回收。」

他頓了頓，朝如初問：「爲什麼不收？你們都訂婚了，如果老三是普通人類，動大手術前把財產交給未婚妻，也算合情合理。」

「我不知道，我就是不想要。我連他住過香港都不曉得，看到這些，只讓我覺得他好陌生……」如初喃喃地回答。

「這樣？」承影懶洋洋地將下巴擱在椅背上，建議：「信封裡還有兩支保險箱的鑰匙，要不要我今天帶妳去市區銀行，趁機會多了解老三一下，反正他給妳就是希望妳看……呃，不要就算了，妳這麼瞪我幹嘛？」

他才說到一半，如初就用一種狐疑的眼神打量他。

「你最近變得好活潑，點子特別多。」如初想了想，補充說：「返老還童的感覺。」以往的承影雖然也玩世不恭，卻在骨子裡透出一股穩重，那是活過千百年的沉澱印記，理當輕易無法抹滅，但不知從何時起，那份印記變淡許多。

「我也沒多老……」承影咕噥一句，反問：「除了我以外還有誰有變化？」

「殷組長變得多疑，這個最明顯，其他的我需要想一下。」如初扳著手指算：「杜主任繃得很緊，鏡子變自閉，楚胄我不熟，沒法判斷，邊哥還好……不對，慶功宴那晚，邊哥的音樂統統變成了民族風。」

「他那晚彈的全是五聲音階。」承影皺了皺眉，又問：「老三沒變？」

「他還好，就比較樂觀、比較直接……」如初回憶過去一個月跟蕭練相處的點點滴滴，忽地感覺不對勁，她猛搖頭說：「不對，他以前面對事情，無論大小，永遠先假設最壞情況，可是這一次，這麼重要的事，他並沒有這樣。我本來還以為他是為了怕我難過，才忍住……」

講到一半，如初就知道自己猜錯了。她喘了口氣，問：「其實不是嗎？」

「雖然我也沒見識過，但那應該是老三剛化形的模樣。」承影若有所思地回答。

「真的？我一直以為他是徹頭徹尾的悲觀主義者。」如初瞪大眼睛。

「猜的。」承影攤手，說：「誰也不曉得老三剛化形成人是什麼德性。不過妳想想，他在戰場上出生，又在戰場上活了幾十年，跟一張白紙掉進血池子裡沒兩樣，之後還被禁制綑了上千年，活出來性格居然只是悲觀，沒有扭曲陰暗變態，那韌性能有多強？」

承影說到這裡停下，自顧自陷入沉思。如初張了幾次嘴，卻都不曉得該問什麼，最後只咬了咬嘴脣，於是再度拿起那一疊文件，一頁一頁翻閱。她從來沒看過這類型的商業文書，從字面上的意思勉強猜測，似乎都是房地產證明，除了香港那一棟，還有兩處，全位於國外。

蕭練在每份文件的第一頁都貼了張便條，標注最宜人居住的時節。其中一張紙上，他寫著：「一年有四個半月下雪，春天時鬱金香與鈴蘭於街頭盛開，復活節前後教堂樂聲不斷，我在這個城市念了四年大學，妳一定會喜歡。」

他將他住過地方送給她？

如初用指腹輕輕摩擦過紙上蕭練的簽名，心裡正柔軟得一塌糊塗，就聽見承影喃喃說：「我們大家，都在返回初始狀況。」

「什麼意思？」她不明所以地抬頭問。

「逆生長，越活越回去。」承影站起身，煩燥地踢了踢腿，又搖頭說：「不對，異能有進有退，沒個規律……」

他猛地轉身，問如初：「妳要不要出門？我順便送妳。」

保險櫃在市區的銀行裡，如初答了聲好，倒出鑰匙，再仔細揭下蕭練寫給她的便條紙，一張張全貼在筆記本裡，將文件收進抽屜，這才跟承影一同走出老家，登上遊艇。

那天下午，應如初生平第一次走進銀行放置保險箱的區域。

第一個保險箱裡，只放了一柄刃部坑坑窪窪布滿豁口的漢劍，箱壁上貼了一張便條紙，寫著：「這不是我的第一柄劍，卻是唯一保存下來的，要就拿去，但千萬別再說漢劍才是真正殺人的武器。」

他們真正的初相識，其實應該是在公司的視訊面試那時候，她讚美漢劍，他勉強同意。現在想想那番對話等於在男友面前大力誇獎別的男人有多帥，難怪蕭練後來一直不愛聽她提漢劍。

如初笑著取下便條紙，珍惜地放進皮包，然後將劍歸回原位，開啓第二個保險箱。

這個箱子裡的東西比較雜，零零碎碎總共有七八樣，包括他當年學瘦金體所用的字帖、裂成兩塊的玉珮、第一次束髮用的髮簪等等。每一件都是古董，卻也都代表了他的成長經過。蕭練在每件東西旁邊都貼上便條紙，有些上頭只寫心情，有些則解釋來歷。

如初一張一張看，一張一張取下保管。最後一張便條紙貼在一片青銅鑄造的葉子上，蕭練寫著：「我上輩子肯定見過妳。」

他們在老街初遇之際，彼此就覺得似曾相識，也許這就是緣分吧。如初嘴角噙著笑，拿起葉柄將葉片在手上轉了一圈又一圈。

這片葉子跟她的掌心差不多大，前頭略尖的鵝卵形，中間鏤空，驟眼看去並不特別精緻，仔細瞧才會發現上面的紋理錯綜複雜，簡直就像是眞的樹葉一樣。顏色綠瑩瑩的，不似鏽斑，也不曉得是攙了哪些其他金屬，才能讓青銅顯現出如此生動的綠，造型古意盎然，卻又充滿生命力。

她在來之前已下定決心——如果蕭練能適時醒過來，她將有一輩子的機會可以去了解他。如果他醒不過來，那她也只想記住那個她所認識的蕭練，那些她所不認識的他，一點都不重要。

因此，不管保險箱裡有些什麼，她都只想當一名旁觀者，欣賞，不據爲己有。

然而這片葉子實在太可愛了，便條紙上的字又跟她有關。如初於是將青銅葉片也放進皮包裡，然後關上保險箱，離開銀行。

5. 無條件信任

美東，西維吉妮亞州，哈珀斯費里鎮外。

「白頭吟雕刻工作室」位於大馬路外岔出去的一條小道盡頭，石雕郵箱的後方挺立著一棟三層樓高的木頭建築，幾十年前由屋主親手蓋成，至今走進屋內仍可聞到木頭的清香。

屋子後面是一片廣大的戶外石雕草場，向山谷下方延伸至溪旁。兩旁山巒重疊，積雪打包了整座山脈，樹木的枝椏雖經過銀裝素裹，卻仍向外橫張，別有一番野性的美感。

姜尋裸著上半身站在雪地裡，手持縮小版的虎翼刀，站在一塊跟他差不多高的花崗岩面前。

他花了一個多禮拜，粗略地打出了一個輪廓，今天天一亮就回到這塊石頭前，卻越看越不滿意。

當初會買下這塊石材，是因爲在第一眼，他就看出了隱藏在堅硬石頭底下柔軟的「她」。這是一種直覺，他的雕刻從來不是創作，而是深深的凝視，尋找出被困在石中的靈魂，然後藉由手中刀，還其自由。

然而隨著時間推進，他下刀的次數越多，「她」的面貌卻益發模糊。姜尋心一煩躁，下手時不覺多用了半分力，刀鋒如切奶油般整段沒入岩石之中。

「鼻子沒了，要刻成佛地魔嗎？」燕雲抓著一個貝果坐在不遠處的木頭欄杆上，邊啃邊發問。

姜尋面無表情地抽出刀，隨手一揮，石像的腦袋飛了出去，在空中畫出一道漂亮的弧線，落地滾了好幾圈後，停在表面已結冰的小溪旁。

燕雲的視線追著那顆腦袋跑，嘴巴也沒停下來：「浪費石材啊，老闆你要是缺乏靈感，乾脆這個月我們去員工旅遊……嗨，流雲，我愛你！」

最後那三個字顯然針對流雲手中塞滿零食的提籃而發，燕雲將吃到一半的貝果往地上一扔，蹦蹦跳跳地走到流雲面前，一把搶過提籃開始翻，一邊嘴巴還唸個沒完：「黃瓜口味，螃蟹口味，居然還有大麻口味？天啊我只不過想安靜吃個洋芋片，爲什麼上帝要用這麼多奇葩口味來考驗我？」

「妳什麼時候安靜過？」流雲問。

「這不是重點！重點是……」燕雲崩潰地抽起一包芥末口味洋芋片，舉到流雲鼻子底下，問：「你就不能買點正常的東西嗎……咦，這啥？」

一個中式信封從提籃裡掉了出來，燕雲用腳將信封踢起，唸出寄信人的名字：「王鉞？刑名養的狗？」

「她男朋友。」流雲糾正她：「很聽話的那種。」

「當『男朋友』這個詞還沒被發明出來的時候，我們稱這種關係就叫主人與狗。燕雲反駁。

「養狗要餵，王鉞不用。」流雲言簡意賅。

燕雲說不過他，決定耍賴：「你也不用餵。」

「當然。」流雲不爲所動：「我都自己上網訂購，包括妳手上這包。」

「……笨狗！」

聽到這裡，姜尋不禁微笑。在他有限且混亂的記憶裡，燕雲跟流雲的相處模式倒是始終如一。一個話雖然多，卻往往講到自己氣急敗壞；一個話少，永遠一針見血。難得的是一矛一盾處於一室之內，表面上看起來充滿矛盾，實際上卻相依爲命，就這麼過了近千年。

自己呢？這幾千年，他都是怎麼過的？

又一陣煩躁感湧上心頭，姜尋一甩手，刀迎風而長，瞬間變回厚重的虎翼刀原貌。他舉刀躍入群石林立的雕刻場中，掃、劈、拔、削，每一招刀光閃過之處，亂石崩雲，飛屑四散。

幾下縱橫跳躍之後，場中可用的石材已經毀得差不多了，姜尋滿身的精力卻還沒發揮到一成。就在最後一塊花崗岩應聲裂成一灘碎石之際，姜拓的聲音在身後響了起來。

他問：「這算什麼，現代藝術創作？」

姜尋一言不發，轉過身刷地一刀劈向姜拓。他的刀法大開大闔，招式沉猛渾厚，姜拓側身閃過，半長的頭髮卻被刀風斬斷一小撮。

他雙眉揚起，伸手往空中一抓，手中頓時出現一柄弓背凹刃、刀尖上翹的修長彎刀，刀柄上裝飾著一隻身體盤成環狀，兩側生有雙翼的應龍，刀鋒光芒閃爍。

這便是上古三大凶刀之首的龍牙刀。

若論鋒利，龍牙刀與虎翼刀不相上下，但虎翼刀刀身厚重，與龍牙刀正面對敵肯定吃虧。好在姜拓的刀法講究出其不意，並不強調以力碰力，姜尋再次大步逼進，姜拓隨手一擋，巧妙地格開虎翼刀，順手脫下西裝外套扔在雪地上，同時快步繞到姜尋身後，一刀斜斜往上挑刺，在紛紛落雪中向姜尋出刀。

這一刀風格奇詭，明明速度並不算太快，但出刀的方位與時間拿捏得太過巧妙，讓姜尋騰不開手回擊，也無處可躲。

眼看龍牙刀就要直直斬向自己，姜尋忽地收刀，縱身上跳，不靠異能純粹憑藉體力，硬生生平地拔高兩三公尺，讓姜拓這一招徹底撲了個空。姜尋在空中一扭腰，如獵鷹搏兔般揮刀又向姜拓劈來。

兄弟倆你來我往，纏鬥二三十分鐘仍平分秋色，一旁燕雲已經開了四包洋芋片，像看現場秀般開開心心地拉著流雲坐在欄杆上，一邊吃還一邊指手畫腳點評。

而在雕刻場上，兄弟兩人打著打著，不知不覺慢慢移到溪畔。就在某一刻，雙刀相撞後又分開，姜拓正要變招，姜尋忽地舉腳，足球射門似地一腳將剛剛砍下的石像腦袋踢向姜拓，虎翼刀也在瞬間脫手，一上一下兵分兩路襲擊姜拓。

這突如其來的攻勢十分刁鑽，然而姜拓臨陣不亂，一個漂亮的鐵板橋仰天往後躺，背幾乎貼到地面，雙腳卻仍牢牢釘在地上，同時避開了虎翼刀與石球。

他正要起身回擊，姜尋卻躍至他身旁，伸出手扯了姜拓一把。

比起之前所有過招，這一下子如少年般拉扯的行爲才最教姜拓猝不及防，他腳一滑，整個人摔在柔軟蓬鬆的白雪上，旁邊紅杉木的樹枝抖下一大攤雪，將他蒙頭蒙腦地蓋住，整個人幾乎完全被雪所掩埋。

姜尋蹲在樹下哈哈大笑，緊接著，雪地裡忽地伸出一隻手，把姜尋也扯跌到地上。他仰躺在姜拓身旁，樹枝再度震動，無差別地把姜尋也一起埋葬，從遠處看來，只剩兩個小雪包堆在高聳的紅杉之下。

天空無片雲，既晴且冷，兄弟倆就這麼並排躺著，默默無言看了好一陣子天空，姜尋才開口，用略帶嘶啞的聲音問姜拓：「老哥，我現在的刀法，跟以前比起來如何？」

「差不多。」

姜尋喔了一聲，對著天空說：「我當然不會爲了增進刀法，自己封印自己的記憶。」

姜拓沒吭聲，姜尋等了片刻，從雪堆裡跳了起來，蹲在姜拓的旁邊問：「不會吧？趕快跟我說我沒那麼蠢！」

「我並不知道你爲什麼選擇這條路。」姜拓悶悶的聲音自薄雪下傳出：「在那之前，你獨自在外頭流浪了許多年，有幾次落魄到慘不忍睹，我想給你錢你也不要，小白去找你，被你暴揍到差點沒辦法化形。後來有一天，你在半夜突然闖進我辦公室，要我幫你，封印記憶。」

姜尋將姜拓臉上的雪撥開，盯著他的臉問：「然後你就幫了，沒問爲什麼？」

姜拓沒好氣地瞧著弟弟：「我跟你大打出手，直接毀了那層樓。」

姜尋一怔，哈哈大笑，用手狠狠抹了把臉，說：「雖然我完全不記得有這回事，但聽起來眞爽。」

「當年打完，你也只講了一個字──『爽』。」姜拓自雪地中直起身，盤腿而坐，直視姜尋又說：「然而我非常確定，我所認識的那個姜尋，並不會因爲爽，就封印自己的記憶。」

姜尋默然片刻，抬頭問：「我以前是個什麼德性？」

「小事不靠譜，大事從不耽誤。」姜拓頓了頓，用一種帶著淡淡懷念的語氣，又說：「任性得很，但說得出就做得到，是這世上唯一能讓我無條件信任的傢伙。」

「然後我主動抹去所有記憶。」姜尋長長呼出一口氣，問：「不覺得我辜負了你的信任？」

「擔心過，但事實證明，並沒有。」一隻冰涼而優美修長的手按上姜尋的肩頭，姜拓緩緩又說：「我也曾經迷惑。你我出自同一顆隕星，化形後的百年內幾乎形影不離，究竟何事逼你走上這條不歸路，而我竟一無所知？」

「封印記憶之後，你忘卻許多事，反而令現在的你，更像剛化形成人時的你。你雖然不記得我們一起出生入死的經歷，但你我兄弟相處卻更出自本心。坦白說，我既歡喜，又復惆悵。」

姜尋垂下眼看著姜拓擱在自己肩膀上的手，慢慢地問：「那如果我想恢復記憶呢？」

「我幫你。」

「不問緣由？」姜尋倏然抬頭，眼神鋒利。

姜拓反問：「我問了，你說得出來嗎？」

姜尋頓時像洩了氣的皮球般整個人癱了下來。他搖頭，望向姜拓說：「我最近越來越常覺得煩，煩到最後恨不得拿起刀開始砍，看到什麼砍什麼，最好是能把這人間統統砍成碎片，一了百了，大家一起完蛋。」

「恢復記憶可能只會讓你更煩。」姜拓一針見血地說。

「這才是眞正的我？」姜尋苦笑一聲，問：「封印了記憶都壓不住，就是要亮獠牙。」

「那又如何？」姜拓站起身，手中刀憑空消失。他傲然說：「我們生爲兵器，出入死生之地，肩負存亡之道。你要繼續龜縮在這鬼地方雕石頭，那才叫違逆本性。」

姜尋摸摸鼻子，嘟囔著：「不衝突，我可以一邊毀天滅地，一邊進行愛跟藝術的交流……」

「老闆你好中二，我好想吐。」燕雲清脆的聲音突然插入，緊接著流雲同意的「對呀」也隨即傳出。

姜尋比了個手勢，虎翼刀掉轉刀頭，朝兩名不幹正事專職吐槽的員工飛去，流雲與燕雲取出盾與矛，三件兵器頓時戰成一團。

姜拓站在雪地裡環顧左右，悠然說：「這次打架地點選得不錯，破壞雖大，損失卻不多。」

他向姜尋伸出手：「來吧，我支持你取回記憶，無論是好是歹，一起面對。」

姜尋盯著那隻手一會兒，忽地抓住一把跳起來，拍拍屁股說：「嘿，老哥，我一直很想問你件事？」

「問。」

「我那些雕塑作品，不會都是你花錢指使人買的吧？」

「要給你錢直接就給了，我沒那麼無聊。」

「所以我還眞有些藝術天分？」

「世風日下，品味低落，恢復記憶後你記得改過自新就好。」

「去你的。」

姜尋往雪地裡抓了一團雪便往姜拓砸，姜拓側身閃過，正色對姜尋說：「別鬧。之前幫你封印的老師父早過世了，這事該怎麼辦，還得從長計議……這又什麼鬼？」

他才說到一半，虎翼刀就咻一聲飛到他面前轉圈圈，搖頭晃腦左搖右擺。

姜尋對姜拓燦爛一笑，說：「想起一個人，心情好。」

姜拓面無表情地看著一臉蠢樣的弟弟（以及沒有臉但依然渾身蠢樣的虎翼刀），說：「對了，有封信，你當年在封印記憶之前交給我的……」

被燕雲形容成狗的王鉞，此刻正抱著刑名，一步步走在通往九份黃金神社的登山步道上。

他的身形魁偉，肩寬背厚，外表年齡在四十歲左右，長相十足硬漢風格，抱著刑名的雙臂毫不費力，即使是身材高挑的刑名，窩在他懷裡也似一隻依人的小鳥。

這隻小鳥的身體狀況顯然不太好，刑名垂著頭，雙目緊閉，雙脣也抿得死緊，額角汗珠直冒，彷彿正在經歷極大的痛苦。

這條步道前半段坡度平緩，路面也有整修，王鉞抱著刑名走起來如履平地，一點也不顛簸。到了後半段坡度驟然變陡，老舊不堪的石階崎嶇不平，王鉞維持原本的速度，健步如飛，一個沒留心腳下滑了塊小石頭，身子晃了晃，他懷裡的刑名頓時呻吟出聲。

「要不要休息一下？」王鉞停下腳，低聲問懷中的她。

刑名搖搖頭，倦怠地說：「休息也沒用。世界異變，那幾個傢伙的能力越來越強……」

她說到一半，五官忽地扭曲變形，像是有另外一張臉想要從皮膚底下鑽出來似地。她嘴巴歪到一邊，含糊地發出如少年般高亢的聲音，天真無邪地問：「鼎鼎呢？上次不是說好了她要帶我回老家玩？」

刑名的眼睛依舊閉著，顯示她依然擁有對身體大部分的控制權。王鉞衡量輕重，忍著氣答：「夏鼎鼎舊傷復發，暫時沒辦法化形，你先回『暗處』，我跟刑名會想辦法幫她——」

「騙人！」刑名忽地暴怒，發出如小女孩般輕脆略帶惡意的聲音說：「冀州你不要聽他的，他們才不會去幫鼎鼎。」

刑名的五官又開始扭曲，她喘著氣，用自己的聲音低吼：「滾回去。」

「憑什麼？」小女孩傲慢地反駁：「妳活太久，該讓位囉——」

她話還沒說完，刑名驟然睜開雙眼。在路燈的照射下她的雙瞳竟像漣漪般一圈圈散出金黃色的光暈，她惡狠狠地瞪著虛空中的一點，從齒縫裡蹦出一個字：「滾！」

她的五官在瞬間回歸原位，然而整張臉都是汗，額角鬢間的頭髮已被冷汗浸濕透。刑名掙扎著雙腳落地，彎下腰就傳出一陣撕心裂肺的猛咳。王鉞憐惜地伸手攬住她，另一隻手則一下又一下緩緩撫摸她的背。

就在刑名好不容易平息了呼吸，才剛直起腰，一陣啪啪啪的拍手聲自石階上方傳出，原本離他們有百來步距離的一名年輕男子蹦蹦跳跳地走了下來，蹲在高出幾階的石梯上，瞇著一雙眼尾微微上翹的狐狸眼，笑嘻嘻地朝刑名問：「情況都變這麼嚴重了，要不要我幫忙啊？」

狐狸眼男子穿著一件騎士風的皮夾克，脖子上有類似象形文字的長條刺青，左耳打了一堆洞，掛滿叮叮噹噹各種金屬耳環，乍看之下就像個街頭的小混混，雖然嘴裡說「幫忙」，態度上卻更像是想看好戲，沒有半分同情之意。

然而王鉞與刑名卻並未因對方的無禮而動怒，他們對望一眼，王鉞雙脣微動，刑名對他微微搖了下頭，然後轉向狐狸眼男子，客氣地說：「等我撐不下去的時候，再懇請族長出手，先謝過。」

狐狸眼，也就是亞醜族的族長司計霜失望地扁了扁嘴，拍拍屁股站起身說：「快點，晚了不保證能看到黃金喔。」

「你們當年爲什麼會把黃金藏在這裡？」王鉞問。

計霜打了個呵欠，吊兒郎當地說：「百多年前的事情，藏就藏了，後來懶得動，就這樣。」

「怕封狼用瞬移來搶吧。」刑名仰起頭，對王鉞甜甜地一笑，解釋說：「這山裡面到處都是大大小小的金礦銅礦，藏一小罐黃金在裡頭，就跟把一片樹葉藏在森林裡的意思一樣。」

祕密被揭穿，計霜也不以爲意，他抓抓頭，指著刑名說：「變成人之後啊，我深刻領悟到一件事：槍打出頭鳥，聰明的都死早。祝九是個好例子，妳自己保重。」

他說完，便一陣風似地衝上山，半點也沒有等其他人的意思。王鉞伸手攬住刑名的腰，刑名搖搖頭，說：「我自己能走。」

「別逞強。」王鉞沒放開手，卻也不堅持要抱著她走。刑名於是靠在王鉞身上，用一種嬰兒學步般還不能完全掌控身體的姿勢，一拐一拐蹣跚地往上走。

走沒幾步路的功夫，司計霜已不見影蹤。就在刑名又扭到自己的腳，不得不停下來休息時，王鉞摟著她的腰，靠近低聲說：「我幫妳。」

「別，你的異能是王牌，不到關鍵時刻我們絕對不動用。」刑名靠在王鉞的肩膀上，喘息了一會兒，用癡迷的眼神凝視山腳下一層層閃爍著琥珀色光影的建築物，輕聲說：「好美，你看。」

那是座落於陰陽海旁的十三層遺址，柔和的燈光將這棟荒廢多年的選礦場照映得恍若一座被眾神所遺棄的宮殿，與附近聚落的燈光相呼應，一路延伸至海面上的點點漁火，構成一幅絕美卻也淒涼的畫面。

王鉞順著她的視線往下看，點點頭說：「是不錯。妳要喜歡，我們在這兒多住上幾天。」

「我說啊，你看，這畫面像不像傳說中末日前的光景？」刑名搖著他的手臂，像小女孩似地撒嬌問。

王鉞又瞥了遺址一眼。他對這份景緻毫無感受，卻縱容地朝刑名說：「妳說像就像。」

「這份景色提醒我——除了指望姜尋取回記憶，搞不好還有一個辦法，能更快進入傳承。」刑名笑盈盈地這麼說。

一講到進入傳承，她便容光煥發，連眼睛都變得有神了。刑名不等王鉞開口，自顧自繼續往下說：「你記不記得，每次有強大的傳承者死亡，傳承就會開啓，把人給收進來？」

王鉞遲疑答：「我們並不知道傳承收的是人的哪些部分——魂魄？記憶？我們其實從來沒弄懂過傳承——」

「那不重要！」刑名打斷他：「只要它開門就好，我們抓住時機，設法混進去。」

王鉞更加遲疑：「那、豈不是我們得派人監視那些可能是傳承者的修復師，等他們死亡的那一刻趕到現場——」

「笨，我們可以殺啊。」刑名興奮地說：「我不是罵你，我是罵我自己笨，怎麼沒早點想到這個好主意，還隨便葉云謙拿傳承者做實驗，浪費不少好材料。不過沒關係，糾正得回來，就不知道誰死傳承會開門……要不我們可以一次多殺幾個，隨它挑？」

她提及殺人，口吻就像是我們來辦場派對吧般開心。王鉞卻神色凝重地說：「濫殺修復師，會讓其他所有化形者聯合起來對付我們。」

「所以得把事情搞大，在我們成功之前，先轉移焦點。」刑名抱住王鉞的手臂，凝視山腳下遠遠的燈火，一邊盤算一邊說：「葉云謙可以用，但他私心重，需要控制住，不過這個簡單。麻煩的是需要多訓練一批人，盯緊名單上的那些修復師……」

王鉞靜靜聽了好一會兒，伸手摟住刑名，低聲問：「萬一我們進入傳承之後，才發現根本無法動用異能，只能任人宰割呢？」

「那就聽天由命。反正不管結果如何，我腦子都會安靜下來。」刑名毫不猶豫地答完，摸摸王鉞的臉，澀聲說：「就只是……害慘你了。」

她的指尖還略爲顫抖，顯然身體並未復原。王鉞闔上眼，將自己的手覆蓋在她的手背上，以低沉而堅定的聲音答：「爲了妳，我樂意。」

6. 難得糊塗

在老家的修復室裡，如初度過了一天、兩天，三天……

等待的光陰度日如年，在移除禁制後的第七天，她沒等來蕭練的甦醒，倒是接到姜尋的電話。

視訊電話。螢幕上姜尋穿了件T恤站在雪地裡，頭頂著一大片無邊無際的湛藍色天空，舉起雙臂告訴她：「我的工作場。」

這還是如初第一次看到雕刻家的室外工作場地，四方市天氣已經陰沉了好一段日子，連帶讓人心情都跟著鬱悶，驟眼看到驕陽掛在藍天正當中，她忍不住合掌，雙眼發亮，讚嘆地說：「好美好美喔。」

「眞的？」姜尋抓抓頭：「我覺得還可以而已。」

「你標準太高了啦！」如初嚷著說。

她的言行比往常活潑，簡直可以稱得上激動。自從蕭練的禁制被移除之後，杜長風養成了一大早出門上班，深夜才回到老家呆在客廳裡陪鼎姐的生活習慣，如初已經一個禮拜沒跟他說過話了。含光跟承影也不見人影，都不知道在忙什麼。喬巴跟麟兮倒是玩成一片，益發不愛理她，她簡直像是一個人住在孤島上，連個說話的對象都沒有，乍見姜尋，比見到親人還興奮。

姜尋聽了如初的話，頗有同感地點頭，側身指著後方兩座大型雕塑說：「最近沒有靈感，我買了米羅的複製品，然後用相同的概念再雕一座，當作練習，居然還有人出價……妳覺得該不該賣？」

「額？」如初頓時傻眼。

她剛剛誇讚的其實是大自然，不是姜尋的作品。但現在糾正似乎有點傷人，如初於是順著姜尋指的方向看了半晌，不好意思地問：「哪一座是米羅的作品啊？」

姜尋指向左邊。那是一座比姜尋還高的大型雕塑，土黃色長方體的基座上頭伸出四根鐵黑色的尖銳物直指天空，形狀跟一只木頭柄放大了百倍的叉子沒有兩樣。右邊雕塑的底座跟左邊類似，上頭卻是個內凹的黑色橢圓型，湊在一起就是叉子跟湯匙配成對，一種外食族自備餐具的良好概念……

如初思索著，慢慢問：「這個雕塑，主題意識跟環保有關嗎？」

姜尋搖頭：「沒多想，興之所至，爲什麼這麼問？」

「因爲、就……你等我一下。」

如初拿起手機，快速搜出一套顏色與形狀都頗爲相似的環保餐具圖，秀給姜尋欣賞。姜尋用鼻孔哼了一聲，亮出虎翼刀，刀尖直指她鼻尖，說：「敢批評我的藝術的人，都活不久。」

「跟你比哪個人類都活不久好不好，踮什麼啊，我生命短暫我驕傲！」如初昂起下巴反駁回去後，又有點洩氣，趴在桌子上喃喃說：「快發霉了，好想晒太陽。」

「那不簡單，飛來美國找我玩，包吃包住，看妳要滑雪還是溜冰，我統統奉陪。」姜尋對她眨眨眼，如此說道。

如初有些心動，才直起腰要答應，忽地想到一件事，又趴了回去，奄奄地說：「宵練劍是古物，想出國只能靠化形後自己辦護照搭飛機，我帶不走他。」

「帶不走鎖進櫃子裡不就得了？三劍的老巢，妳還怕小偷闖進來不成？」姜尋不以爲然地這麼問。

如初將臉埋進手臂裡，悶悶地說：「我捨不得離開。」

「那如果蕭練一輩子都醒不過來，妳打算守他一輩子？」耳朵邊，姜尋再問，話雖銳利，語氣卻不是不同情的。

他也等過誰嗎？

如初抬起頭，說：「這輩子還很久，我現在不想離開他，現在就不離開。」

四目相視，她忍不住多嘴，問：「欸，爲什麼我感覺你懂啊？」

「別，我不要懂。」姜尋先斷然回應，然後向她張開雙臂，又說：「爲一把劍苦守寒窯，不值當。趕快拋棄他，奔向我的懷抱吧。」

這句表白毫無說服力，倒是頗具搞笑精神。如初一邊哈哈大笑一邊猛點頭，非常配合地說：「來了來了，等我把冰箱裡的存糧都吃光，一定過來投靠你！」

「然後再吃垮我？立志當米蟲啊妳？」姜尋求愛不成，立刻犀利吐槽。

兩人又嘻嘻哈哈聊了幾句，如初心情放輕鬆之後，慢慢注意到姜尋有點不太對勁——他今天特別愛胡說八道，特意搞笑，當然一部分原因可能是爲了逗她開心，但其中似乎也有一部分原因，是爲了讓他自己沉浸其中，忘卻煩惱。

姜尋的煩惱是……

又聊了一陣子，如初逮到一個空檔問：「你的記憶怎麼樣？搞清楚怎麼回事了嗎？」

姜尋臉色僵了一下，靠回雕塑，看著她慢吞吞地說：「妳還眞是哪壺不開提哪壺。」

如初學他平常的樣子聳聳肩，痞痞地說：「沒辦法，生命有限，直話直說可以節省時間。」

「妳對，那聽好了。」姜尋抓抓頭，說：「記憶這玩意兒，我自己當年鬧著不要的。」

「爲什麼？」如初瞪大眼睛。

「原因記不得。我本來還不肯信，但是我哥拿出據說是我寫給他的親筆信……呃，妳自己看吧。」

姜尋說著便從褲子口袋裡掏出一張揉成一團的宣紙，攤平了拿近手機給如初看。只見信紙上頭豪放地用狂草寫了四個大字，頗爲難讀，如初認了半天，一個字一個字唸出聲：「難．得．糊．塗……這眞是你寫的嗎？」

「筆跡是我，沒簽名，有落款。」

姜尋將落款處湊近鏡頭，如初於是看到一隻用毛筆畫的小老虎，雖然只有寥寥幾筆但活靈活現，看上去就一副跩樣。

她無語片刻，下結論說：「你沒失去記憶之前就有當藝術家的潛力了。」

姜尋噗了一聲，說：「這封信要是正正經經的，我還會懷疑我哥在糊弄我，可這風格……哎，不是我自誇，他想僞造都沒門。」

如初頗有同感地點頭，姜尋嘆了口氣，盤腿坐在白茫茫的雪地上，抓抓頭問如初：「妳說我當年到底在想啥，幹嘛好端端封了自己的記憶？」

想起姜尋永遠刻不完的那名女子頭像，如初靜默片刻，小心翼翼瞅著他的臉問：「你有沒有看過一部電影，男主角失戀，爲了忘掉這段感情，他去到一個診所，刪除全部跟女主角有關的記憶？」

「Eternal Sunshine of the Spotless Mind.」姜尋淡淡答了一串英文，看如初一副茫然的模樣，勾脣一笑，解釋：「妳講的那部電影的英文片名，是從波普的詩裡摘出來的一句，形容刪除記憶之人變得十分純淨，無瑕心靈，永世陽光燦爛。」

他沐浴在陽光之下，懶洋洋地這麼講著，神色不變，只有語氣帶上一點諷刺，卻在驟然間，讓如初覺得，她從來沒認識過姜尋。

她壓下心中驟然掀起的驚駭，頓了頓，試探著又開口說：「我以前常常看你隨手撿塊石頭，然後就開始雕刻……」

「我知道。」姜尋苦笑：「我不知道我刻的是誰，但我會留意自己的習慣性動作，同時設法找出這麼做的原因，所以問題來了——」

他抬起眼，直視進她的眼底，問：「應如初，妳認識的姜尋，會爲了逃避過去，而自願割捨記憶嗎？」

如果他換個方式問，如初可能還有所猶豫，但他問的是「應如初所認識的姜尋」，因此她毫不遲疑地答：「不會。」

姜尋嘴角微揚，再問：「那麼，妳認識的姜尋，在什麼情況下會做出這種事？」

「我認識的姜尋嗎？」如初尋思半晌，略帶遲疑地說：「我想不出來你在任何情況下會去做這種事，除非……」

她打住，姜尋催促地問：「除非什麼？」

「除非，你想保護什麼人……」如初頓了頓，補充說：「也不一定是人類，你哥，或者姜小白？」

「我老哥不需要我保護，小白就是個闖禍精，遲早出事……」姜尋反駁到一半，皺起眉喃喃說：「爲了保護，只能遺忘？」

他的眼神逐漸變得深邃，過了片刻，姜尋忽地一躍而起，注視著如初問：「妳能不能幫我個忙，聯絡秦師父？」

「可以呀。」如初原本坐在起居室裡用筆電跟姜尋聊天，聽了這個問題她不假思索地抓起手機，一邊翻通訊錄一邊告訴姜尋：「老師雖然也上網，可是不用任何通訊軟體，就一個手機號，有事講電話，我給你他的號碼——」

「我有秦師父的號碼，打了好幾天，他一聽到我的聲音就掛斷。」姜尋打斷她，平靜地這麼說。

如初手一頓，抬眼望向姜尋，說：「老師身為修復師，他愛古物，卻很討厭古物化形成人的你們……」

她打住，姜尋鄭重地點頭，如初於是接著問：「為什麼？」

「一個錯誤。」姜尋長嘆一聲，說：「當年秦師父的師父帶著他一起動手封印我的記憶。不巧那天秦師父的妻子早產進手術房，我哥擋下了這個消息，等秦師父幫我弄完，一整天過去，他妻子難產——」

「然後呢？」如初打斷姜尋，提高了聲音問：「師母就是那時候去世的？你哥居然沒讓老師見到他家人的最後一面？」

她只知道師母在多年前就過世了，卻不知道前因後果。姜拓實在太惡劣，不可原諒！

這還是姜尋頭一回見如初如此聲色俱厲，他無奈地搖頭，說：「妳想到哪裡去了？最後母女均安，不過秦師父的妻子因為生產過程的波折，後來身體變很差，幾年後還是走了。但這事就算他當時趕到現場也幫不上忙，頂多就是陪伴，對結果不會有任何影響。」

「這樣……」如初不知不覺鬆了口氣，但依然板著臉，說：「你哥那樣做還是不對。」

「我知道。」姜尋隨手自空中抓出虎翼刀，舉起刀背有一下沒一下地敲著手心，說：「但歸根究柢他是爲了我，所以這錯要算也只能算在我頭上。過去這些年，我幾次親自登門致歉，都被秦師父賞了閉門羹，但這次情況不同，只能拜託妳。」

雖然對方是姜尋，但這個「拜託」還是讓如初感到爲難。她咬了咬嘴脣，問：「你想拜託老師幫你恢復記憶？」

「想，但也還沒完全下定決心，需要找秦師父談談。不過我欠下的人情，我自己還，妳千萬置身事外。」姜尋看進她的眼裡，又說：「我只要妳幫我捎上一句抱歉，再告訴秦師父，無論任何事，只要他開口，姜尋赴湯蹈火，在所不辭。」

他的神情太過認眞，如初怔怔地望著他，忽然有點心酸。下一秒，姜尋驟然笑出聲，瞬間恢復到平常天不怕地不怕的模樣，他曲起指節虛敲了一下她的額頭，問：「想什麼？」

「……發呆。」

「繼續呆著。等妳需要的時候，我也赴湯蹈火，在所不辭，一樣。」

7. 今何在

本性是什麼？

是一種特質，讓一個人即使改變經歷、改變記憶，當面對到同一問題時，依然做出同樣的決定？

她應不應該幫助姜尋？

那句「赴湯蹈火，在所不辭」讓如初掙扎了許久。當晚她縮在床上，雙手握住宵練劍，將臉頰貼在冰涼的劍身上，喃喃說：「你一定會叫我不要管，對不對？」

「我也不太想管，總覺得，好複雜。姜尋維持現在這樣不是很好嗎？他可以等到我死了以後再去恢復記憶，有什麼好著急的……」

她最近怎麼老是講到自己的死亡？如初打住，搖搖頭，又說：「其實我搞不好只是在害怕。出事之後嘉木找過我好幾次，我都沒跟他聯絡，不想說謊，又不知道該怎麼講。如果幫姜尋找回記憶，會不會連這個朋友都沒有了？」

「我這樣想，很自私吧？」

長劍忽地嗡了一聲，如初眼睛一亮，忙舉起劍左看右看，忽地想起一件事，又對著宵練劍說：「我覺得呢，姜尋有時候看我的眼神，好像是要透過我看到其他人……所以他眞的很喜歡過一個人，然後那個人跟我長得很像？」

姜尋用這種眼神看她的次數很少，要不是今天這通視訊電話，她還無法確定。如初問完，期待地等長劍回應。然而劍自此恢復沉寂，連一點些微的震動都不曾再有。

她失望地摸摸劍尖，將劍放在枕頭旁邊，倒下，將羽絨被拉到蓋住下巴。這一夜，如初闔著雙眼，內心從翻攪到漸趨平靜，卻始終無法入眠。

兩天後的午休時間，她踏出修復室，走到窗前拿出手機，撥打秦觀潮的電話。

鈴響數聲之後有人接起，不耐煩地喂了一聲，問：「誰啊？」

那人的聲音略暗啞，聽上去像個三十歲左右的女性，如初愣了一下，客氣地說想找秦觀潮先生，對方也愣了一下，答說抱歉她拿錯手機了，朝外頭喊了一聲爸，幾秒後，秦觀潮略帶疲憊的聲音自另一端響起。

他劈頭就問：「姜尋要妳來找我？」

如初趕緊解釋姜尋只不過拜託她代爲致歉，別無他意。秦觀潮聽罷，卻冷哼一聲，說：「居心叵測。」

這反應也太糟了，如初頓時傻眼。然而在電話另一頭，剛才自認拿錯手機的女子聲音響起，她略帶不滿地說：「你就不能好好講話，一定要這麼衝？」

如初聽得一頭霧水——這個女生是秦老師的女兒吧？她自己用這種語氣跟爸爸講話，然後還怪爸爸語氣不佳？

然而秦觀潮只朝女兒叨了一聲沒事，居然放緩了語氣，對如初說：「妳別什麼都聽那群傢伙擺布，得自己拿主意。」

「我拿什麼主意？」如初更加迷惑。

「人家為什麼找上門，妳心裡都沒點數？」秦觀潮反問一句，也不等如初回應，又說：「當年我師父兵禮雙修，自己一個人就能完成這份工，帶上我算多個學徒打雜，方便，但不是必要。如今情況不一樣，就算我眞願意接姜尋這張單，也要一個主修兵器的修復師配合才有可能成功。這人選誰最適合？妳自己動動腦。」

也許是因為旁邊有人，秦觀潮這番話說得十分模糊，但如初完全聽懂了。她愣了愣，忍不住抗議：「可是我檢查過虎翼刀，除了被包了一層金屬膜之外狀況很好，要怎麼修才能讓他恢復記憶，我一點概念都沒有啊！」

「不懂就去學，給了妳一箱子書，都拿去當擺設了？」

秦觀潮才回了這麼一句，他女兒的聲音又響起，催他吃藥量血壓。這一回秦觀潮不再客氣，氣呼呼地回了一句「少囉嗦，我的身體我還不知道」，這通電話於是草草結束。如初抓著手機小跑步回到房間，也顧不得摸摸正窩在枕頭上睡大覺的喬巴，立即趴到地板上，從床底拖出一個小紙箱，抱起來奔回修復室。

箱子裡頭裝的，正是師祖的筆記。如初拆開封箱膠帶，只見十個整整齊齊的油布紙包疊成一落，每個上頭都標注有年分，少則一年多則三年。她找到年代最早的一個紙包，打開後看到三本厚厚的筆記本，每一本的封面上除了日期，還記載著所修復的古物名稱與年代，條理清晰。

第一本筆記裡的第一件古物，是柄商代的鳥首大于戈，出土於明代的墓中。師祖寫著，在修復過程中他發現戈身與戈柄雖然均屬於商代，銅質也類似，但鏽斑卻有著明顯差異——鳥首戈柄的鏽色偏紅棕帶粉末狀，戈身表面卻已氧化出一層硬殼似的綠皮鏽。

只有當埋在溫濕度與土壤均大不相同的地底，才可能讓類似的材質產生出兩種截然不同的鏽斑。師祖由此推斷，這件鳥首大于戈，其實是由兩件青銅器拼接出來的偽器，而且還是由宋朝宮廷鑄造坊所監製，最後落入明朝皇室手中。他將短戈清理乾淨之後，在把手與戈身之間找到極細的焊接痕跡，證明他的猜測果然無誤。

雖然客戶嫌他多事，師祖還是秉持初心，將這一切記錄下來。筆記用半文言的方式寫就，如初匆匆看過，發現師祖寫得簡明卻扼要，不藏私不賣弄，對於修復所需的技藝部分尤其清清楚楚。更重要的是，他心思慎密，在字裡行間透露出一種強烈的追根究柢性格——這根本就是古物界的名偵探吧，任何東西到他手上，不弄明白來龍去脈絕不罷休！

這樣的師祖，在封印姜尋記憶之前，會不會已經考慮到解除的方法了呢？

抱著希望，如初在拆到第七個油紙包時，發現中間的筆記封面上，只有三個大字「虎翼刀」。

底下還有一行不同筆跡的小字，寫著「美人贈我金錯刀，何以報之英瓊瑤」。如初沒管這行詩，趕緊翻開研究內容，只見裡面分了三章，分別爲制槽、鑲嵌與磨錯。

這是錯金工藝的三個基本步驟，用金銀絲扭曲後在器物的表面上鑲嵌成花紋或文字，在西元前一千五百年即已出現，應用之廣遍布所有青銅文化，可以說是世界上最古老的工藝手法。

錯金工藝說起來簡單，做起來卻可以複雜到無以復加，修復頂多只能讓人用肉眼看上去差不多，基本上無法完全恢復原狀。想到虎翼刀上被金屬膜覆蓋的蟬紋，如初心裡咯噔一聲，急急往下讀。

她一直讀到下午，翻完整本筆記簿，這才拿起手機，打給姜尋。鈴聲響了許久才接通，姜尋那端非常吵，鳥叫聲混雜了轟隆隆的馬達聲，他在嘈雜的背景中朝她喊了一聲哈囉，聽起來心情很不錯。

如初頓時有種皇帝不急急死太監的錯覺，她平息一下心情，開口說：「姜尋，我有一件很重要的事要問你。」

「正好，我也有事要告訴妳，妳先說。」

「你有沒有用放大鏡看過你刀身上的蟬紋？」

這個問題怎麼聽怎麼莫名其妙，姜尋撫額反問：「妳會用放大鏡觀察妳自己的指紋嗎？」

「我不會，但有人眞的會……」如初反駁後發現自己被帶離題了，急得提高聲音說：「讓你恢復記憶的關鍵，很可能是藏在蟬紋的錯金裡。現在問題是，那層後來才貼上去的金屬膜，會不會已經破壞原來的錯金紋路呢？」

她的緊張一點都沒影響到姜尋，他好整以暇地問：「有沒有破壞要怎麼查，妳懂不懂？」

「我怎麼可能懂啊？」如初猛搖頭：「我從來沒學過錯金修復——」

「那就從今天開始學吧，對了，妳吃過沒？」

如初繼續搖頭：「還沒。」

「那好，趕快開門，送外賣的來了。」

如初一愣，站起身衝出修復室。她才打開老家的大門，就見三輛水上摩托車正拐了個大彎，停靠在碼頭。

嬌小的燕雲第一個跳上岸，她開開心心地給了如初一個大擁抱，睜著一雙如漫畫女生般的星星眼，對著老家讚嘆：「三劍的老巢耶，我可以借用一下洗手間嗎？」

她不是主人，沒資格接待客人。然而面對這個問題，如初實在說不出拒絕的話，只好尷尬地答：「應該可以吧，如果妳不介意用我房間裡的浴室的話……」

燕雲拍了一下她肩膀，發出銀鈴般清脆的笑聲，說：「騙妳的啦，妳跟我們在一起那麼久還不知道我們不用上廁所？」

如初頓感無力，燕雲眼饞地看著老家又說：「不過還是很可惜，好想進去放把火喔。」

面對如此直白的情感抒發，如初決定一報還一報，她張開雙手做阻擋狀，一本正經地說：

「不行，我要維護宇宙和平。」

「爲什麼，妳加入復仇者聯盟了？」燕雲追問。

「報名過，他們不肯收。」一本正經地胡說八道眞的太愉快，如初努力繃緊臉不笑場。

「嗯，妳的確太弱。」燕雲將戀戀不捨的目光從老家建築物移到如初身上，打量一眼又說：「不過妳氣色比上次好很多耶！可見蕭練死得好，沒有他人類可以更健康。」

燕雲上次見到她，還是她被綁架數日，險些被葉教授殺害的那天，跟今天毫無可比性。如初反駁：「蕭練沒有死也不會死——」

「我了解。」燕雲打斷她，同情地點頭：「我們的感受是一樣的——好人不長命，禍害活千年。」

「誰跟妳感受一樣啊！」如初崩潰出聲抗議。

「妳中計了，鑽進燕雲的邏輯裡誰都說不過她。」流雲走上前，對如初點頭致意：「妳好。」

這一位表面上看起來是燕雲的跟班，實際上則是燕雲的剋星，如初愉快地朝流雲猛揮手，嘴裡說著「嗨，你好」，目光卻落在他身後數公尺外，那個高大的身影上。

零度左右的氣溫，姜尋卻我行我素地照樣只穿一件半舊短袖T恤。一兩個月不見，他又回到那個不修邊幅的藝術家造型，頭髮亂而蓬鬆，臉上一圈鬍渣，左手捧著幾個披薩盒，右手則拎了半打啤酒，輕輕鬆鬆地走在如初面前，站定，仔細地打量她一圈，搖頭說：「又瘦了，他沒把妳照顧好。」

這麼講對蕭練來說不公平，但話語中流露的關切之意卻很溫暖，如初搖搖頭，對姜尋說：「我有能力照顧好自己。」

啤酒被放到鋪著細雪的地面上，姜尋將手掌放她頭上，看進她的眼底，說：「有能力是好事，需要的時候再用，一直硬撐太耗能量。」

事實是，只有在姜尋面前，她從來不必努力做出堅強的模樣。所有無從跟人訴說的委屈驟然湧上心頭，如初壓抑著不讓眼眶發紅，仰起頭問：「你怎麼會想要過來的？」

「員工旅遊。」姜尋對她眨眨眼，說：「再加上最近缺乏靈感，每塊石頭看上去都像環保餐具。」

想起上一通電話，如初也眨眨眼，問：「我害的嗎？」

姜尋板起臉，答：「那還用問？」

如初哈哈大笑，笑到後來她彎下腰，趁機抹去眼角的淚滴，等直起身才發現流雲跟燕雲早就手拉手跑遠了，只有姜尋還留在原地，一臉了然地望著她，不說話。

有些時候，沉默是最好的理解。

她指指姜尋身上的短袖T恤，又問：「冬天穿成這樣過海關，都沒有人覺得奇怪？」

「在我有限的記憶裡，還從來沒在乎過別人怎麼看我。」姜尋指了指她身後的大門，說：

「進去聊，知道妳寄人籬下，我來之前跟杜長風報備過我們會來，他批准了，燕雲自有分寸，就是管不住嘴巴。」

這份體貼讓如初再度微微鼻酸，兩人並肩往老家走去，她一邊走一邊試圖解釋，她是自願留下的，而且處境其實沒那麼壞。然而姜尋聽完，只摟住她的肩膀，淡淡說：「我有兄弟，知道家人是一種什麼樣的感覺，這裡沒誰拿妳當家人。」

一句話，點出她跟蕭練訂婚以來，一直不敢不願面對的事實——他的家人，並不贊成這樁婚事。含光已表達強烈反對，承影與杜主任也只是採取了聽之由之的態度，並未給出祝福，反而逮到機會就提醒她這樁婚姻的困難之處。對於鼎姐如初還抱著期待，她跟同性一般來說相處得都不錯，鼎姐又溫柔，很可能會願意接納她，但問題是，在她有生之年，鼎姐醒得過來嗎？

如初與姜尋肩並肩，默然無語地穿過放置大家本體的客廳，來到明亮的起居間。

如初幫著姜尋打開披薩盒，從廚房找出餐具。直到嚥下第一口披薩，她才輕聲說：「可是，蕭練在這個家裡，也很孤單。」

無論人類抑或化形的古物，本質上都是生命的個體，如果周遭完全沒有同類，便會在孤獨中消散；但如果太過擁擠不堪，也會隨之失去自我。

如初還記得國高中時代的自己，沒有朋友，無論身處哪個環境都格格不入，不斷被排擠到邊緣，無法融入班上的任何一個小圈圈。爸媽愛她，她知道，但他們太忙。在整個青少年期間，只有待在不忘齋裡，與滿室殘破的古物爲伴，她才不會害怕因爲孤獨而消亡。

就這一點來說，在她所有認識的生命個體裡面，只有蕭練，跟她一樣。

她在進大學後逐漸學會了社交，雖然只是幾個小技巧，卻足以讓她在人群裡建立一點安全感。蕭練連這點技巧都付之闕如，他在任何時間點上，都沒能融入任何一個小群體中。

如初辭不達意地對姜尋說了這一切，最後下結論：「這是我認定他的理由。」

「孤獨？」姜尋問。

如初搖頭：「懂我。」

姜尋思索片刻，拉開一罐啤酒，仰頭一飲而盡，抹了抹嘴，說：「那我輸得不冤。」

這話非常有問題。如初咬下一大口披薩，毫無儀態地邊嚼邊說：「第一，我的愛情不是競賽；第二，即使是，你也沒想要贏過。」

「哦？」姜尋挑眉，問：「那又爲何？」

「直覺。」如初毫不猶豫地答：「我總感覺你心裡一直住了一個人，只是你自己都不記得了。」

「噗，女人的直覺。」

姜尋吐槽管吐槽，卻翹起二郎腿，又拉開一罐啤酒，慢慢啜飲著，彷彿在思索著什麼。

如初吃到差不多，驟然想起師祖的筆記，忙開口問：「我能看一下你刀上的蟬紋嗎？」

她話還沒說完，虎翼刀便驟然出現在她眼前，還頗乖巧地躺平了，一副貓翻肚皮等人來摸的模樣，刀背上的蟬紋一道道歷歷在目。

如初抓住刀柄就往修復室裡走，姜尋慢吞吞跟在後頭，等他準備跨進門時，如初正拉開抽屜找放大鏡，聽見他的腳步聲，她頭也不回地說：「食物跟飲料都不准帶進來。」

「嘖，好兇。」

姜尋只得折回起居間放下啤酒罐，再回來時如初已取出放大鏡，正仔細觀察虎翼刀上的紋路。

透過半透明的金屬膜，隱約可以看到原本的蟬紋裡，鑲嵌著比髮絲還細的金絲，絲線上每隔一兩公釐就出現扭轉痕跡，卻並無規律可循。

她看了半晌，抬起頭問姜尋：「揭開這層膜，你的記憶就能復原嗎？」

「妳問我？」姜尋一臉好笑地說：「妳才是修復師，記得吧？」

如初話出口馬上就知道自己問錯了，她垂下眼盯著虎翼刀，心裡急速轉著師祖的筆記，過了一會兒忽地又抬頭問：「蟬紋裡鑲的金絲，跟你本體的材質一樣嗎？」

姜尋搖頭，如初接著說：「所以我可以大膽假設，即使金絲損毀，損害到的也是你無形的記憶，你的異能跟你的身體，在封印記憶之後並沒有任何改變，對不對？」

「沒錯。」姜尋眼睛一亮，連帶虎翼刀都翹起刀頭。

他向刀招招手，讓刀飛到自己身邊，漫不經心地朝如初說：「委託妳組個團隊來修復我的記憶，日期隨妳挑，價格隨便開，怎麼樣？」

想起跟秦觀潮講的那通電話，如初咬了咬嘴脣，反問：「你一定要取回記憶嗎？」

「見過妳之後才下定決心。」他朝她笑笑，說：「一時糊塗沒什麼，活成一世糊塗，日子還有什麼意思？」

這話很對，但如初沉默片刻，不甘心地又說：「萬一修復過程出差錯的話，我怕你會忘掉更多東西。」

「那就是命中註定莫強求，甘之如飴。」姜尋頓了頓，說：「我願意賭一把，做回自己。」

他的笑容不變，但眼神卻變了，像匹孤狼，在黃昏的小道回眸凝望，周圍陡然升起一股專屬於刀客的氣場，堅決蒼涼。

這樣的姜尋對如初來說非常陌生，她本能地排斥，然而拒絕的話到了脣邊，卻無論如何都說不出口——

她的朋友，爲了做回自己，懇請她伸出援手。

她如何能夠搖頭？

深吸一口氣，如初說：「我要問過老師才能答應你，他的態度很奇怪，嘴裡說不行，卻又叫我去查師祖的筆記。」

姜尋不以爲意地一揮手，說：「那自然，心結需要花時間才能解開。有要出錢出力的地方，儘管來找我。」

如初慎重地點頭，答「好」之後躊躇片刻，又說：「我需要你把刀留下來，讓我研究上面的花紋，不過你要用的時候隨時拿走，這樣可以嗎？」

姜尋打了個響指，虎翼刀慢慢縮小，最後縮成一柄瑞士刀尺寸般的小刀。他用拇指跟食指捏起小刀，隨手自工作桌上半開的密封盒裡抽出一條半新不舊的金絲帶，纏在刀柄上打了個蝴蝶結，拎到如初面前，說：「送妳，誠意夠不夠？」

那條絲帶正是幾天前她從宵練劍上取下來，已經失效卻不知爲何並未消失的禁制。如初用複雜的神色看看絲帶又瞧瞧姜尋，忍不住問：「爲什麼要綁絲帶？」

「給女孩子的東西，當然要包裝得好看一點。」姜尋拎著絲帶搖搖小刀，反問：「不喜歡？」

「喜歡。」如初定了定神，伸手接過，答：「很好看，正好我缺一個鑰匙環。」

她掏出口袋裡的鑰匙掛上去。姜尋頗爲欣賞似地看著她動作，同時提醒她遇上壞人可以把虎翼刀放大了當武器，比防狼噴霧好用……

「妳是我在這世上刀法的唯一傳人了，別給爲師丟臉哪。」最後，姜尋以語重心長的口吻這麼說。

這個說法很姜尋，如初徹底安心了——看起來他是眞的不知道那條絲帶是什麼。也合理，蕭練怎麼可能隨便讓人看他本體上的禁制。

反正禁制已經失效，當普通的工藝品使用也好，閒下來還可以隨手拿起來研究，畢竟她始終沒搞懂將頭髮編入絲帶，究竟能增加威力還是反而造成缺陷。

她將最後一支鑰匙掛好，拎起小刀對姜尋說：「看刀。」

刀迎風而長，頓時恢復成原本的大小。如初握住刀柄，正打算對姜尋揮出一刀，孰料雙手一沉，她被刀的重量帶得腳步一個踉蹌，大刀脫手而出，準確地往姜尋斜劈而下……

「看到了。」姜尋雙掌一合接住刀鋒，一臉欣慰地說：「我要是壞人早死了，幹得好。」

這幕頗爲似曾相識，如初無言片刻，指著他說：「有種你站著別動讓我再劈一刀！」

「安可，安可。」燕雲不知何時站在門口，大力鼓掌：「全天下的老闆都欠劈。」

「全天下的員工都欠磨。」姜尋面無表情：「收假，回公司，加班。」

「禍從口出。」流雲不知從什麼時候起就站到如初身旁，用一種看破世情的語氣說出這句話。

如初望著流雲，眞心誠意地說：「我會想你們的。」

流雲低頭看她，以同等量的誠意問：「優惠價打幾折？」

如初愣了一下才意會過來，問：「呃，你是指我幫你們做修復的時候？」

「不然呢？」流雲口氣帶上三分不屑。

如初忽然感覺說話需要謹慎，她輕咳一聲，答：「除非我自己開修復室，否則價錢也不是我能決定的……」

「了解，掰。」

於是，燕雲與流雲揮一揮衣袖，不帶走一片雲彩地離開，姜尋拍了拍她的肩膀，千言萬語的眼神，最後只化做一句保重。

所有人都走了之後，如初在自己房間裡獨坐一整個下午，靠著窗，懷抱長劍。

老家的成員雖然不歡迎她成爲他們的一員，在物質方面卻並未虧待她。這個房間位於角落，兩扇窗一面向著大湖，一面朝庭園，儘管冬天窗外缺乏綠意，遼闊的雪景依然讓人不至於幽閉，也就只是不至於而已。

她想他，也想家了。

手機就擱在床頭櫃上，螢幕還顯示著她之前傳給爸媽的訊息，卻沒有任何回應。過去半年，爸媽逐漸適應了她離家後的空巢期，邁向人生下一個階段。爸爸進博物館當義工，開始他的業餘導覽生涯，媽媽聯絡上她的同學，組成投資團，到處聽人講如何購買基金保險人壽等金融商品。搞到最近他們比如初還忙，每次講電話動不動就是插播，就連蕭練已經跟她復合的事情，如初都還沒能找到一個好機會，慢慢透露給爸媽知道，更不用提訂婚……

如初本來以爲自己也已經適應了，但當天色逐漸變昏暗、恐慌忽地襲上心頭之際，她突然意識到，孤獨並非永遠的朋友，生命有時也需要一些擁擠。

衝動之餘，她放下劍，站起身走過去打開衣櫥，將衣服一件件取出、折好，放進行李箱。

她有家裡的鑰匙，她有家可以回！

忙到天黑，上網訂好下週的機票，收拾出一大箱行李，如初跑到起居室啃冷披薩當晚餐。才吃了一片，忽然聽見不遠處傳來一聲輕脆的匡噹，像是鋼杯掉落在地面的聲音。

聲音從修復室的方向傳來，但她離開前明明把門窗都鎖緊了，怎麼會有聲音？

又一聲匡噹傳來，伴隨著人走動時衣服悉悉窣窣的磨擦聲，在寂靜的夜裡特別分明，令人心驚。

如初站起身，藉著路燈往碼頭望，卻並未看到任何新增的船隻。承影含光跟杜主任即使回來，也沒道理把交通工具藏起來，然後偷偷潛進修復室。如初頓時寒毛直豎，腦子裡只剩下一個念頭——小偷！

她拿起手機準備報警，想想不對又放下——這個賊是怎麼摸進來的，難道跟封狼一樣能夠瞬移，或者是其他異能？

地板傳來震動，麟兮輕快地踏了進來，停在她身邊，舉頭望著她，青銅鑄造的雙眼裡生動地流露出詢問之意。

想到麟兮有防護罩的異能，如初略感心安。她湊近麟兮耳朵旁輕聲問：「一起過去看看？」

麟兮聽懂了似地對她點點頭，舉起蹄子便往修復室走，一人一麒麟走到門前，如初還躊躇著該不該冒然開門，麟兮一揚蹄，將門踹垮一半。

門內黑漆漆的，隱約可見一個穿著白色長袍的人影，赤著雙腳立在工作桌旁。他的上半身隱沒在黑暗之中，隱約可見及腰的長髮微微擺動，膚色皙白，在黑暗中微微有點反光。

如初全身雞皮疙瘩都冒出來了，她退後一步，抱住麟兮的脖子朝門內喊：「誰？出來。」

黑暗中傳出一聲咳嗽，如初再退一步。剎那間，麟兮的防護罩啓動，點點金光像一面半透明的屏風般矗立在她們與對方之間。透過金色輕紗般的簾幕，如初瞧見一名帶著病容的俊秀男子，緩步走出。

他非常瘦，骨架也偏纖細，膚色白且潤，就如同上好的羊脂白玉一般。最奇怪的是他瞳孔的顏色極爲清淺，呈現出一種玲瓏剔透的琥珀色，神色在從容中帶著幾許溫文。

他走到離如初面前約莫一公尺處，雙手交疊，對她做了個揖，不疾不徐地說：「這位公子——」

「我是女生。」

如初死命瞪著他，同時將手伸進口袋，握住縮小版的虎翼刀，準備狀況一不對就先發制人。電光火石之際，她突然注意到這名男子身上的白袍根本是她的工作服，而他除了這件白袍，身上再無其他衣物……

「這位姑娘，請問，如今是何年何月，此處又是何方？」對方朝她安撫地笑笑，再度發問。

一個念頭突然跳進如初腦海，她鬆開握刀的手，答：「二十一世紀……這裡是蕭練的老家。」

男子恍然大悟，四顧左右後說：「難怪方位有點眼熟，改建過了？」

「你來過這裡？」如初問。

「造訪過一次。」對方偏了偏頭，又對麟兮頷首致意，說：「麟兮，近來可好？」

麟兮居然點點頭，懶洋洋地坐了下來，一副沒拿對方當外人的模樣。如初有點惱怒地瞪了麟兮一眼，舉頭朝對方問：「你是祝九？」

氣質跟那柄玉具劍太像，又如此突兀地出現在修復室，除了他也沒有別人了，只是不知道他爲什麼突然能夠化形。

「是。」祝九好奇地瞧著她問：「姑娘是修復師？」

「對。」

「我能自長眠甦醒，可是出自姑娘之手？」

「我不知道。」如初瞪著他，心不甘情不願地說：「你的本體斷成兩截，我爸接上了，我……」

鮮血滑過劍刃的影像自如初眼前閃過，她抽了口氣，喃喃說：「我可能……幫你開鋒了？」

「原來如此。」祝九一臉恍然大悟，又對她對了個揖：「姑娘大恩——」

「純粹意外，你不用謝我，我也從來沒想過要救你。」如初迅速截斷他的話，又說：「有一點你應該要知道——封狼爲了救你，騙了我爸媽，還差點殺我祭劍。我把他打傷了，他現在沒辦法化形。」

她說話的同時又握緊了口袋裡的小刀，倘若祝九聽到實情後爆起想突破防護罩，她可以在第一時間做出反應。

然而祝九站在原地，安靜地聽到最後，如初說完之際他閉上雙眼，神色流露出一抹痛苦，卻始終未曾移動半步。

又過了一會兒，他緩緩睜開眼睛，朝她說：「知止有錯，我代他向姑娘賠罪。」

他一邊說，一邊再深深向如初一揖。如初手忙腳亂地往後跳了半步，問：「知止是什麼？」

「知止是封狼的字。」祝九嘴角流露一絲笑意，彷彿想起什麼趣事似地，和煦地解釋：「驃騎將軍無字，他一直也沒興趣取字，直到天寶年間，有天他從街坊上聽說書先生講了一段傳奇，回來便忽然央我為他取字。他性子急，我便取了《淮南子》裡『狼戾不可止』這句，要他引以為誡，遇事三思，適可而止……」

他說到這裡停下，環顧左右，神情流露出沉思。

如初心裡才想著封狼真是辜負了這麼有學問的字，一點都不懂適可而止，就見祝九抬起頭，問：「現在，已無人取字了嗎？」

如初搖搖頭，祝九抬頭瞥一眼明亮的起居間，又問：「現在是夜間，為何屋內如此明亮？」

他的觀察力真敏銳。如初退後小半步，心底對祝九又提高了一層警戒。以前聽重環提到祝九，她總在心裡描繪出一位以和為貴的謙謙君子。但在這短短接觸的幾分鐘，如初只覺得在祝九謙和的外表之下，隱藏著異常複雜的心思，他的武力值也許不高，但若要鬥智，卻可能強過任何一位化形者。

她伸手按下牆上的按鈕。走廊頂燈瞬間亮起。如初指指頭頂說：「電燈。」

「見識過，沒用過。」祝九舉目仰望，神色流露出一絲好奇，語氣卻並未顯現太多驚訝。

他收回視線，看到如初的身體已不再緊繃，神色卻依然充滿戒備，低頭想了想後一伸手，鑲有四塊玉飾的八服劍在下一秒憑空出現，被祝九握在手中。

如初倒抽一口冷氣，瞪大了眼睛。祝九舉起劍，取下綴在劍尖上的玉珌，遞上前，說：「知止因我而犯事，我縱不知情，亦難辭其咎。今以此玉為憑，日後姑娘若有任何吩咐，祝九鞍前馬後，任憑差遣，絕無怨尤。」

劍憑空消失，祝九將玉珌放在地板上，往後退了兩步，玉樹臨風般地站在修復室門口。金色防護罩慢慢變淡，麟兮拿冰涼的鼻尖蹭了蹭如初的臉，似乎是想告訴她眼前這傢伙不具威脅，放心往前走吧。

如初上前，拾起玉珌，低頭細看。這塊玉珌中間挖空，做成上窄下寬、中厚邊薄的梯形，表面刻有精緻的螭龍立體紋飾，典型的漢代初期高浮雕風格。

祝九的這項舉動，再加上麟兮的反應，總算讓如初撤下大部分戒心。她將玉珌握在手中，謹慎地朝祝九說：「我叫應如初。」

祝九再一作揖：「應姑娘。」

「叫我如初就可以了。」

祝九略顯遲疑地問：「這，女子閨名，妥當嗎？」

「很妥當，現代都互相叫名字，有些公司還流行取英文名字……」

如初說到一半猛然意識到，祝九可能不懂英文，更可能連什麼是公司都不知道。

瞄一眼祝九那顆前半光滑後半黑髮的腦袋，再想想電視劇清宮戲裡男人的辮子頭，如初頓時覺得頭有點大。她嘆了口氣，建議說：「你需要先理個髮，換套現代的衣服，我拿蕭練的給你穿好嗎？」

祝九頗具興味地望向她，答：「勞煩姑娘了。」

左一個姑娘右一個姑娘的，聽了真不習慣。如初又說：「你也需要改掉你的說話方式，學一點現代知識。如果你想要出去看看這個世界，還要辦身分證，呃，身分證就是——」

該怎麼跟古人解釋身分證？如初卡住了，祝九思索片刻，問：「用以證明身分的文件，類似戶籍？」

「差不多……」

好像也沒那麼難解釋。還是說，我們現在的生活，在本質上跟一百多年前也沒有太大不同？

如初的思緒才飄移了片刻，忽然想起一件事，忙問祝九：「還有，你醒過來的這件事，我需要跟杜主任報備、呃，杜長風，你認識吧？」

「認識。如果能夠的話，我願親自見杜兄一面。」

祝九彬彬有禮地如此回答，但如初卻感覺得出來，他對見杜長風其實一點興趣都沒有。

不、不只如此。他身上有一種疏離感，不但對自己的死而復生不怎麼在乎，對整個世界也不怎麼在乎。

這跟重環所形容的，會捨己救人的祝九，差異實在太大。如初壓下心中疑惑，告訴祝九：「那等下我讓你跟主任視訊，你有什麼事直接跟他說，嗯……你還有沒有問題要問我的？」

祝九眼神端詳著她，一臉認眞地問：「敢問，現代女子的髮式都比男子短嗎？」

他爲什麼對頭髮特別感興趣？

如初再打量祝九一眼，忽然想起一段歷史。滿清入關時爲了壓制漢人反抗，硬性規定要大家都剃頭，不服者死，所謂「留頭不留髮，留髮不留頭」，講的就是這段往事。

如果祝九將這段歷史套到現在，誤以爲如今的執政者還有本領去管人民頭髮怎麼留，那誤會可就大了。如初趕緊解釋：「現在很自由，頭髮愛怎麼留就怎麼留，沒人管你。」

「但妳方才第一時間建議我理髮。」祝九頓了頓，看著她問：「因爲我現在的髮型十分罕見，妳憂心我惹人注目？」

再一次，如初感受到祝九的敏銳。她閉上嘴，點頭，祝九若有所思地說：「也就是說，直至今日，世道依舊重視外表，而且人偏好從眾。」

他這段話的語氣帶著蒼涼，不像問句，更類似感嘆。如初遲疑片刻，忍不住反問：「每個年代不都這樣？」

「也是。」祝九注視著她，低聲開口，又說：「那麼，再請問姑娘，知止的本體，如今何在？」

8. 是你

是夜，祝九向如初借了一套蕭練的衣服換上，又進浴室剃光一頭長髮，然後再度踏進修復室。

如初打開特製的手工錦匣，將封狼的本體大夏龍雀刀放在桌子上。出乎她意料之外地，祝九並不激動，他只靜靜站在桌前，垂眼注視著長刀。

化形成人的古物們各有各的美麗，祝九也不例外。他美得很古典，完全可以用俊眉修目、芝蘭玉樹來形容。看上去並不年輕，約在三十七八到四十幾歲之間，笑起來的時候眼角甚至會出現一點魚尾紋。但是他身上有一種恍如謫仙般的氣質，模糊了年歲，就這麼不言不語地站著不動，也會讓人聯想到那句著名的詩：「世間安得雙全法，不負如來不負卿。」

當然，也可能只是那顆光頭的誤導而已。

就在如初胡思亂想的時候，忽然聽見祝九自言自語地低聲說：「傷得不重。」

「我不會幫你修復他的。」如初想都沒想就這麼說。

「當然。」祝九抬起頭，回答：「祝九從不強人所難，姑娘盡可放心。」

他的神情太過安詳。封狼是爲了救他才傷成這樣，怎麼他現在醒過來了，看到封狼卻一副無動於衷的模樣，難不成他跟封狼之間的感情並不深厚？

無論他們兩個之間是怎麼一回事，祝九的反應都讓如初鬆了口氣。她打開櫃子，將錦匣放回去，同時向祝九解釋收藏櫃是特製品，可以控制濕度跟溫度，保證安置在其間的古物不會生鏽……

「雖然他想殺我，可是他現在已經變成這樣了，我也不會故意去害他。」解釋到最後，如初這麼對祝九說。

祝九有些困惑地看著她，低聲說：「知止與我有過約定，絕不濫殺無辜……敢問姑娘，是誰告訴知止取妳的心頭血祭劍，就能將我自長眠中喚醒？」

如初從來沒想過這個問題，也沒有人跟她討論過。她愣了愣，訥訥地說：「我以爲，這是你們的……常識。」

「並非如此。起碼在我的記憶裡，濫殺傳承者只會引起公憤，卻沒聽說可以令我們起死回生。話說回來，若非有十足的把握，知止不會鋌而走險。」祝九皺起眉，搖搖頭，又說：「知止素來認死理，誰有這份本領，能說服得了知止背誓？」

這還是如初第一次知道封狼居然跟祝九有過約定，她告訴祝九封狼當時跟犬神走在一起，不過依如初的觀察，封狼有點看不起犬神，八成也不會聽犬神的話，至於究竟是誰能讓封狼信服，她一點概念都沒有。

祝九若有所思地聽完後，話題一轉，朝如初問說：「我有些好奇，妳之所以會來修復我，是否與蕭練有關？」

如初誠實搖頭：「巧合啦，不過也不能說沒關係……爲什麼你會這樣猜？」

祝九指著身上的襯衫說：「能做主拿蕭練的衣裳給我穿，妳必然與他交情匪淺……咦，妳與姜尋也有淵源，他頗爲信任妳？」

講到最後一句，祝九的視線落在如初的外套口袋上，眼神透露出一絲興趣。

如初低頭，卻沒瞧見任何東西，她將手伸進口袋，摸到迷你版虎翼刀後一怔，瞪大眼睛抬起頭問祝九：「這次你又是怎麼知道的？」

「我的異能是透視周遭一切事物。」祝九頓了頓才又說：「再加上腦中自動記錄所有細節，分門別類。」

如初沒注意到他臉上閃過的那一絲厭倦神色，只顧著驚嘆：「哇，X光眼加上福爾摩斯的記憶宮殿，好厲害！」

如初說完才想到，對方一定不知道她在講什麼，孰料祝九一怔，居然反問：「柯南道爾爵士的小說？」

「你居然知道柯南？」換如初愣住了。

「他成名在我長眠之前。」祝九淡淡回答。

「那你喜歡福爾摩斯嗎？」如初好奇問。

「不喜歡。」祝九迅速回答。

他的反應太快了，如初忍不住問：「爲什麼啊？」

「自以爲聰明絕頂，但其實只不過是命運的棋子而已。這樣的角色，令我厭煩。」祝九頓了頓，收斂情緒，用閒話家常的語氣問如初：「妳怎麼會去看一本十九世紀的小說？」

「噢，我沒看過小說，我看電視劇。」

「什麼是電視劇，又跟電有關係？」祝九態若自然地接著問，神態絲毫不見沉睡百年後醒過來需要面對新世界的驚慌。

這樣的祝九，即使讓人覺得有些高不可攀，卻無法令人起反感。如初點點頭，答：「對，電是人類過去一百年來最偉大的發明，你聽過愛迪生嗎？」

「願聞其詳。」

對話就這樣繼續下去，雖然過程中如初一直感覺到祝九有點分心，有些時候他的問題似乎藏有深意，不像表面般簡單，但他溫文有禮，對談時往往能舉一反三，觀點有時頗有趣，讓人不由自主地願意跟他聊下去。

如初跟祝九聊到超過午夜。她打開電視讓他看，介紹喬巴跟他認識，又慷慨地借出自己的筆電（反正他不用睡覺），等聊到她呵欠連連之後，才回到自己房間。

宵練劍依舊倚在牆上，整套黑衣黑褲也依舊擺在床頭櫃底下。如初將額頭抵在劍柄上，輕聲低喃：「我也好想你。」

無人回應，她也並不期待，在劍刃上輕輕落下一個吻。道過晚安後，她躺回床，緩緩闔上眼簾。

那一晚，如初睡得不怎麼熟，來來回回地彷彿做了許多夢，但夢裡都是蕭練的身影，他的凝視他的指尖他的笑容，因此也許只是同一個夢，同一個因爲太甜美而支離破碎的夢。

凌晨時分，如初恍恍惚惚醒過來一次，意識浮出了表面卻沒有力氣張開眼睛。她翻過身，感覺臉像是埋進了一個懷抱裡，鼻端冰冰涼涼的，隱約可以嗅到金屬與森林交錯的氣息，三分陌生、七分熟悉……

她一定還在夢中。

睡意再度席捲，意識如潮水般安心地退了下去，如初小小地打了個呵欠，將額頭靠向前，又睡了幾分鐘。緊接著，她的睫毛顫動了幾下，忽地睜開雙眼，正好對上一雙有如夜幕降臨般的瞳孔，那是一種深到接近墨黑的靛藍色，看著她的神情專注且溫柔。

「早安。」對方說。

一定是個夢。

反正在夢裡，如初大膽地伸手摟住對方的脖子，整個人貼在他身上，將臉埋進他的肩窩，喃喃說：「今天是禮拜六，不用上班……」

「妳對上班的執念太過，這樣不健康。」熟悉的聲音帶著笑意，緩緩自頭頂響起。

蕭練才沒這麼愛開玩笑，她果然是太想他了。如初閉上眼，過了幾秒，又猛然睜開眼睛。

「早安。」蕭練重複一聲，低下頭在她的脣瓣印下一個淺淺的吻。

「是你！」如初尖叫，猛地翻身撲倒他，再尖叫：「眞的是你！」

她完全失控，將蕭練壓在身下又哭又笑又叫，彷彿要將過去所有的擔憂害怕，在這一刻全都發洩出來。

蕭練則緊緊抱住如初，將下巴擱在她頭上，雖然再無其他動作，呼吸卻混亂而粗重。擺脫禁制的感覺十分奇異，彷彿從髮絲到指尖都充滿力量，蓄勢待發，他不太敢動，深怕控制不住力道，會不小心弄傷她。

如初狠狠發洩完情緒之後，筋疲力竭地滾回床上，心滿意足地轉過頭，問：「你什麼時候醒來的？」

「凌晨。」

「爲什麼不叫醒我？之前說好了無論你什麼時候醒來，都會第一時間就來找我。」她邊說邊嘟起了嘴，眼睛有點腫，彷彿還沒完全醒過來。

「我一醒來就待在妳身邊，沒移過地方。」蕭練舉起手，小心翼翼地摸了摸如初猶帶淚痕的臉頰，又說：「幾次想叫醒妳，又覺得該讓妳多休息。」

她的生命太短又太脆弱。他在情感上希望她能夠一直醒著，讓相處的時間更長，理智上卻明白知道這種想法很危險，他得學著好好照顧她，延長她的生命……

或者，找出辦法，將他的生命分享給她。

這一瞬間，蕭練做出決定，而如初對此渾然無所知。她蹭了蹭蕭練的手，眼角餘光掃過窗外，頓時更加振奮：「出太陽了。你不知道，你不在的這幾天，天天陰天，有時候烏雲厚到天好像要掉下來一樣，壓迫感好大好大……」

她說著說著眼眶又開始發熱，急忙再一頭扎進他懷中。蕭練抱緊如初，望向窗外，忽地提議：「現在出去兜個風？」

她有點錯愕地抬起頭望向他。蕭練輕啄了一下如初的嘴脣，說：「不出聲就當妳同意。」

這話有點耳熟，如初眨著眼睛，只見泛著寒光的宵練劍憑空出現，停在窗臺旁邊。蕭練扯過羽絨被將她裹成了一隻蛹，打橫抱起，縱身跳上長劍，推開窗臺，仰衝直上天際。

這套流程他們已經駕輕就熟，但今天卻不太一樣。蕭練不再往前直飛，卻利用風的阻力不斷改變方向，飄逸地曲線滑行。這麼一來，飛劍的穩定度依舊，動作卻更加流暢，有如優雅的花式溜冰選手一般悠然從容。

幾分鐘後，宵練劍打橫停在劍廬上方約莫五六層樓高的地方，蕭練把如初放下來，兩人並坐在劍上，低頭俯視眼前的美景。

細碎的小雪緩緩灑落，在湛藍清澈的湖面上點綴出一座又一座潔白的島嶼，陽光穿透薄霧，將天與地都籠罩在一層如夢似幻的光影之中，整個世界纖塵不染，悄然無聲。

坐了一會之後，如初舉起掛在脖子上的戒指，看晨光灑穿過指環，輕聲呼出一口氣，帶著倦意開心地說：「終於又活過來了。」

蕭練僵了一下，轉頭問：「怎麼說？」

心裡有太多太多的話要講，如初靠著他，喃喃說：「我知道我應該要振作，也答應過你我會振作。可是，過去幾天，我什麼都做不了，我沒有辦法想像以後的生活，日子該怎麼過，我只要一開始計畫未來，就會不由自主坐到宵練劍面前，然後開始哭……」

不應該講這些，但她實在繃太緊也繃太久了，最初的興奮一過，鬆下來後整個人有些失控。如初咬住嘴唇，蕭練抱緊她，低聲說：「我知道，我知道。」

「你不知道！」她有些氣惱地在他懷裡仰起頭。

四目相對，蕭練頓了頓，垂下眼解釋：「這次的情況特別，從妳動手移除禁制的那一刻起，我的意識始終浮浮沉沉，不算完全清醒，也並未沉睡，或多或少能感知到外界的狀況，只是無法化形。」

他摸摸她的頭，再次重複：「所以，我真的都知道。」

「我移除禁制的時候你都一直醒著？」如初大驚，抓住蕭練的手急問：「怎麼會這樣，你會不會痛？」

蕭練遲疑片刻，低聲答：「初初，我們沒有痛感。」

如初愣了愣，茫然地眨著眼睛說：「可是，我以前看你跟承影打架，他被打到了都會哇哇叫好痛……」

「我們的許多反應，甚至於外表上的某些生理特徵，都只是模擬人類而已。」蕭練凝視著她，說：「初初，我雖然長得像人，但並不是人類，妳眞的明白嗎？」

都到現在了，還在糾結這種事。如初看進蕭練的眼底，既認眞又無奈地說：「我只知道你是你，獨一無二。」

蕭練的眼底泛出一絲亮光，反握住她的手，柔聲說：「想清楚了？如果要離開我，現在是最後機會。」

到現在還跟我說這些？

如初瞪著他說：「告訴你，在人類社會，限時大搶購才需要把握最後機會，分手不用，我隨時可以離開你。」

「……然後呢？」

他的態若自然讓如初有點洩氣，她喃喃說：「我不會離開你……懂不懂啊？」

蕭練笑出聲，親吻著她說：「不太懂，但我有很多時間可以學——」

「你沒有。」如初打斷他，咬咬嘴脣又說：「嚴格來說，是我沒有太多時間。」

蕭練雙脣微啓，似是有話要說，但如初搶著又開口：「所以你需要趕快學起來，不然、不然我只能祝福那個百年之後被你愛上的女生。她很幸運，我不但替她清除了禁制，還消滅了前女友——」

「等等。」換蕭練打斷如初：「什麼前女友？」

「唐朝崔氏啊。別否認，我看過你們相處的立體影像全紀錄！」如初忽地想到一點，立即又瞪起眼睛，氣勢洶洶地說：「你還有哪些前女友？不管有沒有被錄進傳承，都趁今天給我趕快交代清楚。」

蕭練啞然片刻，忍不住說：「按照現代的定義，我不認爲崔氏能稱得上是所謂『前女友』。」

「誰管崔氏啊！」如初嚷了起來，惡狠狠地對他說：「這是一個YES or NO的問題，其他前女友，有，還是沒有？」

蕭練愼重舉起手，答：「天地爲證，日月爲憑，絕對沒有。」

「噢……」活得那麼久，情史卻少得可憐，如初忍不住問：「爲什麼呀？」

「因爲一直在等妳出現。」換蕭練想都不想，立即回答。

這句話實在太甜了。如初努力壓下猛往上翹的嘴角，望向蕭練，此時一縷陽光正好打在他臉頰上，襯得肌膚如玉，深藍接近黑色的瞳孔亦發分明。如初忍不住伸出手，輕觸蕭練的眉骨，說：「你的眼睛，顏色變了。」

「這才是正常的顏色，異能發揮到百分之百也不會失控。」蕭練反握住她的手，柔聲說：「跟我在一起，妳的人生會喪失很多東西。」

沒有小孩，沒辦法住在同一個地方超過二十年，幾年後她看起來就會比他老。日子再過下去，站在一起就會從看起來像姐弟戀變成母子戀、甚至於祖孫戀……

停，不可以再想下去！

如初握緊拳頭，說：「我想過很多遍，也準備好要接受。」

蕭練閉上眼，聆聽她突然加快的心跳，然後睜開眼睛，說：「但還是會害怕。」

「不可能不怕啊。」如初輕聲說：「但除了你，我無法想像我這輩子要跟其他人共度，所以，就你了。」

她臉上依然掛著笑，但眼眶卻有些發紅，語氣帶著不易察覺的顫抖。

蕭練凝視著她片刻，忽地一把抱緊她，喃喃說：「從今天起，妳去到哪裡我都陪著妳。」

巨大的幸福感像海面上驟然掀起的巨浪，迎面席捲而來，將如初完全淹沒，她努力維持最後一絲清醒，喘著氣用力回抱住他，問：「無論哪裡？」

「無論何時，無論何地。」他看進她的眼底，又說：「直至永遠。」

「我不需要永遠，幾十年就可以了。」如初雙眼發亮，搖著蕭練的手問：「從今天開始？」

「從這一刻起。」蕭練被她的興奮所感染，再度抱緊如初，問：「妳想不想度個假？不對，妳需要放個長假。同意？」

如初猛點頭，蕭練繼續說：「那行，過完年我們就出發，有沒有特別想去的地方？」

「太多太多了！」若非人還坐在半空中，身上還裹著羽絨被，如初都恨不得跳起來歡呼。她摟著他的脖子，帶著夢幻的神情說：「我們一起去旅行，找一兩個水邊的城市，最好是有大型博物館或古蹟的地方，住上幾天。逛博物館、坐船、到處玩。啊，還好我沒答應姜尋去美國找他，嗚——」

如初沒能說完，因為蕭練突然低頭吻住她。

那是一個很深很深、帶著侵略性的吻。結束時如初連站都站不太穩了，她氣喘吁吁地倚在他胸口，一臉茫然。蕭練慢條斯理地放開她，說：「我不想聽到這個名字。」

想起她答應幫姜尋的事，如初猶豫地說：「可是、可是……」

「沒有可是。」蕭練再度以脣封住了她的嘴。

他的性格真的起了變化，不但變直率，臉皮也變厚了。

這個念頭在如初的心裡一晃而過。他們像一對普通情侶般肩並肩，牽手坐在一起愉快地規畫旅行路線。直到太陽完全升起，兩人才坐在長劍上，慢悠悠地晃蕩回到老家，打算換件衣服出門去市區吃早午餐。

身為普通的人類女性，如初還需要梳洗跟化妝，蕭練送她回房，等門闔上之後，他腳下劍光一閃，載著他緩緩飛至起居室的木門前面。

此時，祝九正坐在一張單人沙發椅上，捧著如初的筆電，開了十來個視窗翻閱查詢。明明兩人之間隔了一扇厚重的木門，但祝九只掃了門一眼，便推開筆電，對著門說：「Long time no see.」

「久違。」蕭練推開門，對祝九說：「看來你對適應現代社會毫無障礙。」

「百來年，不算太久。」祝九打量蕭練一眼，又說：「恭喜，得遇貴人，掙脫禁制，海闊天空。」

「你見過如初了？」蕭練直接了當地問。

祝九頷首，答：「好姑娘，一目了然，人不算通透，但勝在質樸。」

這句話半褒半貶，蕭練聽得不順耳，挑眉答：「她是我的未婚妻，你不知道？」

「她沒告訴我，可能也不打算發喜帖給我。」祝九神色不變地說：「失禮，祝兩位天作之合，女才郎貌。」

蕭練唔了一聲，反問：「不祝福我們白首偕老？」

「明知道不可能的事，說了反而像諷刺。」祝九淡淡地這麼回。

「不可能？」蕭練咀嚼著這三個字，忽地對祝九笑笑說：「我跟封狼最後一次能好好坐下來談話的時候，他告訴我，他可以確定，結契一事不可能發生在人間。」

「我很早以前是這麼告訴他的。」祝九面不改色地回答。

「果然是你。」蕭練審慎地看著祝九說：「但封狼又說，不能發生在人間，卻不等於不可能發生，這也是你告訴他的？」

「然後他轉頭就把消息透給了你？」祝九搖搖頭，將手覆在額頭上，一臉慘不忍睹地說：「他也質樸。」

蕭練自顧自又說：「我一直不懂封狼是什麼意思，直到過去幾天，我的意識浮浮沉沉，有一度在黑暗中，遠遠瞧見了一扇門。雖然沒有證據，但我認爲那扇門就是傳承的入口。那麼問題來了——傳承是修復師的領域，卻突然在我面前開了一扇門，爲什麼？」

四目相視，祝九放下手，坦然答：「因爲當時你處於生死交關之際，差一點就可以被傳承『回收』。」

「回收」兩字他咬得特別重，蕭練心念一動，問：「你也見過那扇門？」

「是又如何？」祝九反問，完全不透露半點訊息。

一縷挫敗感陡然自蕭練心底升起。祝九還是跟從前一樣，滴水不漏。這份本領若是放在隊友身上，會十足教人放心。但倘若站到了敵對方，那面對他就如同攻堅一座銅牆鐵壁的碉堡，不是困難，而是根本不可能……

然而他一定得說服祝九，在有限的時間之內。

說服人從來不是蕭練的長項，他心一煩，索性挑明了問：「如果我們跨進那扇門，會發生什麼事？」

「變回你最初的模樣。」祝九挑眉看蕭練一眼，淡淡地答：「一柄劍，無知無覺，無喜無悲，殺人的利器，如此而已。」

這答案十分驚悚，蕭練皺起眉頭望向祝九，說：「但你依然認爲，只有進入傳承，才可能與人結契？」

「與人？」祝九重複這兩個字，抬眼直視蕭練，問：「你想跟人類結契？」

「不行嗎？」換蕭練反問。

「行不行我不敢打包票。」祝九雙手交疊放在腹部，冷冷地說：「但誰告訴過你，結契之後你還會是原來的那個你？還能保有自我意識？甚至具備思考能力？」

蕭練頓時說不出話來，祝九看著他，又說：「本性告訴你結契是好事，可是我們的本性從何而來？跟人類一樣，來自不斷進化的過程中留在基因裡的痕跡？還是造物者爲一己之私，刻意強加在我們身上的印記？」

他的語氣充滿濃濃的諷刺與疲憊，蕭練盯著他問：「你究竟知道什麼？」

四目相對，祝九看進蕭練的眼底，問：「倘若我告訴你，我們的生命根本就是一場騙局，或者更糟，一個笑話，你當如何自處？」

蕭練思索片刻，揚眉反問：「我曾經度過的歲月還眞實嗎？」

祝九沒想到對方的反應居然如此，愣了一下才說：「算吧。」

「那就夠了。」蕭練對他一笑，說：「我對自己生命的意義毫無興趣，只想踏實過日子，如此而已。」

祝九哼一聲說：「尋找虛無縹緲的結契之法也好算踏實？」

「死生契闊，與子成說。執子之手，與子偕老。」蕭練坦然回答，沒有一絲不自在。

這份態度刺激到了祝九，他冷冷地說：「話講得好聽。其實問題出在你自己不老不死，做不到與子偕老，只好把對方也變成一個怪物……她同意嗎？」

最後一句話的問題猝不及防，蕭練怔了怔，才回答說：「等事情有點眉目了，我自然會跟如初討論。」

祝九唔了一聲，再問：「眞到那時候，你要怎麼跟她解釋結契的凶險？」

蕭練再一怔，方才祝九的話頓時響在耳邊，他說：「變回你最初的模樣……無知無覺，無悲無喜。」

絕不能讓如初知道這點。

他倒不擔心祝九會多嘴，但爲了爭取祝九的合作，蕭練思忖片刻，還是緩緩解釋說：「不需要解釋，如初自從認識我之後，已經夠擔驚受怕的。只要結契對她不會造成傷害就好——」

「你不打算告訴她。」祝九截斷他的話，徹底沉下臉。

蕭練嘆了一口氣，說：「我以爲你可以理解。」

祝九氣笑了：「我當然可以理解。我跟知止爲了結契不知道吵過多少次，就是因爲太能理解了，我才完全不同意你的做法，以後別拿這事煩我。」

祝九說完，便伸手將筆電轉過來重新看螢幕，完全不再理會蕭練。

蕭練摸了摸鼻子，朝祝九光溜溜的後腦勺說：「對了，封狼留了些東西給你。」

「什麼東西？」祝九的視線還停留在螢幕上。

「你現在最需要的東西。」蕭練對他笑笑：「你在這兒等一下，我馬上拿來。」

十五分鐘後，當如初梳妝完畢，抱著長長的羽絨衣走進起居室時，瞧見的就是蕭練坐在長沙發的一邊，捧著她的筆電玩小遊戲，祝九坐在另一邊，雙眼發直，手裡捏著一個巴掌大小的本子。在他面前的茶几上擱了一疊類似的小本子，有些看上去十分老舊，還有一個半開的古老木盒，裡頭裝滿文件。

如初走到蕭練身旁坐下來，探頭看一眼祝九手上的小本子，脫口問：「哇，你這麼快就辦好護照了？」

祝九木著臉不說話，蕭練環住如初的肩膀，說：「他有十來本護照。過去百來年，封狼每隔七八年就找門路幫他重新辦一本，換名字換照片換身分，這本是去年才辦好的。」

如初哇了一聲，好奇地問祝九：「你跟他約好這樣做？」

祝九艱難地搖搖頭。如初將視線落在茶几上那一疊護照，眨眨眼睛又問：「那他幹嘛辦這麼多本……噢，我懂了。」

「懂什麼？」祝九僵硬地轉過頭問如初。

如初迅速看了蕭練一眼，然後垂下頭，注視著自己十指交叉的雙手，慢慢地說：「我等過人，所以我知道——當你在等一個人，卻不曉得要等到哪一天、那一年，甚至心裡明白可能永遠也等不到的時候，你唯一能做的，就只有不斷告訴自己，明天、明天，他就會出現在你眼前。」

蕭練擱在她肩膀上的手倏地收緊，如初的眼眶也有點發熱。她怕自己哭出來，不敢看蕭練，繼續低著頭對他說：「我等到你啦。」

蕭練用一種奇異的眼神注視著她，卻一言不發，祝九則咬緊牙關，臉色一點一點變慘白，氣氛頓時凝重異常。

打破沉默的人還是如初。她抬起頭，看看蕭練又望望祝九，目光掃過那一疊護照，想了片刻，輕聲對祝九說：「我覺得，封狼他應該是在等待的過程中不斷告訴自己，你會在明天醒來，就這樣過了一百多年。辦護照……只是一種寄託而已。」

「寄託？」祝九開口，聲音木然。

如初發現剛剛自己沒講到重點，趕緊補充：「不實際做點什麼的話，希望就會一點一點萎縮下去，整個人也會變空虛，所以……」

她說到一半，手機鈴聲忽地響起，如初取出手機看一眼，對蕭練小聲說「我媽媽」，然後便站起身走出去接電話。

祝九瞥一眼護照，轉向蕭練，緩緩問：「你還想跟她結契？」

「當然。」蕭練毫不猶豫。

「那合作吧。」

「為什麼改變心意？」蕭練問。

「跟你無關。」

「你的目標不明，我無法合作。」

兩人的眼神在空中交會，誰都不肯退讓。過了片刻，祝九忽地一笑，說：「我剛剛才發現，知其不可為而為之，有一個好處。」

「什麼好處？」

「容易打發時間。」一縷飄忽的笑容掠過祝九脣邊，他閉上眼睛，喃喃又說：「有一點你未婚妻還眞說對了——如果非等待不可，那就必須找點事情做，不然遲早要發瘋。從看到知止留下的這疊護照起，我就明白，我根本毫無選擇。」

他的臉上依舊帶笑，但語氣裡卻隱隱含著一股痛楚，然而蕭練完全不為所動，他用審愼的眼光看著祝九，問：「怎麼合作？」

「簡單，一起找出進入傳承的辦法。」祝九睜開眼，對蕭練說：「至於為什麼我需要進去，你不必問，我也不會說，橫豎不會影響你的結契就對了。」

蕭練看進他的眼底，說：「一言爲定。」

祝九點頭，忽然聽見門外如初提高了聲音，說：「媽，怎麼了？妳別哭！」

9. 凶手

香港梳士巴利道上，週末晚間八點半，人氣正旺。一輛毫不起眼的計程車輕巧地在天星碼頭前拐了個彎，停在由紅磚與花崗岩砌成的古老鐘樓前方。

計程車司機等了幾秒，沒聽見乘客發出任何聲響，於是扭頭朝後方瞄了一眼，接著抬起手，指向前方，用生硬的中文說：「走路最多十分鐘就到，不用很久的啦。」

「唔該。」楊娟娟收回眺向港口的目光，低聲答了這麼一句。

她的粵語帶著口音，乍聽之下有些土氣，跟整個人所展現的優雅舉止與身上低調卻名牌的服飾一對比，違和感便顯得格外強烈。

司機接過車資，好奇地又多瞄了楊娟娟幾眼——這位女客雖然保養得好，瓜子臉也不顯老，但怎麼樣也超過四十歲了。不像本地人，也不像外地觀光客，臉上妝容精緻卻不張揚，獨身到景點不看秀，莫非是特地來跟舊情人會面？

懷著這一點小小綺思，司機驅車駛離，楊娟娟留在原地，靜靜地凝視霓虹燈五光十色，隨著波濤起伏蕩漾。過了好一會兒，她才轉過頭，舉腳往前，踏上車水馬龍的梳士巴利道。

高跟鞋喀喀喀踩在地上，發出有韻律的節奏，楊娟娟的眼神起初還有些散漫，視線不時在四周景物上蜻蜓點水般逗留，帶著懷念與傷感。但隨著距離半島酒店越來越近，她整個人像是漸漸披上一層無形的戰甲，柔軟處被包裹得嚴嚴密密、無懈可擊。等當酒店的白衣侍者為她拉開門時，楊娟娟的背脊已然挺直，眼神冷硬，間些流露出一絲譏嘲。

電梯直上，來到舊翼大樓的六樓。正如她所料，電梯門一開，就有兩名全副西裝的保鑣在外守候。跟著保鑣走了一小段路之後，楊娟娟毫不意外地站在半島酒店夙負盛名的馬可孛羅套房門外。

門沒關緊，還留有一絲縫，顯然裡頭的人正刻意等候。這種藏頭露尾的作風總能讓她的心情瞬間變惡劣。離門還有半步遠時，楊娟娟忽地停下腳，雙手抱胸站住不動，一副看你能奈我何的挑釁模樣。

跟在她身後的保鑣塊頭雖大，動作卻頗靈巧，見狀也沒多問，自行越過她輕敲三聲房門，門內隨即傳出低不可聞的一聲「請進」——成年男子的聲線，帶著些許遲疑。

保鑣沒開門，只對她一點頭，便訓練有素地退到後方。楊娟娟闔上眼，沉澱了一下心情，再睜開時眼底已沒了嘲諷，取而代之的是些許憂傷，伴隨著若有似無的媚態。

演戲於她而言並非職業，而是藉以生存的技藝。雖然過去十多年來不太常用，一旦需要，轉瞬間還是可以入戲，一絲也不牽強。楊娟娟舉手按了按頭髮，推開門，踏入一個不算長的走廊。

房內的裝潢中西合璧，雪白的天花板垂下兩盞水晶吊燈，放大版的竹絲纏枝番蓮多寶格上擱著玉石雕件、玲瓏古玩，半面牆的拱型窗將整個城市的夜景盡收眼底，奢華氣息一覽無疑。

走廊上燈光明亮，但偌大的客廳卻只點開了角落裡的一盞落地檯燈，其他地方均相當昏暗，楊娟娟的眼睛一下子適應不過來。她在走廊盡頭停住，瞇起眼朝前望，只見一名男子站得離檯燈遠遠地，背朝她面向窗。身影有點眼熟，卻比印象裡的那個人更加削瘦挺拔。

「云謙？」她試探著喊出聲。

男子慢慢轉過身，他臉上戴著一個化妝舞會用的仿古銀面具，遮去大半邊臉龐。楊娟娟一怔，對方清了清喉嚨，低聲開口說：「娟娟，謝謝妳……看了信，還願意過來。」

無論從身形抑或聲音判斷，這個人就是她認識多年的葉云謙。只不過那張面具實在礙眼，楊娟娟想了想，避重就輕地問：「新聞報導說你學校的實驗室失火，還燒死了幾個學生。你也受傷了嗎？這是……毀容了？」

「……不是。」男子摸摸面具，苦澀地說：「我的臉，出了點意外。」

「什麼意外？」楊娟娟繼續問。

男子躊躇著不肯說話，楊娟娟瞄一眼那張作工粗糙、顯然是臨時買來應急的面具一眼，心念如電轉，輕嘆一聲又說：「你信上說了那麼多怪事，我都不怕，就一張臉還能嚇得住我？你也太小看我了。」

她的語氣在溫柔中藏著關懷，男子結結巴巴說了兩三次「不是這樣」之後，自暴自棄似地一把摘下面具。四目相視，楊娟娟怔在原地，再說不出話來。

葉云謙竟然整容了……不、這簡直就是換臉！

手術相當成功，割了雙眼皮又墊高鼻梁，硬生生將原本寡淡的面容給弄出濃眉大眼的風采，雖然仔細分辨的話，五官依稀存留了葉云謙的影子，但乍看之下絕對稱得上判若兩人。

問題不是變臉，而是這張臉，太過年輕。

緊緻有彈性的肌膚，神采煥發的面容。只從臉部判斷，眼前的男人頂多三十五歲，說是二十八九也不奇怪。楊娟娟迅速朝他還緊握著面具的左手瞥上一眼，倒抽一口冷氣，轉身便往外走。

從她認識葉云謙起，直到他去年底失蹤之前，葉云謙的手背上一直有塊舊傷，但現在這個人的手背皮膚卻一片光滑，沒半點傷疤——她上當了，這個人不是他。

男子沒料她反應竟如此決絕，衝過去抓住她的手腕。楊娟娟一把甩開，用背抵住門，一手握在門把上，側過身冷冷問對方：「你是誰？」

「娟娟，我是云謙——」

「我沒見過整容手術能整成這樣的。」楊娟娟打斷他：「從現在起，只要再有一句謊話，我立刻走人。你是誰？」

對方用複雜的眼神看著她片刻，慢慢地開口說：「有容乃大，受益惟謙。我原名沈容，字云謙。」

她幾天前收到的信，署名的確是沈容，筆跡卻與葉云謙一模一樣。楊娟娟狐疑地看著他，男子狠狠抹了把臉，又對她說：「我在妳公寓裡留有一套盥洗用具，有梳子牙刷刮鬍刀之類的，就擺在浴室的鏡櫃裡頭。如果妳還沒扔的話，上面的毛髮都可以拿去做DNA鑑定，證明我就是妳認識的那個葉云謙。」

他的口吻篤定，楊娟娟記得自己浴室是有那麼一個鐵灰色的小盥洗包，她唔了一聲，腦子一團亂，目光再從眼前人的臉上掃過，不確定地喃喃：「云謙？」

「是我，是我。」他忙不迭回應，想想又說：「妳用字喊我也好，早些年朋友夫妻之間都是用字來稱呼彼此。云謙這兩個字還是我外祖幫著取的，他考過科舉，老一輩的文人，硬底子的……」

他頂著一張年輕的臉，口吻卻跟以前一模一樣，像個喋喋不休的老人，講著講著又抓住她的手不放。一絲違和感掠過楊娟娟的心間，她不確定這是怎麼回事，只好先垂下眼簾，任憑葉云謙牽著自己的手走回客廳，兩人肩並肩落坐在沙發上，面向維多利亞港。

窗前，一幢幢摩天大樓的燈光倒映在海波之上，打造出一派令人目馳神炫、紙醉金迷的夜景。對照她來時的心境，分外給人一種朱門酒肉臭，路有凍死骨的末世荒涼感受。

楊娟娟勉強收斂心思，朝葉云謙仔細打量了一圈，忽略陌生面容所帶來的異樣感，淡淡說：「我看你氣色挺好的，怎麼信裡你說，可能活不過今年？」

她所表現出來的鎮定，非常有效地安撫了葉云謙的不安，他嘆口氣苦笑說：「我現在的氣色越好，以後就死得越慘。」

「因爲刑名？」楊娟娟想起信裡的內容，再也壓不住內心的憤懣，她瞪著葉云謙問：「你當年介紹她給我認識的時候，話是怎麼說的？她是你的合夥人，怎麼，翻臉就成了女魔頭了？」

「當年我要怎麼告訴妳，我的合夥人不是人？」葉云謙反問完，忍不住加上一句：「鄒因也知道，他還不是什麼都沒說，他、他還在妳身邊。」

提到她前夫的名字，兩個人都沉默了。過了一會兒，楊娟娟伸手握住葉云謙的手，苦笑一下，說：「過去就過去了，你現在到底什麼狀況，不跟我講清楚，我也愛莫能助。」

「妳愛嗎？」葉云謙用開玩笑的語氣反問，握住她的手卻緊了緊，顯然很在意答案。

他這麼冷不防地問出來，楊娟娟心裡頭明知道該立即回應，眼底卻還是在那一瞬間閃過了迷茫。爲了遮掩，她趕緊低下頭，喃喃說：「不愛也就不會來了。」

「眞心話？」葉云謙用不符合外表年齡的滄桑語氣，淡淡說：「我以爲妳來，主要還是爲了查明鄒因的死因。」

「你知道鄒因是怎麼死的？」楊娟娟倏地抬起頭，眼神凌厲。

剛剛那一瞬間的柔軟，彷彿過眼雲煙，才出現便消散得無蹤無影。葉云謙嘆了口氣，咬咬牙，舉起手在後頸處拍了兩下。下一刻，一條細如蚯蚓般的小金蛇破出肌膚，在外頭轉了一圈又鑽回去，傷口迅速癒合，只在原本的破口周圍留下一圈暗紅色的血漬。

他抬起頭，對上楊娟娟驚駭的目光，簡單解釋：「這玩意兒是刑名的異能，種在人身上可以激發潛能，幫忙療傷。但我現在傷好了，刑名卻不肯拔掉，還反過來威脅……娟娟、娟娟？」

打從小金蛇破膚而出的那一刻起，楊娟娟的視線便一直死死盯在葉云謙的後頸，未曾稍離。直到葉云謙喊了她好幾聲，她打了個哆嗦，才移開目光，大口喘著氣問：「那是什麼？」

「夔龍。」葉云謙頓了頓，發洩似地說：「刑名的本體是尊鼎，上頭雕滿這鬼東西，密密麻麻，萬蛇窟似的。眞不明白古人爲什麼要做出這麼噁心的東西……」

「你別動，我去拿張面紙幫你擦乾淨。」楊娟娟站起身，溫柔地對葉云謙這麼說。

她走到靠牆的邊桌旁，拿起一盒面紙，再走回葉云謙身邊，抽出兩張面紙折成一個四方形，小心翼翼地在他後頸上按了按。

客廳一直沒點燈，昏暗中，面紙上紅色的血跡裡竟閃爍著點點金光。楊娟娟身子晃了晃，葉云謙察覺到她的激動，轉過頭疑惑地問：「怎麼了？」

楊娟娟抖著手，將沾了血的面紙遞到他眼前。葉云謙瞄了一眼，黯然說：「這玩意兒待在體內時間一久，人會被吸乾精力，血液裡的金色就會越來越濃，妳別怕——」

「我才不怕。鄒因死的時候，流出來的血就快變成純金色的了，我也沒怕過。」楊娟娟打斷他的話，看進葉云謙的眼底，直接問：「你還剩多久會變成那樣？」

她的直接並不讓葉云謙反感。他閉上眼睛，緩緩答：「少則半年，多則一年半。我以前……吸收過一些特殊的能量，也許能比普通人撐得更久一點，但也有限。」

講到後半，葉云謙的胸口猛地一痛。他不願意多想理由，撐著講完後便站起身，走到邊桌旁，拔開水晶玻璃瓶的瓶蓋，慢慢倒出兩杯琥珀色的白蘭地。

楊娟娟抬起頭，望向眼前也泛著點點金光的海面，嘴角止不住地上翹——葉云謙以爲她害怕，但其實她是在興奮……

終於，找到凶手了。

她接過葉云謙遞來的酒杯，仰頭灌下一大口，抬眼問：「只要毀掉本體，刑名也就死了，是不是？」

「妳想殺了刑名？」葉云謙拿著酒杯的手一頓，用不可思議的眼神望向她。

「辦不到？」楊娟娟反問。

葉云謙喃喃：「他們本體的熔點很高，要摧毀幾乎不可能，但這不是主要問題……娟娟，妳有沒有想過，刑名一死，我也完了？」

「怎麼會這樣？」楊娟娟一驚，急急走到葉云謙面前問。

「被刑名控制過的，即使她後來願意放過，也是半個廢人，活不了太久。」葉云謙苦澀地對她一笑，如此說道。

楊娟娟抖著手將酒杯放下，顫聲問：「那你在信裡，說要找我共商大計……是要商量什麼？」

葉云謙臉上罕見地浮現一抹赧然，他垂下眼，輕聲說：「我有幾個化名，名字底下都有財產，得想個法子好好轉移給妳——」

「我不需要錢。」楊娟娟打斷他。

「我明白，還有其他事……」葉云謙輕咳一聲，又說：「如果、如果我還剩半年可活，妳、妳……」

他忽地打住，用手指了指窗臺。楊娟娟朝他的手指方向望去，只見窗臺角落上擺了一盆巴掌大小的多肉植物，養得很不好，乾巴巴地都快枯了。她從來沒看過葉云謙養植物，正在不解，葉云謙又開口，帶著一點感傷說：

「妳公寓的陽臺上，也有好幾盆這種植物，看上去都差不多，有一次聽妳講，才知道每一盆居然都不一樣。我還記得那些名字，相當好聽，什麼蕾絲姑娘、千兔耳、綠珊瑚……陽臺上這盆，妳曉不曉得叫什麼？」

「……玉露。」

「也好聽。」葉云謙望著窗臺，喃喃說：「我還記得，過去半年時不時在妳那邊過夜，早上起床前翻個身抱妳，睜開眼睛，總能看見陽光灑在這些植物上，綠盈盈的。那時候不覺得怎麼樣，出事之後，我逃到香港，買了本新護照，本來打算飛去中南美洲避一陣子，臨上飛機前在窗臺上發現這盆植物，忽然覺得剩下可活的日子那麼少，還要東躲西藏，好沒意思。娟娟，妳能陪我……到最後嗎？」

他打住，兩人的視線在空中交會；一方在熱烈中帶著哀求，另一方於恍然大悟之後，帶上一絲決然。

過了好一會兒，楊娟娟開口說：「好。」

過去這一個多月，葉云謙始終過著東躲西藏、提心吊膽的生活。聽了楊娟娟的回答後他長長鬆了一口氣，心底既歡喜又悲涼，眼角不由得掉下一滴淚來。他不願意被楊娟娟看到，胡亂抹了把臉，站起身走到酒瓶旁邊問：「我再幫妳倒一杯？」

楊娟娟接受了葉云謙倒出來的酒，啜飲一口，說：「話說在前頭，我不會放過刑名，殺人償命、天經地義。」

她的性子執拗，葉云謙也知道。他無奈地笑笑，說：「還是躲開吧。等妳眞有能耐對付刑名的時候，最好的方法也不是毀了她，而是控制她，令她爲我們所用。」

楊娟娟沒好氣地白了他一眼，說：「不可能的事我才不去想。」

她在不經意間流露出久違的嬌嗔模樣，葉云謙微笑地看著她，用縱容的語氣說：「怎麼會不可能？傳承裡一定有答案，只可惜現在即使我進得去，也沒用了……不說了，我們看煙火。」

此時前方的維多利亞港驟然放起煙火，低垂的夜幕上繁花盛開，一朵接著一朵，五光十色璀璨奪目。

葉云謙已經有些醉意了，他對窗舉杯，說：「來，乾杯。我以前總以爲，這些傳承、長生不老、青春永駐的古物，都是前代留給我們的禮物，現在看起來，根本是一群禍害。我調查過，那些曾經幫助他們的修復師，沒幾個有好下場的，妳等著看，他們以後死得會比我還慘。」

楊娟娟深以爲然地點頭，眼珠子轉了轉，試探著又說：「也就是說，只要能夠掌握傳承，就有辦法控制這群古物？」

「遠遠不止。妳可以把傳承想像成一個大圖書館，所有疑問，都可以在其中獲得解答。」葉云謙半躺在沙發上，仰望夜空，緩緩說：「我研究得越深入，就越佩服那些創造出傳承的人，偉大的心靈，偉大的毅力……」

他說著閉上眼睛，楊娟娟猶豫片刻，轉身拿起包包，從最深處的夾層裡翻出一張被撕成好幾片又重新拼回去的紙片，放在茶几上，搖搖葉云謙問：「你認不認得出來，這是什麼？」

葉云謙不怎麼感興趣地掃了一眼，下一秒，他驟然從沙發上坐起來，身體向前傾，盯住紙張不動。紙上橫七豎八地用鉛筆塗鴉出幾個雙股螺旋圖，兩條螺旋曲線互相纏繞著，驟眼看去，跟一般的DNA結構頗爲類似。

好一會兒過後，他猛地抬起頭，問：「娟娟，妳從哪裡找到這個？」

「鄒因書房裡的垃圾桶。」楊娟娟眼波流轉，輕聲說：「我找專家研究過，都說很像DNA，但並不屬於任何一個已經破譯出來的DNA結構……天曉得這句話是什麼意思。」

「不重要……」葉云謙重新將目光移到紙上，眼中閃爍著狂熱的光芒。

他看了好一會兒，指著連接雙螺旋的其中一處線條問：「妳看，這像不像一把劍？」

「有一點像……」

楊娟娟其實什麼都沒看出來，但葉云謙用雙手緊握住她的肩膀，語無倫次地說：「娟娟，這是禁制！鄒因當時在自救，他想透過研發禁制反過來控制那群古物……我有救、我有救了！」

講到最後，葉云謙哈哈大笑，簡直像發瘋似地一直搖她。楊娟娟閉上眼睛，任憑他搖晃，腦海中卻不自覺浮現她發現鄒因倒在書房的那一幕……

有救？

只怕未必。

但葉云謙如果只剩半年可活，那麼未來這半年，與其陪他一起遊山玩水，不如勸他定下心，研究如何對付那群古物。

心底有另一個陌生、微弱的聲音勸她放手，但楊娟娟不肯聽。她依舊閉著眼，慢慢地說：「我要他們統統消失。」

肩膀上的力道變弱了，葉云謙遲疑地問：「全部？」

「對，全部。」她睜開眼，迎上他的視線，說：「你以前說過，最好的設計，應當是那些古物可以化形成人，卻沒有意識，任憑主人擺布。」

他在最春風得意之際，的確說出過這番話，葉云謙考慮著可行性，不禁緩緩點點頭。

楊娟娟靠近他，柔聲繼續說：「那就這麼辦。把他們統統打回原形，物，就只配當個物。」

10. 兩心同

在如初的印象裡，媽媽常常哭、也很少哭。

常常哭是因爲媽媽特別愛追劇，一不小心就會哭腫眼，她又捨不得不追，往往坐在電視前一邊哭一邊喊女兒老公幫忙拿條濕毛巾，她要敷眼睛。但除此之外，媽媽哭的次數屈指可數，而且每次都是爲了她跟爸爸，從來沒有爲其他事情哭過。

然而這一次，因爲外婆舊疾復發凌晨住進加護病房，媽媽哭了，而如初立刻慌了……

「我馬上買機票回來陪妳！」如初對著手機直嚷。

「不用啦。」媽媽擤了擤鼻子，無精打采地說：「妳爸陪我就好，妳提早回來我還要照顧妳，沒意義。」

「我可以自己照顧自己。」如初繼續嚷著，頓了頓，不知怎地莫名其妙加了一句：「還有蕭練。」

話一講完如初立刻後悔，然而媽媽在另一頭沉默片刻，居然以一種「我早就料到」的語氣問：「你們復合了喔？」

「對……對啦。」

「那他今年還要不要跟妳一起回來過年？」

「不知道，我還沒問他。」如初頓了頓，怯怯地問：「你們還會歡迎他嗎？」

「歡迎啊。不過家裡很亂，沒有招待好叫他不要介意。」媽媽毫無芥蒂地這麼說，彷彿她跟蕭練分分合合根本小事一樁。

也對，外婆都病重了，相較之下，她跟蕭練之間的事，對媽媽來說，真的不重要……要不要趁現在順便告訴媽媽她答應蕭練求婚的事呢？

如初摸著掛在脖子上的項鍊，有點緊張地答：「蕭練一定不會介意。」

「我也這麼感覺……啊，妳爸爸叫我，我先掛電話，掰。」

媽媽說著便率先結束電話，連給如初說聲「掰」的時間都不留下。如初怔怔地抓著手機走回起居間，只見蕭練還坐在原處，以一副輕鬆自如的模樣望向走進門的她，祝九則從木盒裡取出更多文件，一份份攤開在茶几上仔細檢查。

她走到蕭練面前，搖搖手機，問：「你都聽到了？」

「會去妳家。」他明亮的眼神裡充滿笑意：「不會介意。」

如初沒那麼樂觀，她輕聲說：「我不知道怎麼跟我爸媽講我們訂婚——」

「我來講。」蕭練打斷她的話，握住她的手，說：「我會去請求妳父母，把女兒嫁給我。」

這話很傳統，卻也很有擔當。如初才覺得微微地感動，緊接著，她就聽見祝九開口說：「我也都聽到了。」

如初與蕭練同時將目光投在祝九身上，祝九渾然不感覺壓力，語帶感嘆地繼續說：「時代果然很不一樣，在我長眠之前，先訂婚再通知家人，叫做私奔。」

「所以呢？」如初冷冷地發問。

「我喜歡。這個世界正在朝我喜歡的方向前進，令我神清氣爽。」祝九愉悅地朝如初揚了揚手中的存摺，唸出一個數字，又說：「所以如果妳有空，能否多提點我一些現代常識？比方說，這些錢現在能買到什麼？」

如初指著蕭練反問祝九：「你為什麼不問他？」

「因為從過去的經驗判斷，妳未婚夫對金錢毫無概念。」祝九悠然回答。

蕭練沒吭聲，顯然是默認，再加上祝九的神色並無任何諷刺之意，如初於是不太甘願地回答：「這是我二十年薪水的總和。」

祝九一怔，放下存摺，喃喃自語：「知止他……學會存錢了？」

所以封狼以前也跟蕭練一樣，毫無金錢概念？如初好奇地望向祝九，然而祝九只微微搖頭，放下存摺，拿起另外一疊紙，朝如初說：「知止早些年用我的名義置下一套房產，聽蕭練說，離妳家不遠？」

「在哪裡？」

「金瓜石。」

雖然如初一再解釋，她家在南部，金瓜石在北部，兩地距離並不算近，但因爲這棟房子的緣故，祝九還是決定跟她搭同一班飛機離開四方市。

就如初看來，祝九雖然沒事就會感嘆時代不一樣了，但其實對融入現代社會毫無障礙。他學什麼都快，而且興趣廣泛，對各種知識不但來者不拒，還頗能觸類旁通。

得知祝九自長眠中醒來的消息，杜長風、含光與承影分別回到老家，各自單獨與祝九見面，顯然有重要的事情需要商議。如初鄭重將喬巴託付給承影照顧，承影滿口答應，但一接過貓，轉身就把牠放到麟兮背上。麟兮居然伸出舌頭舔了舔喬巴，然後再朝如初點點頭，神色十分鄭重，一副完全能夠理解發生了什麼事的模樣。

如初無言片刻，總覺得這世界在朝一個她完全無法預料的方向狂奔而去……還有，她是不是託付錯了對象？怎麼看麟兮都比承影更可靠。

離開四方市的前一天，如初先去公司跟同事們辭行，然後在傍晚抵達國野驛，接受邊鐘招待的餞別晚餐。

進了餐廳她才發現，今晚是包場，規模比歡送秦觀潮的那次還要盛大，杜長風、含光、承影、鏡子、祝九……統統都來了，當然還有蕭練。楚胄身爲大廚，不斷走進走出，直到上甜點時他才脫了廚師服走出來，以茶代酒舉杯敬她，同時遞上一份小禮物。

隨著楚胄的這個舉動，晚宴到達高潮，每個人都準備了一份小禮物給如初——他們顯然事前串通過，送的全是方便攜帶的女性飾品，卻完全不重複。含光送的是一枚清代的和田黃玉扳指，承影送的是黃金鑲白玉的臂釧。當如初一個一個邊拆包裝邊驚呼邊道謝的同時，坐在最旁邊的祝九起身，離開餐廳，緩步踏入庭園。

他仰望星空片刻，頭也不回地問：「什麼事？」

「你跟著我們，是想逼如初修復封狼？」站在陰影中的蕭練走了出來，一臉不豫地問。

「讓知止躺個幾百年，傷自然會好，我幹嘛多此一舉？」祝九反問。

「你的動機我不在乎，若不是爲了封狼，你不會急著跟我們一起離開四方市。」蕭練頓了頓，說：「你也還沒說明白，爲什麼改變主意，願意幫助我進傳承找結契的方法？」

祝九忍不住微笑——這才是他印象中最初的蕭練，不見得能很快看透事物的始末緣由，但只要在意，便緊追不放。

他沉吟片刻，緩緩問：「你要不要猜猜看，我剛醒過來時，最強烈的感受是什麼？」

蕭練搖頭說：「我只聽，不猜。」

「天地變化。過去幾天，我不斷測試自己能看透多少距離，只得到一個結論，就是我這次異能進步的幅度，遠遠大過以往……聽起來是不是有點熟悉？」祝九問。

他指的是在隋唐初期，他們發現自身異能增強，接下來許多同伴紛紛長眠，以及自此之後，再無新生古物能夠化形成人的那段經歷，如今似乎要再度上演。

蕭練默然片刻，答：「當年我還沒來得及看到後面的發展，就被上了禁制。」

「從大勢觀之，也許崔氏能在彼時做出禁制，也並非巧合之事……往事不論，這種沒完沒了循環的日子，活著跟長眠，於我而言毫無差別。」祝九淡淡地這麼說。

依蕭練對祝九的了解，祝九是眞心不在意生死，但爲什麼現在提這個？

蕭練略一思索，立即問：「你認爲這個循環的祕密就藏在傳承裡……你想打破這個循環？」

「能不能打破，我不敢說，但我需要眞相——我們自何而來，將往何處去，本性究竟是什麼？」祝九十指交叉，安詳地說：「知止的異能，用來追查眞相，比你強之萬倍，我需要他。」

蕭練沒興趣跟封狼做比較，他率直地問：「不是因爲你也放不下他？」

「那是我的事，與你無關。」

祝九才說完，屋內忽地爆出一聲小小的驚呼，伴隨著低低的啜泣聲，蕭練臉色一變，轉身大步走回屋內。祝九側耳傾聽了幾秒，失笑搖頭，站在原地再度仰望星空。

過了片刻，他忽地皺起眉頭，轉身面向國野驛，施展異能將整棟建築物透視一圈。他看得很仔細，邊看邊思索，最後祝九的目光停留在大廳那幅巨型石雕壁畫上，觀察良久之後，喃喃說：「姜尋？」

當蕭練踏入餐廳時，所有的聲浪已然止息。如初坐在原來的位子上，眼眶泛紅，手上緊緊握住一條項鍊，而鏡子蹲在如初面前，拍著如初的膝蓋，貌似正在安慰她。

見蕭練走進門，鏡子於是站起身，一臉無辜地指著如初對他解釋：「她收禮物收到太感動，克制不住情緒。」

是這樣嗎？蕭練疑惑地看向如初，彷彿呼應鏡子的話一般，如初舉起項鍊，語帶哽咽地對他說：「你看。」

被她握在手中的項鍊明顯是件古董飾物，細細的銀鍊已經有點泛黑，下面掛著一個項墜，看上去像是中古世紀歐洲流行過的古董鎖盒。盒蓋表面刻有繁複的蔓枝纏繞圖案，應該是某個小貴族的族徽。

如初今天收到的禮物不少，全部都堆在桌面上，而且幾乎全都比這條項鍊珍貴。蕭練無法理解她爲何對這條普通到不能再普通的項鍊產生如此強烈的反應，於是謹慎地說：「還不錯。」

「鏡子送的，裡面可以放相片。」如初按下鎖盒旁突起的按鈕，打開鎖盒，遞上前，啞著嗓子再對蕭練說：「你看……」

鏡子貼心地在鎖盒裡放了一張她與蕭練並肩站在公司窗前的照片。剛剛她取出項鍊，還沒來得及問這張照片什麼是時候拍的，就聽楚胄提說，很久以前拍照是件大事，當時的人習慣每年全家聚集了拍一次，鏡子於是開玩笑地建議她也仿傚，每年換一張新照片放進鎖盒……

每年？

如初腦海中不期然浮現她與蕭練並肩站在一起的模樣，二十年後……

一幅會令人發瘋的畫面。

蕭練接過項鍊，表情依舊迷惑，顯然無法理解她的憂與懼。如初張嘴，問出來的話卻變成：

「你喜歡嗎？」

他微笑，上前一步，將項鍊掛在她脖子，打量片刻後欣然說：「好看。」

「眞的？」

「當然，妳怎麼樣都好看。」他這麼說，注視她的眼神眞心誠意。

多麼希望時光能凍結在這一刻，剎那化爲永恆。

預定搭飛機離開四方市的那天清早，如初特地將寶貴的時光留下來跟蕭練單獨相處，結果他帶她飛到一座湖中央的小島，也不知怎地，如初竟然讓自己被蕭練說服了，一個人站上他的本體劍，讓劍載著她緩緩上升……

「我覺得不太穩。」為了保持平衡，她張開雙手，但身體依然搖搖晃晃。

「……初初，妳現在離地面只有十公分，摔下來也不會怎麼樣。」因為身高差距的緣故，蕭練雖然還站在地面，卻依然是低頭看她。

這話毫無安慰效果，如初更緊張地問：「會摔下來嗎？」

「不會，我以劍起誓，絕不會讓妳摔下來。」蕭練馬上給出保證後頓了頓，問：「現在可以把手放下來了嗎？」

「好，我試試看……」

如初一點一點降下雙手，忽然間，腳下的長劍啓動，載著她飛快繞了一圈，再回到原地。這一下猝不及防，如初大腦一片空白，就連劍停下了也不敢動，維持原來的姿勢呆站在原處。還是蕭練將她抱了下來，笑著問她「感覺如何」，她才尖叫一聲，把蕭練撲倒在草地上，舉起拳頭就一陣亂打。

「你故意的，你故意！」

蕭練哈哈大笑，躺平了任她打。如初很快便打累了，跨坐在他身上直喘氣，她凝視著他如雕像般線條分明的輪廓，終於不得不承認一件事——蕭練變了。

也許是因為掙脫禁制的束縛，他的鋒芒破繭而出，銳利，卻又呈現出一種晶瑩的質感，恍如萬年不化的冰川迎向驕陽，冷得徹骨，美到剔透。

這樣子的蕭練，對如初而言稱得上陌生。因此儘管他的感情表達變直白，肢體動作也益發熱烈，但在前往機場的路上，如初只要一想到「結婚」這兩個字，心底便不由自主地湧出恐懼感。

她渴望跟他一輩子在一起；她害怕跟他一輩子在一起……

不、他們，不可能一輩子在一起。

最後這個覺悟，消除了不安，卻也抹去所有甜蜜。如初清楚地意識到，她該考慮的是如何好好跟蕭練相處，以及，如何好好說再見。

抵達機場的路程十分順暢，然而，當如初通過安檢門時，警鈴突然嗶嗶作響，她手足無措地站在原地，眼巴巴地看著安檢人員拿著感應器將她全身掃過一遍，然後問：「妳口袋裡裝了什麼？」

「鑰匙！」

如初將一串鑰匙連同縮小版的虎翼刀一塊掏出來，放在桌子上。安檢人員拿起小刀看了幾眼，還沒等如初開口解釋便又放回去，朝她揮揮手。如初再一次踏過安檢門，鈴聲並未響起。她才放下一顆心，扭過頭，就見排在後面的蕭練先掃了虎翼刀一眼，接著揚起眉望向她，眼神透露出許多訊息，其中最清楚的，就是不高興……

「只是暫時借放在我這裡，姜尋需要的話一動念就可以拿回去。」一離開安檢區，如初便迫不及待地向蕭練解釋。

「他還眞放心妳，修復師在我們的本體上動手腳，是再容易不過的事——他就不怕妳給他套個禁制。」蕭練淡淡回答。

他臉上毫無生氣的痕跡，但如初一聽就知道，他很不高興——這是在吃醋嗎？蕭練會吃醋對如初來說還是全新的經驗，她拉拉蕭練的手，繼續嘗試解釋：「他委託我修復刀上的錯金，所以才把刀先寄放在我這裡——」

「妳接受姜尋的委託？」蕭練停下腳，一臉不敢置信地朝如初問：「我不是在信裡特別囑咐，即使妳要跟他在一起，也千萬別幫他找回記憶？」

「我不會跟姜尋在一起啊！」如初不假思索地先反駁，說到一半覺得不對，又趕緊問：「你什麼時候寫給我的？我怎麼一點印象都沒有。」

「託承影轉交，連保險箱的鑰匙一起。」蕭練語氣發沉，顯然更不高興了。

腦子裡還是毫無印象，如初努力回想，好不容易想出一種可能性。

「噢，那封信……」她咬了咬嘴脣，說：「我看到一半太難過，所以，就先收起來了。」

「妳沒看完？」蕭練一臉不敢置信：「我給妳的最後一封信，妳居然連看都沒看完？」

「怎麼可以是最後一封信？你會醒過來的啊！」如初心裡的一點歉意，在聽見蕭練的話後立即煙消雲散。她大聲抗議：「我不要看信，我要聽你親口講，任何你沒辦法親自告訴我的事情，統統不算數！」

蕭練的眼神在瞬間變柔軟，他伸出手，摸了摸她的臉頰，正要開口，旁邊忽地傳來一聲輕笑。

如初與蕭練同時轉頭，只見祝九戴了頂棒球帽，端了杯咖啡坐在附近，一副優哉游哉模樣。視線相交接後，他以極其紳士的姿態朝他們舉了舉杯，溫和地說：「失禮，旁觀你們相處，很令我愉快。」

雖然用字遣詞有點怪，但他的口吻不似嘲諷，如初好奇地開口問：「爲什麼？」

祝九怔了怔，喃喃重複：「爲什麼？」

「我們的這種相處，現代人叫做『放閃』，是一種被定義成公開虐待單身人士的可怕行爲，你還不知道吧？」如初忍住笑，一本正經地向祝九解釋。

她興致勃勃地等著看祝九如何回應，然而祝九思索片刻後，居然對她微微一笑，說：「我不覺得被虐待，你們的相處方式很好，平等自由。」

「耶？」如初頓時傻眼了。

此時請旅客排隊準備登機的廣播聲響起，蕭練搖搖頭，拉著愣在原地不知道該說什麼的如初朝登機門走去。祝九依舊坐在原地，凝視著空中的一個點，彷彿失神，又似在追憶。

飛機雖然在起飛過程中有些顛簸，升到空中一定高度後總算穩住。當安全帶警示燈熄滅之際，一個念頭忽地閃過如初腦海，她拉拉蕭練的衣袖，輕聲說：「姜尋的事，我知道該怎麼辦了。」

蕭練挑眉，問：「妳肯考慮不幫他做修復？」

「幫還是會幫，不過姜尋失去記憶很多年了，應該也不至於急著找回。」心跳忽地有些快，如初低聲說：「我會跟他商量看看，能不能等到我四十幾、或者五十幾歲的時候，再幫他做修復。」

蕭練的神情從不贊同轉成不解，他用手臂環住她，問：「現在修跟到那時候再修，有什麼差別？」

當然有差別，他為什麼不懂？

如初心一橫，抬起頭看著蕭練說：「有件事情，我們之前一直沒有好好討論過。」

她的臉色十分蒼白，蕭練倏地警覺，沉聲問：「什麼事？」

「年紀。」如初勉強笑笑，說：「再過三年，我就跟你一樣大，二十七歲了。」

原來是這個。蕭練正尋思著該不該在毫無線索的時候，先跟如初提及結契一事，便又聽到她用勉強鎮定的語氣說：「姜尋恢復記憶之後，一定會跟現在很不一樣，我、我想我到了中年，應該比較有能力去面對一個朋友突然變陌生。而且……到了那時候，無論事情變成什麼樣子，都跟你無關了。」

「爲什麼會跟我無關？」蕭練將手環得更緊些，在她耳邊發問。

如初低下頭，看著放在自己肩頭上的手。蕭練的手跟他的人一樣好看，手指修長、骨節分明……沒有溫度。

心跳終於失控，因爲快樂，也因爲悲傷。

她盯著那隻美麗的手半晌，輕聲說：「因爲，我們的婚姻，應該，沒辦法，維持超過二十年。」

那隻手驟然握緊她的肩膀，蕭練啞著嗓子問：「爲什麼？」

爲什麼要問，你會不知道答案？

她閉上雙眼，夢囈似地說：「因爲，我會老，而你……不會呀。」

短短幾個字，耗盡如初所有氣力，說完後她整個人往後躺，喃喃又說：「講完了。我們可不可以再也不要講這個，就、專心過好未來的二十年。也許你不懂，可是二十年對我來說很長很長——」

「妳只要二十年？」

當蕭練低沉中帶著痛楚的聲音自耳畔響起，雖然感覺不到他的呼吸，如初還是知道，他近在咫尺之間。

她想搖頭，想大哭，想放聲尖叫說不是這樣。但最終她只咬了下嘴唇，麻木地回：「我只敢要二十年。」

身旁的他半晌都沒發出聲響，如初剛要睜開眼睛，便感覺到一雙冰冷的嘴唇貼在她的雙唇之上。

就只是貼著，沒有任何其他動作，然而如初可以感覺到自己渾身都在發抖。剎那間無數念頭在心中閃過，其中之一竟然是——現在死去也不錯。

爲什麼不呢？與其今後二十年每分每秒都活在分手的陰影下，不如在最幸福的時刻，離開他。

這個念頭僅僅一閃而逝，卻把如初給嚇壞了，她猛地推開蕭練，彎下腰大口深呼吸。他則迅速撲回來握住她的雙手，神色緊張。

「沒事。」如初回握住他的手，說：「我很好，眞的。」

「我不好。」他直直看進她的眼底，說：「我從來不知道，妳只想要跟我在一起二十年。」

「那你現在知道了。」如初這次沒有逃避，昂起下巴對望回去。

四目相視，蕭練用力搖頭，說：「我不接受。」

「那就先不要接受，連想都不要去想。」如初頓了頓，試圖展現一個笑容，說：「因爲我也一樣，好不好？」

她說這話時並不知道，臉上硬擠出來的那個笑容，看上去更像無聲的哀求。蕭練握緊她的手，在心底下定了不惜一切也要結契的決心，然後雲淡風清地給出一個字的謊言：

「好。」

這聲應允讓如初平靜不少，她抱著蕭練的手臂躺回椅背，告訴自己先去思考比較近期的、可以掌握在自己手裡的未來——比方說婚禮要在哪裡舉辦，出國進修要去哪個城市，GRE跟托福應該先考哪一個……

東想西想了一陣子，她忽地直起身，探頭望向跟蕭練隔了一條走道、坐在中間排座位的旅客問：「妳還好嗎？」

這是一位孕婦，肚子不小，如初還記得他們登機時她已入座，不時低頭輕撫肚皮，跟小寶貝低語，神色溫柔。

但現在這位準媽媽呼吸粗重，臉上都是汗，機艙裡冷氣開那麼強，顯然不正常。如初多看兩眼，小心地朝準媽媽再問：「要不要我幫妳叫空服員？」

對方以最小幅度點了點頭，呻吟似地說：「頭暈，得躺躺。」

蕭練毫不猶豫地按鈴，空姐迅速找來枕頭毛毯，協助準媽媽躺下。然而經濟艙的位子實在太小，即使將椅背壓到最低，也無法達到讓人舒服的睡姿。幾趟折騰下來，反而把準媽媽弄得臉色益發蒼白，汗也出得更多。

另一位空姐推著輪椅走過來，跟正在幫忙的空姐低聲商議幾句後，向準媽媽解釋——剛才經詢問，有位頭等艙的旅客願意讓出座位給她。頭等艙的位子可以躺平，倘若準媽媽也同意，那麼她們將協助雙方互換座位。

準媽媽用虛弱的聲音道謝，在空姐的攙扶之下坐上輪椅離去。過沒幾分鐘，祝九在空姐的帶領之下，施施然朝他們走過來，顯然他就是那位自願讓位給孕婦的頭等艙旅客。

剛才的紛擾驚動不少周圍乘客，因此當祝九一現身，大家都報以讚賞的目光。然而祝九對這些目光毫無反應，他自顧自坐進孕婦原本的座位，抽出一本英文雜誌閱讀，神情在平靜中暗藏一絲厭煩。

他在不高興什麼？如初靠在蕭練肩頭，不解地看著祝九。祝九翻了兩頁後抬起頭，用帶了點嘲諷的口吻對她說：「後代是種族延續的希望。」

「你也喜歡小朋友？」祝九後座的女生等搭訕的機會等得都快不耐煩了，見他開口，趕忙傾身向前，探頭說話。

「胎兒時期不錯，生出來之後就太吵了。」祝九回了這麼一句，低頭繼續讀雜誌。

周圍有人忍俊不住笑出聲，大家顯然都只拿這話當玩笑，然而如初卻益發困惑。趁著空服員發點心的空檔，她低聲問蕭練：「他爲什麼要讓位給孕婦？」

蕭練瞄了一眼不爲所動的祝九，也低聲答：「他的本性，見不得無辜的人受苦。」

「但他很不高興——」

「出世之前就被強加在自己身上的本性，沒有誰會喜歡。」祝九忽地開口，視線卻並未離開雜誌。

「你可以不讓啊。」如初嘟囔著說。

「那會讓我更不愉快。」祝九淡淡回答。

也就是說，遵循了本性，會覺得自己像個木偶被人操弄；不遵循，心裡又會不舒坦？

這矛盾的確難解。如初想了半晌也沒結論，不知不覺中她躺回椅背，闔上眼，睡意逐漸侵襲。幾分鐘後如初靠在蕭練的身上，呼吸已變平穩，安然進入夢鄉。

就在她熟睡之後沒多久，祝九抬起頭，隔著機艙走道對蕭練說：「收回前言，她小事質樸，大事通透，還不貪心，懂得只要二十年。」

「正因如此，我不能只給她二十年。」蕭練冷冷答。

「換你不通透了。」

蕭練瞄了祝九一眼，下一秒，黑色的宵練劍頓時憑空出現，架在祝九的脖子上一動也不動。後者馬上舉雙手表示投降，長劍威嚇似地嗡了一聲才消失，祝九摸摸鼻子，問：「剛剛聽你們說，姜尋封印了他自己的記憶？什麼時候的事？」

蕭練取出一條毯子蓋在如初身上，答：「幾十年前吧，我並不清楚。」

「知道爲什麼他……」祝九頓了頓，搖頭：「不對，姜尋在怕什麼，怕到需要封鎖記憶？」

「怕？」蕭練搖頭：「我沒見過姜尋害怕。」

「你沒見過，不等於沒有。姜尋的記憶裡必然存有非常嚴重的事，逼得他不得不對自己下狠手，以絕後患。」祝九斷然地這麼說完，便將雜誌放回椅背，視線移向如初，皺起眉頭吐出兩個字：「傳承？」

蕭練沉下臉，將如初摟進懷裡，徹底隔絕了祝九的視線。

如初不怎麼舒服地動了動，靠在蕭練的胸膛繼續睡，祝九抬起視線，轉向蕭練說：「我建議你幫著她解開姜尋的封印，越快越好。」

蕭練垂眸沉思片刻，抬眼問：「進入傳承是結契的唯一條件？」

「不是。」

「所以在傳承裡還需要滿足什麼其他條件，結契才會成功？」

這一句，蕭練的聲音放得很低，語氣中的決心卻不能更重。只不過他雖然將問題說出口，倒也並不期待能得到回答。

果然，祝九轉過頭，直視前方，一言不發。

懷裡的如初緊皺雙眉，似乎在夢中過得不怎麼開心。蕭練無能爲力，只好摟緊她，靜靜思索下一步。

過了好一會兒，蕭練聽見隔著走道的祝九開口，聲音悠悠。

他說：「我在傳承門外，總共見過山長兩次。第一次不歡而散，到了第二次，她主動跟我提起結契，死生契闊，與子成說……」

講到這裡，祝九打住。蕭練眼前不期然浮現剛化形成人的那天，他睜開雙眼，觸目所及，遍地斷肢殘骸、血汙狼藉，刀光劍影所至之處，生離死別只在轉瞬間。

沒有她，他的生命也只剩下那片戰場。

蕭練低下頭，看著如初逐漸平靜的睡容，緩緩開口說：「修復封狼，我無能爲力；追查眞相，可以。」

「進入傳承之後也可以？」祝九毫不放鬆。

「可以。」

「多謝。」

「不必，結契的條件是？」

祝九將視線轉向機艙內，他看著蕭練與如初，緩緩說：「此時、此刻，兩心同。」

11. 永生永世

飛機即將降落時，如初才從夢中清醒。

夢裡像在秋季，金黃色落葉繽紛，似曾相識的少女反覆說著同樣幾句話。如初聽不清楚她在說什麼，卻能感覺得出來，她的聲音悲傷而堅定，伴隨著打鐵聲、流水聲，跟如初第一次接觸到傳承的夢境感覺有點像，卻又並不一樣……

山長想透過這種方式，跟她溝通什麼嗎？

她現在能自由進出傳承，有話爲什麼不面對面直接說？

還想不通這是怎麼一回事，機艙門已然開啓，剛開機的手機也跳出了兩通未接來電與一則新訊息。兩通來電都是媽媽的號碼，訊息則是由爸爸傳來，告訴她外婆下午剛清醒，雖然人還在加護病房，但暫時脫離險境。

如初於是回撥給媽媽，鈴響數聲後，電話接通了，那一頭傳來的卻是爸爸的聲音，帶著濃濃的疲憊，問：「到了？」

「對，正在等行李，媽咪呢？」

「她剛睡。」應錚頓了頓，說：「我們今晚住旅館，就在醫院附近，等下我把地址傳給妳。」

「爲什麼你們會住旅館？之前不是都住大舅家？」如初一頭霧水地問。

「唉，一言難盡。妳先上車，晚點我慢慢講給妳聽，記得打我手機。」

應錚簡短吩咐女兒後便掛了電話，而在前往旅館的車程中，如初依照指示打給爸爸。父女談了十多分鐘之後，她終於了解，這次外婆心臟病突發住院，讓媽媽一家五個兄弟姐妹多年來的心結，徹底大爆發。

「妳大舅跟妳小舅一國，妳媽媽跟大姨三姨一國。病房裡就吵起來，以前不讓妳媽跟妳阿姨補習，還叫她們幫忙顧店，家裡的錢都給妳舅舅們念書這些舊帳，統統拿出來算，吵到翻臉。」應錚搖頭苦笑地這麼說。

外婆一向重男輕女，如初是女兒的女兒，從小理所當然不受重視，連過年的紅包比起表兄弟都差一截，這麼多年下來她早習慣了，也以爲媽媽習慣了，原來並不是嗎？

「外婆不一直都這樣，爲什麼現在會吵起來？」如初忍不住問。

「妳外婆把所有家產都留給妳兩個舅舅。」應錚嘆了口氣，說：「東西不多，可是徹底傷了妳大姨的心。妳外婆過去幾年都是她在照顧，沒想到……」

如初這下懂了，她篤定接話：「媽媽幫大姨。」

「她說自己一毛錢都不要，可是大姐不能沒有，妳舅舅他們就說如果妳外婆去世，供牌位的也是他，跟女兒沒半點關係。」講到這裡，應錚苦笑，搖頭：「妳大姨丈差點跟你大舅打起來，妳媽在旁邊，氣到胃痛。其實這件事，遲早要解決，拖到現在已經憋太久了……對了，蕭練也來了？」

「嗯。」如初吸口氣，小心翼翼地又說：「他有個朋友，等下也會一起過來。」

祝九得知他原本斷成兩截的本體，竟是由應錚接續而成時，便要求一同前往拜會。如初無法拒絕，只能祈禱祝九比蕭練會演戲，而爸爸也別太犀利……

好在應錚並未多問，父女簡單又聊了幾句便結束電話。計程車抵達旅館之後，如初將所有行李交給兩個男生負責，自己開了車門便直奔電梯，一人獨自穿過不算短的走廊，在六樓深處的雙人房內見到了幫她開門的爸爸，以及坐在床上的媽媽。

才四個多月沒見而已，媽媽看上去驟然老了許多，原本一直染得光鮮亮麗的頭髮，如今混雜了不少銀絲。

如初衝到媽媽面前，卻不知道該講什麼，只能訥訥地說：「我回來了。」

媽媽拍拍她的手，簡短敘了些家常，卻對原生家庭的紛爭隻字不提，只催著應錚帶如初與蕭練去吃飯，說年輕人不能餓到，她已經吃過了，精神不好就不陪他們了。

如初其實不餓，但她不斷接收到爸爸丟過來的暗示眼神，於是乖乖同意，跟著爸爸離開房間。

「妳媽需要靜一靜，之後跟妳外婆有關的事，她不提，妳也不提，就當作不知道。」在下樓的途中，應錚這麼交代著。

電梯門開，蕭練與祝九站在旅館大廳的角落，身邊都是行李。如初頓時感到頭大，她看著爸爸先跟蕭練打招呼，接著對一旁的祝九禮貌微笑，在心底嘆了口氣，開始用他們在計程車上臨時編的故事，向爸爸介紹祝九——

祝先生從小移民澳洲（他最新的護照是澳洲籍），父母車禍去世後他決定搬回來……

應錚不明白女兒爲什麼要跟他說起陌生人的經歷，但是看著削瘦的祝九，他忽地生起一股熟稔感，於是誠懇地說：「節哀。」

「我父母已經去世好些年了。」祝九回答時語氣平靜，眼神卻透露出有趣。

這跟講好的不一樣，祝九明明答應過絕不主動開口的！如初頓時緊張了起來，孰料應錚看看蕭練又瞧瞧祝九，居然對他們說：「你們都很好，辛苦了。」

如初這才想起來，蕭練也有一個父母雙亡的孤兒人設。她趕緊打岔，問父親要不要一起下去吃飯，順便談談接下來幾天的計畫，因此也就沒看到祝九與蕭練交換了一個心照不宣的眼神，對待應錚的態度更加恭謹。

應錚跟女兒聊了幾句，便以家長的姿態領著其他三人走到旅館餐廳。趁著等上菜的空檔，如初迅速向爸爸說明復合後蕭練向她求婚一事……

「我的錯。」等她講到一個段落，蕭練開口，誠懇地對應錚說：「我那時顧慮太多，等離開之後才發現，我想跟初初在一起，永生永世。」

他說話時神情肅穆，如初明明知道話裡有好些不盡不實之處，卻在聽到最後一句時眼眶忽地一酸，險些落淚。

應錚瞥一眼掛在女兒脖子上那枚一望可知昂貴至極的戒指，淡淡答：「感情的事，你們年輕人自己處理好就好……初初，我等下請旅館加張床，今晚跟爸媽睡……蕭練啊，你今晚住哪，祝九家？」

他說得客氣，卻隱然有種不容反駁的權威感。蕭練眼神微動，嚥下想在同一間旅館訂個房間陪如初的提議，點頭稱是。祝九眼底含笑，時不時環視同桌的人一圈，最後目光總停留在應錚身上，神色若有所思。

這頓飯在略爲尷尬的氛圍之下結束，大部分時候沒人講話，然而安靜只在表面，大家在眼神交會中不時傳遞各式各樣訊息，因此雖然無聲，卻相當熱鬧。

蕭練坐上計程車後沒多久，便聽祝九用感慨的語氣說：「難怪我能醒來，父女傳承，兩代的機緣，太巧了。」

蕭練搖搖頭，說：「應先生不是傳承者。」

「你都喊他應先生了，那份尊重是給一位修復師的，可不是因爲你想娶人家女兒。」祝九轉向蕭練，以調侃的語氣問：「若是應先生不肯把女兒嫁給你，你如何是好？」

蕭練微笑，成竹在胸地答：「說服如初跟我私奔。」

祝九哈哈大笑，說：「幾千年累積的功力拿去哄小姑娘，不嫌丟臉麼？」

「沒累積。我以前又沒哄過人，現在才開始學而已。」

兩人閒聊的時候，計程車已離開市區，往山間駛去。祝九望著窗外越來越稀疏的燈火，瞇了瞇眼睛，探頭問司機，路線是否正確？

「山尖路，沒錯啊，這邊我常開，有幾家民宿還不錯。」司機連導航都沒開，便充滿自信地如此回應。

蕭練與祝九對望一眼，都在彼此的眼中讀出不解。車子順著一條小路蜿蜒而上，最後停在一間群山環抱的獨立白色小洋房前方。

洋房外是一大片草地，稀稀落落地種了幾棵果樹，周圍再無其他屋舍，儼然一片遺世獨立的模樣，但視野極佳。此刻夜幕低垂，在他們身後，山下城鎮已點起萬家燈火，而在他們面前，洋房裡的每一個房間也都發出瑩瑩暖光，彷彿溫柔的母親已備妥食物與熱水，等待倦極的遊子返鄉。

這棟房子的氣質太好，不像是爲臨時棲身而隨便買下的住所，蕭練打量了幾眼，問：「你跟封狼以前約好過買房子？」

祝九怔怔地瞧著這間洋房，苦笑答：「我提過一次，倘若有一天，盛世太平，海清河晏，我願找一個這樣的地方隱居起來，不問是非，不看人間。」

蕭練的目光落在入口處的木牌上，冷靜地再問：「所以他就開了一間民宿，命名爲『清晏』？」

原本夢幻的氣氛轉瞬間蕩然無存。祝九跨前一步，橫掃整棟房子一眼，冷冷說：「而且還差不多快住滿了……知止這傢伙留一間民宿給我幹嘛？」

「進去問問不就知道了？」

他們推門而入的時候已將近晚間九點，三五位客人坐在客廳裡玩桌遊，一名中年婦女拿著抹布奮力收拾空蕩蕩的餐廳，櫃檯則坐著一名十四五歲的女孩，正低頭玩手機。

祝九上前，說明來意，才掏出房地產的證明文件，女孩就興奮地扭頭往餐廳喊：「媽，屋主出現了！」

蕭練：「……」

祝九：「……」

中年婦女丟下抹布，三步併做兩步地跑上前，用狐疑的目光輪流在他們身上繞了一圈，問：「祝先生？」

祝九頷首、微笑：「我就是，您是？」

「我姓陳。」

「陳太太——」

「陳小姐，陳慕櫻。」中年婦女頓了頓，說：「叫我慕櫻管家就可以了。」

祝九張了張嘴，忽然發覺對他而言，直呼女姓閨名依然是道邁不過去的坎。蕭練對此則無半分顧忌，他開口，簡單直接地問：「慕櫻管家，請問，這間民宿平常都是妳一個人打理嗎？」

「當然不只啊！」慕櫻瞪大眼睛說：「我跟我女兒住這裡，白天的話廚師跟小管家都會來，林姐也會來做房務，林伯身體可以的話也會一起過來幫忙顧外面花園，寒暑假還會找工讀生……你們、從來沒有開民宿的經驗？」

「沒有。」

祝九與蕭練異口同聲講出這一句後，對望一眼，蕭練一臉看好戲的樣子，祝九則十分無力，不懂爲什麼知止會留給他這麼一個說大不大說小也不小的麻煩。而站在他們面前的慕櫻管家臉上的表情則變得十分精采，混雜了期待與驚恐，彷彿他們的到來，會將這間小民宿原有的平靜美好悉數破壞……

這樣下去可不行，祝九趕緊向幕櫻管家簡單解釋了這間房子是他因爲身體狀況欠佳，爲了方便休養而託朋友買下的，一開始並未準備開設民宿……

「那你來了以後要結束營業嗎？」慕櫻打岔問，神情如臨大敵。

「不會，現在這樣我很滿意。」反正他一沒興趣在此地長住，二沒打算靠民宿賺錢。祝九朝她安撫地笑笑，又問：「我只想知道，當初買下這間民宿的霍先生，有沒有留下任何東西，或者是訊息給我？」

幕櫻管家呼出一口氣，神色略安，搖頭答：「我沒見過霍先生。」

「那是誰聘妳進來的？」蕭練問。

慕櫻講了一間公司的名字，祝九一臉茫然，蕭練則唔了一聲，想想問：「派遣公司？」

慕櫻忙點頭：「工作六個月之後我就轉正了，薪水都是直接匯進戶頭，每個禮拜有一位王小姐會過來看一下，順便對帳。」

「我上網查過，王小姐是帝丘集團的副理，其實我們本來都一直在猜，清晏是不是帝丘集團老闆的私產。」慕櫻的女兒突然插嘴，同時睜大了一雙黑白分明的眼睛好奇打量祝九，慕櫻也對他投之以希冀的目光。

就祝九的標準來說，這對母女還構不上「受苦急需幫助」的條件，因此他並未回應她們的話，只禮貌地點點頭，接著環顧四周，研究環境。

室內裝潢混合了日式的禪風與歐式的典雅，藝術感不強，但窗明几淨，十分注重居住者的舒適度。顯然這對母女已把這間民宿當成自己家來盡力照顧，也難怪她們期待有財團支持，背靠大樹好遮蔭。只可惜，他註定要令她們失望。

看完一圈之後，祝九開口說：「我不認識什麼帝丘——」

「我們跟帝丘隸屬不同集團，不過帝丘的總裁是我們的老熟人。」蕭練打斷他，如此說道。

「老熟人？」祝九對蕭練揚眉。

「姜拓。」蕭練淡淡吐出兩個字。

「他成了集團總裁？」祝九好奇地再問。

「意外嗎？」蕭練問。

現代社會對祝九來說還是太過陌生，他啞然片刻才有點好笑地搖搖頭，低聲說：「情理之中。」

說完他隨即掛上和煦的笑容，轉向慕櫻管家說：「我們跟姜拓認識很多年了，之後我會跟他打聲招呼，一切照舊。」

慕櫻眼睛一亮，忽地想起什麼，指著樓梯旁的房門說：「對了，一樓的主臥！」

她拋出這麼沒頭沒腦的一句，也不解釋，便小跑步走到櫃檯後方，拉開抽屜開始東翻西找。

祝九朝那個房間掃了一眼，皺起眉頭。蕭練不明白他靠異能看到了什麼，也不方便問，只能繼續保持沉默。

慕櫻的女兒傾身向前，帶著熱情解釋說：「一樓就只有一間臥房，很大，特別留給屋主住的，不開放訂房。我們剛來的時候王小姐就有特別交代，因爲不知道屋主什麼時候會回來，所以每天都要打掃，還要插上鮮花。之前有客人行動不方便想要訂，我媽去問王小姐，還被罵——」

「沒有沒有，王小姐只是說規矩很重要，要我不要只想賺錢，人家也是有道理的啦。」慕櫻急忙打斷女兒，同時從抽屜最深處拉出一支繫著紅絨繩的黃銅鑰匙，放在櫃檯上。慕櫻的女兒嘟起嘴，不甘心地朝祝九說：「今天掃過了喔。床單前天換的，其實沒人住根本不用換的啊，浪費水——」

慕櫻狠狠瞪了女兒一眼，祝九取過鑰匙，輕描淡寫地說：「節約用水很重要，以後我沒提就不用換床單……對了，妳叫什麼名字？」

「陳子晴，晴天的晴。」慕櫻的女兒昂起下巴，囂張地如此回答。

那態度太過刻意，讓人忍不住聯想她是否因爲與母親同姓，曾經受過歧視，才習慣性張牙舞爪保護自己。祝九注意到這一點，卻不動聲色地將鑰匙遞給子晴，又問：「那麼，子晴，我受過傷，行動起來不太方便，能否麻煩妳幫我開房門？」

他頓了頓，在蕭練狐疑的目光下又加了兩個字：「謝謝。」

他勘察過，房間內並無異狀，子晴進去絕對安全，但這個舉動理應能搏取她的好感。人生地不熟，他需要助力。

他料的果然沒錯，子晴歡歡喜喜地接過鑰匙，連蹦帶跳地衝上前開門，順手打開燈，用一種招待客人來自己家裡玩的語氣介紹說：「三面窗，那扇門通露臺，外面有躺椅，等下你們一定要去看山城點燈，超夢幻的。浴室裡有玫瑰浴鹽，我挑的味道，還有那扇面山的窗，早上可以看日出，旁邊的床也可以睡覺，不過更適合坐在上面發呆，我們都叫它發呆床，特別訂做的……」

在子晴喋喋不休聲中，祝九一腳跨進門內，然後僵在原地，再也無法動彈。

這間房有著樓中樓的設計，一樓是個簡單的小客廳，原木地板原木書架，落地窗旁有張米白色臥榻，就是子晴口中的發呆床。房中央雪白色迴旋梯彎沿而上，整個房間的色調單純穩重，與周圍的自然景致融成一體，唯一的裝飾品是一大束盛開的野薑花，插在一只半透明碩大的法國萊儷水晶瓶裡，如畫龍點睛般讓整個房間都亮了起來，花香隨風飄散，滿室芬芳。

當年他興之所至，向知止描繪過的理想退隱生活，竟在他最沒料到的時刻，出現在他眼前。

「這瓶子我見過。」蕭練走上前，拿起瓶子轉了一圈，揚眉轉向他說：「前幾年佳士德拍賣過一只一模一樣的，原來是封狼買了下來。」

祝九走上前，接過花瓶，放回原處，淡淡說：「很久以前，我也買過一只一模一樣的。」

在他們交談時，慕櫻管家已將子晴趕出房間，她匆匆向祝九介紹一圈，便也迅速離開房間，順手將門帶上。

等外面的腳步聲一走遠，蕭練便轉向祝九，問：「有異樣？」

祝九走到那張灰白色的「發呆床」前，垂眼看了片刻，說：「底下挖了一個隧道，看不出來通往哪裡。」

他的腳步略顯遲緩，蕭練瞇了瞇眼，問：「你當眞行動不便？」

「過去兩小時異能突然衰退，能看透的區域越來越小。」祝九頓了頓，轉頭問：「幫個忙？」

蕭練走到床旁，一腳輕鬆將床往後踢，露出來的原木地板上赫然躺著一只形似魔術方塊大小、有著卯榫結構的魯班鎖。蕭練轉動手腕，握住驟然出現懸浮在身旁的長劍。當他正準備劈開木鎖時，祝九即時出聲，問：「你要幹嘛？」

「開鎖。」

「可以動腦的時候盡量別動武力。」

「同爲兵器類，你這話我怎麼聽怎麼奇怪。」

蕭練雖然這麼說，卻還是側過身，對祝九比了個請的手勢。祝九走到魯班鎖前，盤腿而坐，端詳片刻後抓住其中一根小木棍，緩緩抽出。

他的動作雖然看上去從容不迫，其實十分迅速，一個大鎖很快便被分解成一堆小木棍。當祝九拿起最後一根木棍時，呀地一聲，他前方的地板向兩邊滑開，露出一塊僅可供一人進出的正方形入口。

蕭練往前跨一步，探了下頭，只見一條窄窄的樓梯直通往下，底下黑漆漆的，即使以他的眼力，依然無法看出任何線索。他轉向祝九，問：「封狼會用這種拐彎抹角的法子，留下結契的線索？」

「不會。」祝九一躍而起，說：「這不是線索，是他做到一半沒來得及完成的事。」

「他可以瞬移為什麼還需要挖地道？」蕭練再問。

「因為瞬移需要事先預設目的地。」祝九用憐憫傻子的眼神看著蕭練，答：「不然隨便亂移會卡進山壁裡動彈不得，那就蠢斃了。」

蕭練瞇起眼，問：「你講得好像親眼見他幹過這種蠢事？」

「當然，他第一次遇到我時就被我卡進崑崙山，在裡頭鑽了七天七夜還找不到出路。」祝九用手指敲敲腦袋，重複說：「可以動腦的時候盡量別動武力，因為很容易挖個坑把自己給埋下去。」

蕭練冷冷看祝九一眼，一言不發舉腳便往下走，祝九輕咳一聲，說：「根據地產證明，我才是這間房子的主人。」

蕭練轉回頭，四目相交，祝九脣邊的笑意不變，氣勢卻倏然變強大。

這才是蕭練記憶裡真正的祝九。說仁慈也仁慈，說殘忍也殘忍，胸懷天下，可以為了救多數人，犧牲少數人。當然，認真打起來祝九依然不是他的對手，但他也從來不願與這樣的祝九爭鋒，因為每當祝九展現出這樣的風采時，為的都是其他人。祝九似乎不曾自私過，據說這也是他的本性，然而蕭練始終弄不懂。

他向祝九點點頭，退到床旁，比了個請的手勢。祝九嘴脣的角度微揚，舉步走下樓梯。

蕭練取出手機，開始發訊息給如初，還沒寫滿一行，手機鈴響起，如初的號碼赫然出現在螢幕上，算不算心有靈犀？

蕭練愉快地接起電話，接著便聽到如初迫不及待地開口說：「喂，蕭練？」

她的聲音壓得非常低，彷彿擔心周圍有人偷聽，蕭練盤腿坐在床上，問：「是我，怎麼了？」

「爸媽都睡了，我跑到樓下咖啡廳講電話。」如初講到這裡，忽然醒悟自己根本不用擔心講話大聲會吵到家人，於是恢復正常音量，問：「你們也到了？」

「到了，結果這是一家民宿。」蕭練停頓片刻，嘗試著用一般人的方式表達關心：「妳爸媽還好嗎？」

「我爸還好，我媽不太好。」如初喘了口氣，怯怯地問：「蕭練，你會不會覺得，我家很奇怪？」

「哪裡奇怪？」蕭練不解地問。

要自己點破真的需要點勇氣，如初咬咬嘴脣又放開，艱難地說：「就是，我外婆人都還在加護病房，我媽媽他們兄弟姐妹卻吵成一團……」

回到旅館房間後，她本想好好安慰哭到說不出話來的媽媽，但很快地如初就發現，媽媽的眼淚很複雜，悲傷當然有，可是憤怒更多、也更深遠。

過去兩小時，媽媽把上國中便當裡永遠沒有雞腿、只有雞脖子這種事翻來覆去地講，講到如初已經找不到詞來安慰，只能呆坐一旁聽媽媽發洩情緒，然後再趁爸媽終於入睡後，打電話找未婚夫求援。

蕭練絕對不適合談家務事，但她沒有其他人可以講，也不想跟其他人講。電話另一頭的他半晌沒開口，就在如初開始心灰意冷時，蕭練的聲音響起，他說：「對，滿奇怪的。」

如初的心情更加低落了，她有氣沒力地噢了一聲，還想不出來該說什麼，就聽蕭練繼續說：「我上一次遇到同類型的家庭紛爭，最後結局是小妹殺掉她的兄姐，跟父親合謀，逼母親自盡。」

這也太血腥，如初抖了抖，忍不住開口問：「誰啊？」

「妳認識的，崔氏。」蕭練頓了頓，補充說：「當然，她從十歲起，費了將近二十年才成功，達到目標的時候已經將近三十歲了。說起來我還當了幫凶，所以，像妳母親這樣，兄弟姐妹紛爭幾十年了都只是嘴巴上吵吵，誰也沒認眞要對付誰的情況，看在我眼裡，還眞有點不習慣。」

這一番話，蕭練講起來恍若閒話家常，甚至還帶點愉悅，如初卻聽到傻眼。傳承裡收藏的崔氏歷史都只跟禁制有關，並未包含這一段，她雖然見識過崔氏殺人，卻完全無法想像她狠起來竟連自己的親人都下得了手，還是在十歲的時候就立志這麼做，放到現代根本是小學高年級的年齡⋯⋯

「她爲什麼要這樣？」如初忍不住問。

「她名義上的母親，也就是他父親的正妻，在她八歲那年殺了她的親生母親。至於兄姐那部分……」蕭練頓了頓，說：「我的理解是斬草除根。」

「那這樣……」如初有點結巴：「你還是選擇幫她？」

「若是妳落入崔氏的處境，我會主動出手，確保不留下一絲後患。」蕭練斷然回答。

如初倒抽一口冷氣，問：「眞的？」

「當然，告訴過妳，殺戮是我的本性。」

電話的那一頭好久都沒有聲響，正當蕭練想著彼此之間的差異，心一點一點沉下去之際，忽地聽見如初用不太滿意的語氣說：「我們以後，即使是結婚以後，講起話來都還會是像今天這樣嗎？」

「今天怎樣？」蕭練不懂。

「我發問，你用幾千年累積下來的生活經驗回答，一直拿我當小朋友。」

溝通的確是一門藝術，然而蕭練從不認爲自己是一名藝術家。

他摸了摸下巴，問未婚妻：「妳幾歲？」

「過完年就二十五了。」

「我幾歲？」

「過完年還是二十七歲。」如初頓了頓，像發現新大陸似地說：「外表年齡聽說會反映心智年齡，你會不會從來沒有長大過啊？」

蕭綀嘴角微翹，答：「如果這樣想可以讓妳高興一點的話，我很樂意承認自己是個幼稚鬼……」

他的話說到這裡，就見祝九緩緩自地道中走出。他的步履蹣跚，身體也一點一點變透明，但他依然勉力支撐，就這麼一步步走到蕭綀面前，喘著氣吐出兩個字：「亟醜。」

緊接著，一柄劍身雪亮的玉具劍摔在床上，而祝九於同一瞬間，消失無蹤。

12. 甦醒

黎明前夕，四方市的天空一片黑暗，矗立在老家客廳角落裡的荊州鼎，旁邊隱隱浮現一個半透明的人形。

她赤裸著身軀，抱住雙膝躺在地板上，像個在子宮裡的胎兒般蜷縮成一團，神態安詳。隨著曙光衝破天際，她的身體也益發凝實，當太陽躍出海平面的那一刻，夏鼎鼎倏地睜開雙眼，鬆開手原地坐起。

熟悉的景物讓她十分安心，夏鼎鼎站起身，環顧四周。一旁荊州鼎左邊的豎耳上搭著一件眞絲浴袍，依稀有點眼熟，她走過去摸了摸，想起來之前因爲喜歡這料子，一口氣訂做了半打，還沒來得及拿到手，便已因傷重而失去意識。

浴袍上壓著一支手機，底下有張字條，上頭寫著「醒來打給我」，一望可知是杜長風的筆跡。手機看上去雖然全新，但款式跟她之前那支沒什麼太大不同，由此推斷，她失去意識的時間並不長，不曉得現在是哪一年了？也許根本不用費太多心力，就能夠輕鬆適應新環境。

想通這一點令夏鼎鼎更加愉快，她抓起浴袍穿上，一邊繫緊腰帶一邊打開手機。通訊錄裡只有一個號碼，她按下撥出鍵，鈴才響一聲，杜長風渾厚的聲音便從手機裡傳出，他帶著顯而易見的激動，顫聲問：「鼎鼎？」

「是我呀，老杜。」夏鼎鼎開心地笑出聲。

「妳感覺怎麼樣？有沒有先檢查一下身體？事情都還記得起來嗎？需不需要我再把秦觀潮找回來幫妳確認一遍？」杜長風連珠炮似地發問。

夏鼎鼎換成用左手拿手機，然後右手握拳，緩緩轉動右肩。確定無恙後她將右手臂伸直了，撐開五指，一束朝陽透過玻璃窗打在她的手上，照映得指尖瑩瑩發光，力量在體內流轉，近千年來如附骨之蛆般折磨她的舊傷，終於完全痊癒……

「我很好。」等杜長風問完一圈，夏鼎鼎才開口。她閉上眼睛，感受那種久違的、可以完全掌控身體的感覺，輕聲告訴杜長風：「不能再好。不需要急著請秦師父再來，倒是得備份大禮，我找時間親自去謝他。」

「我跟妳一起。也得謝謝如初，她也幫了不少忙……我現在在公司，馬上回去，妳有什麼想吃想喝想玩的沒有？我順路買了帶給妳。」夏鼎鼎的回答太肯定，杜長風放下一顆心，口吻也就不再急切。

夏鼎鼎依舊閉著眼睛，溫柔地答：「沒有特別的，等你回來我們再一起出去，不用趕。」

「趕還是要趕的，等我。」

杜長風迅速掛斷電話，想見她的心情溢於言表。夏鼎鼎笑著也按下掛斷鍵，然而，正當她準備張開雙眼之際，一幅畫面閃過腦海。

預見？

手機啪地一聲跌落在地面，夏鼎鼎挺直腰，闔目屏息以待。然而這一次的預見跟以往截然不同，一點背景畫面都沒有。她在全黑的視野中，首先看到一束光，如探照燈般自不遠處的半空中打亮。又過了一會兒，光圈籠罩處，如初的身影緩緩浮現——她坐在一張半舊的電腦椅上，臉上掛著滿足的笑容，凝視某個特定方向。

夏鼎鼎隨著如初的視線看去，見到另一束光落下，在黑暗中圈出另一個會發光的圓圈，蕭練的身影也隨之浮現。緊接著，夏鼎鼎驚駭地發現到如初居然動了起來，她帶著同樣的微笑轉過頭，朝另一個方向望……

這怎麼可能!?

她的預見素來只能看到靜止畫面，這是怎麼一回事？

夏鼎鼎沒空多想，只能緊緊跟隨如初的視線移動自己的目光。又有一束光打在另一個地方，含光的身影隨即在光暈中浮現，他手握本體劍，劍尖指向如初……

含光要殺如初？

然而預見裡的應如初一點也不緊張，她安詳地坐在椅子上，再度轉頭，朝另一個方向望去。

夏鼎鼎注意到無論是含光或者蕭練，都是從現身後便靜止不動，再未改變過姿勢，含光額角冒汗，蕭練則是站在飛劍上搖搖欲墜，一副面對強敵無力招架的模樣……

在如初看過去的第三個地方，隨著光暈浮現，杜長風出現了，他的神情痛苦異常，隨之一起出現的，是他的本體青銅巫師像。

「老杜！」夏鼎鼎發出一聲短促的驚叫，臉色大變。

杜長風因爲情況特殊，每次使用異能，都會重新經歷過一次當年被活活燒死的情境。從他臉上的表情判斷，杜長風分明在對應如初動用異能……爲什麼呢？

無論原因爲何，杜長風的異能顯然對應如初毫無影響。她雙手交疊在小腹上，以閒適的姿態再次轉向，鏡重環隨即出現在光暈之中，手握本體，一臉茫然。

就這樣，預見裡的應如初每次轉頭，她視線所到之處便會多出一個化形者。在看了一圈之後，應如初有點累了似地扭扭脖子，忽地往夏鼎鼎的方向看過來。

四目相對，夏鼎鼎清清楚楚地看到應如初張開嘴，帶著微笑開口說：「鼎姐，是妳嗎？」

夏鼎鼎猛地睜開眼，跌坐在地面，不斷喘氣，一臉驚懼。

活了幾千年，她不只一次面對生死交關，卻從來沒有任何一場戰鬥，能讓她產生如此巨大的壓迫感。

這些畫面是怎麼回事，在她失去意識的這段時間，究竟發生了什麼？

「鼎姐，妳醒了？」含光與承影一前一後走進客廳，看到跌坐在地的夏鼎鼎，趕緊朝她奔去。

含光一把拉起她，承影愉快地問她要不要開瓶酒，好好慶祝一下，然而夏鼎鼎無心應對他們的歡喜。

她站起身，手按在胸口喘息片刻，抬起頭用驚魂甫定的語氣，對含光與承影說：「幫我準備畫架。」

「妳才剛醒來，就有預見？」承影問。

夏鼎鼎的心思一半還留在預見裡所看到的畫面，眼神有些飄移，她喃喃說：「我不知道那是什麼，但是得趕緊畫下來，這次跟以前都不一樣，我需要多幾個畫架……」

說著夏鼎鼎一把推開含光，蹬蹬蹬地往樓梯口衝過去，身影很快便消失在兩兄弟的視野。

承影皺起眉頭，望向含光，問：「怎麼回事？」

「不知道。」含光搖頭答：「上回鼎姐發急，還是老三出事之前，也沒剛剛那麼急……家裡哪裡還有多的畫架？」

「起居室裡本來就放著一個，花園裡有兩個，我記得儲藏室裡還有備用的——」

「那好。」含光打斷承影說：「我聯絡杜哥，你去收集畫架，無論如何，先讓鼎姐畫出預見再說。」

杜長風從公司一路馬不停蹄地開車駛離市區，開進森林公園，再換搭遊艇，終於在三個多小時後趕到老家。他站在自己與夏鼎鼎的雙人房房門前，舉手輕敲兩下房門，然後聽見夏鼎鼎在裡頭說：「進來吧。」

他大步跨進房門，只見含光與承影都在陽臺上，夏鼎鼎穿著一身輕便的外出服站在離床不遠處，以她爲圓心，八個畫架環繞開展，每個畫架上都放了一張繪圖紙，上頭畫了一名化形者。而在夏鼎鼎身邊，立著第九個畫架，上面的畫紙上，草草用鉛筆勾勒出如初坐在電腦椅上微笑的模樣。

抵達老家之前，杜長風已經與夏鼎鼎通過電話，得知預見的始末，但現在親眼見到，其震撼力依舊讓他愣在當場，半晌說不出話來。

夏鼎鼎也不催他，只用無比悲傷的眼神凝視著他。過了一會，杜長風深吸一口氣，問：「妳覺得，這、這會是……什麼狀況？」

「一個掌握了禁制祕密的修復師，一群飛蛾撲火也無濟於事的蠢蛋。」夏鼎鼎落下淚，跨出那個圓圈，站在杜長風面前哀聲說：「老杜，我都聽含光說了。你想想，應如初很快就會是下一個崔氏……不對，她之前都能在傳承裡勝過崔氏了，現在應該已經比崔氏厲害，蕭練又傻，能是什麼狀況？重蹈覆轍罷了。」

「如初在畫裡看起來跟現在的樣子差不多，這個預見發生的時間點不會太遠。」承影跨進門內，對夏鼎鼎說：「近期內如初會爲了什麼事跟我們大家翻臉？我想不出來，也許該找其他解釋。」

杜長風頷首，附和地說：「對，別太快下結論，先仔細研究再說。」

夏鼎鼎的預見都一定會發生，但畫面裡看似明顯的殺機卻往往並非眞正的關鍵，這一點，他們已有過非常多次經驗。

夏鼎鼎無力地搖搖頭，朝含光問：「你也跟他們站一邊？」

「我主張控制不穩定因素，不要打草驚蛇。」含光也跨進房內，冷靜地這麼說。

夏鼎鼎環顧四周一圈，下定決心似地說：「這樣吧。」

她再度走進畫架排成的圓圈，將畫一張張取下，把跟每個人有關的畫都塞進每個人的手上，然後抱著其他的畫站到床邊，問：「各自找法子收集線索？」

杜長風與承影都一怔，含光卻像是早預料到似地，點頭說：「可以。」

他頓了頓，問：「老三那張也給我，行嗎？」

夏鼎鼎抽出蕭練的畫，遞給含光，杜長風嘆了口氣，低聲問：「鼎鼎，非得這樣嗎？」

「你有更好的主意我就聽你的，但別叫我坐在這裡，我辦不到，不是爲我自己，我根本沒有在預見裡，我受不了看到你們被欺負。」夏鼎鼎直起腰，強勢地朝杜長風說。

她的確沒出現在畫面裡。但如初竟然在預見裡與她對視、甚至叫出她的名字一事，夏鼎鼎說不出口——這太恐怖了，她不願意回想。

杜長風長嘆一聲，說：「給我姜拓那張，我去找他。」

夏鼎鼎一言不發抽出畫遞過去。

承影盯著自己手中的畫片刻，不解地搖搖頭，說：「我幹嘛跟麟兮聯手，攻擊如初？」

「麟兮可以用異能保護你。」含光提醒他。

「那讓麟兮跟老三聯手，勝算豈不更大？」承影問。

「怕蕭練最後一刻心軟。不會嗎？」夏鼎鼎反問。

她的聲音已恢復鎮定，如今帶上一點狠戾，承影不願爭辯，只又多看了手上的畫一眼後，指著夏鼎鼎手上的畫問：「我能要這張嗎？」

那張紙上沒有畫人，卻畫著一柄長劍飛舞在空中，劍身上鑄造出山川草木圖樣，四周則繚繞著碧瑩瑩的青色光芒。

傳說中，黃帝采首山之銅鑄劍，以天文古字題銘於劍柄，劍身一面是日月星辰，一面是山川草木。夏鼎鼎畫的這柄劍，便是最早化形成人的兵器：軒轅劍。

夏鼎鼎把軒轅這張交給承影，又將手中剩下的畫捲起來，放進畫筒內，倒退兩步，勉強對杜長風擠出一絲笑容，說：「老杜，我先走了。」

杜長風這才注意到，一個小型的行李箱就擱在床邊。他一驚，踏前一步，說：「鼎鼎，妳才剛醒，不能多留幾天——」

「不能。」夏鼎鼎溫柔卻堅定地打斷他，說：「老杜，我們不知道這份預見什麼時候會發生，能夠多一分準備就多一分勝算。」

她站上前，抱住杜長風親吻臉頰，然後便頭也不回地走出門外。

含光揚揚手中的畫，說：「我去找老三。」

「給他看畫？」承影問。

「再說。杜哥，我也先走一步。」含光對還怔在原地的杜長風點頭致意，也跟著跨出房門。

等含光走遠後，杜長風冷不防問：「鼎鼎有沒有說她會去找誰？」

「沒有。不過她提到刑名，聽口氣已經拿刑名當姐妹了。」承影答，口氣頗不以爲然。

杜長風唔了一聲，又問：「這件事，你怎麼看？」

「我若眞在生死一線，全力出擊，麟兮定會護在我前方。」承影攤開畫，指著畫裡的青銅麒麟說：「他跟在我後頭還搖尾巴，這算什麼，遛狗？」

杜長風點點頭，沉吟不語，承影又說：「杜哥，沒事的話，我有幾個人原本預定要聯絡，先回房間了。」

又與杜長風交談幾句之後，承影回到自己房間，將兩張畫打量許久，然後取出手機開始撥打電話。

接通之後他說：「我要訂機票，目的地是加拿大，蒙特婁……不、不用訂旅館，幫我安排一輛露營車，要大的……我也不曉得確切地址，邊走邊找吧。」

13. 獨一無二

老家的風波，蕭練一無所知，而民宿所發生的事，他也一個字都沒告訴如初。因此，當隔天如初來到清晏民宿，看到原封不動躺在床上的玉具劍時，著實大吃一驚。

她趕緊捧起劍，徹底檢查一番。之後，她面有難色地放下劍，對蕭練說：「我從表面看不出來他本體有任何損傷……」

蕭練以爲她的猶豫是因爲缺乏儀器，馬上回應：「如果妳懷疑劍身內部結構出問題，需要專門的修復室，甚至是金相顯微鏡，我都可以去想辦法弄來。」

如初搖搖頭，又問：「你確定沒聽到任何打鬥聲？」

「沒有，客觀判斷也不可能。他在地道裡，除了封狼沒有誰能穿山進去。」蕭練乾脆地如此回答。

封狼應該還無法化形，但即使他能夠，如初覺得他也不可能去傷害祝九。她長長吐出一口氣，喃喃說：「我需要思考一下。」

「不急，吃過早餐沒？」

如初再度搖頭，蕭練牽著她的手走到民宿附設的餐廳。彷彿是爲了補償昨晚的疏離，慕櫻管家今早特別熱情，她忙不迭地先擺上地瓜粥，接著端出一碟又一碟小菜、蒸蛋、滷肉等等。如初阻止不及，只能硬塞，一邊吃一邊聽蕭練講祝九人形消失前的最後留言……

「亞醜？」她茫然眨了眨眼睛，說：「我只知道他們大概是商代的部族，會在青銅器上刻族徽，特別喜歡鑄造方形器皿，作品都有一種張揚的美感，偏偏族徽超萌，湊在一起就變成一種反差萌……他們是人類吧？」

「當年自然是。」蕭練的神情有點微妙，他端起粗陶茶杯，飲了一口麥茶說：「我大嫂就是亞醜族。」

如初雙眼頓時瞪得滾圓。他們此時正坐在民宿餐廳靠窗的桌旁，雖然左右無人，她還是傾身向前，壓低了聲音問：「你大嫂也曾經是人類？」

「也？」蕭練怔了怔才反應過來，問：「杜哥告訴妳他的身世了？」

如初用力點頭，屛息以待，那模樣實在太可愛。蕭練忍不住地微笑，也傾身往前，靠近到兩人幾乎鼻尖碰鼻尖的時候，才悠然問：「那他沒告訴妳，即使在我們之中，他的經歷也算獨一無二？」

「你們每個都獨一無二啊。」如初毫不猶豫地反駁。

糟了，這話更難反駁。蕭練決定直接忽略如初的發散思維，切回正題。他解釋：「我們化形者之中有一群，不但本體出自同一顆殞星，還都被刻上亞醜的族徽。他們化形之後也自稱亞醜族……當然，那是在人類的亞醜族已全然消失很多年以後了。」

說完，蕭練用鼻尖蹭了她一下，才拉回身往後仰。如初臉有點發燙，她摸著鼻子，心情亂糟糟地，隨便找話問：「可以自成一族，他們人很多嗎？」

她的這個「人」字用得太過自然，蕭練頓了頓才答：「全盛時期將近三十來個，不過到如今，也許還剩十個、八個？我不確定，亞醜族的行蹤特別詭異，我很少跟他們打交道。」

這個數字少到令如初大感意外，她忍不住問：「姜尋告訴過我，從以前到現在，你們能活下來的人越來越少，但是個別的異能卻越來越強，是這樣嗎？」

「……是。」蕭練眼神微動：「他跟姜拓之前一直很在意種族存續，失去記憶之後倒沒那麼執著。」

兩人聊到這裡，慕櫻管家正好提著一壺熱水來加茶。她先朝蕭練與如初打招呼，再跟蕭練確認今天眞的不用換床單，不用打掃，午飯跟晚飯都不用幫他準備，連茶包跟衛生紙都不用添補……

問完一圈，得到一串「不用」的答案，慕櫻管家彷彿因爲被拒絕而有點徬徨。她無意識地將裝餐巾的木盒擺正，又朝蕭練問：「祝先生呢？」

「不知道。」蕭練無意多說。

如初看情況不對，趕緊答：「他好像一早就出門了。」

「爬山是不是？」慕櫻管家追問後，又忙補充：「我們這邊一路走上去，可以去到黃金神社。」

蕭練聳聳肩，如初則在管家熱烈的眼神注視之下，硬著頭皮說了一句：「眞的呀，好棒喔。」

有這一句話就夠了。慕櫻管家回廚房放下水壺，取了一份地圖給如初，又將他們拉到門口，指著房子背後詳細解說一遍路徑，這才滿意地放開蕭練與如初，轉回屋內收拾餐廳。

山路方向與主臥內地道的方向完全重疊，蕭練若有所思地瞧了黃金神社的方位一眼，才跟著如初回房間。

一關上房門，如初便仰起頭，帶著歉意望向蕭練，問：「我想做個小實驗好不好？」

一絲不詳的預感掠過蕭練心頭，他問：「什麼實驗？」

如初對上蕭練不解的目光，再低頭看看劍，心一横，舉起玉具劍在手指上淺淺割了一道口。鮮血頓時滲出，接著馬上被劍身吸收得一乾二淨。下一秒，玉具劍憑空消失，祝九的身影原地出現，迅速凝成實體……沒穿衣服。

如初反射性地閉上眼睛，祝九不慌不忙地拉起床上的棉被，遮住重點部位，這才舉手向如初與蕭練打招呼：「兩位安好。」

「這怎麼回事？」蕭練問如初。

「你是不是第一次開鋒？」如初睜開眼睛朝祝九問。

「原來這就是開鋒的感覺？以前看世間如同霧裡看花，現在像放到顯微鏡底下，所有細節一清二楚。」祝九環顧四周，若有所思地說：「不壞。」

「那個，你先不要太樂觀……」

如初再對祝九講了這麼一句，接著轉過頭，迎上蕭練的視線，繼續帶著歉意解釋自己之前爲了幫蕭練解除禁制，拿玉具劍練手，結果因太過沉浸其中，一不小心用鮮血將劍開鋒了……

「對不起。」她再轉向祝九，誠摯地道歉：「我當時只想趕快進入狀態，沒有想到居然改變了你——」

「妳不用道歉。」

蕭練與祝九異口同聲說了這麼一句之後，互看彼此一眼，祝九先開口，他用戲謔的眼神與一本正經的語氣，看著如初說：「現在的狀態很不錯，就是不曉得能不能飛，據說開過鋒的劍都具備飛行能力，不過就算不行我也沒有不滿意——」

「妳根本不用管他滿不滿意。」蕭練打斷祝九，對如初說：「他能撿回一條命完全是妳的功勞，只要妳對結果滿意就可以。」

「但是，但是……」如初還在掙扎。

蕭練雙手按住她的肩頭，又說：「妳幫我擺脫了禁制，我絕不容許妳因此自責。」

這話既霸道又甜蜜，如初忍不住抱緊他，喃喃說：「我也很開心……」

他們默默沉浸在兩人世界裡，直到有人輕咳一聲，開口說：「兩位，我有個小問題。」

如初這才想起來祝九還在旁邊，她抬起頭，不好意思地朝祝九笑笑。祝九再咳一聲，忽視蕭練冰冷的目光，對如初說：「請教一下——我現在這樣，動不動就透支異能、無法化形的狀況，是不是剛開鋒的後遺症？」

「是你太弱。」蕭練搶答，同時以眼神示意如初不用管他。

只可惜，他誠實正直的未婚妻無法領略如此複雜的眼神，如初朝祝九解釋：「你可能不夠強，但我覺得我也要負一部分責任。因爲按照正確的工序，開鋒的最後一個階段，是以血釁金——」

「絕對不行。」這一次，蕭練打斷如初，語氣嚴厲。

如初苦笑：「就算你不反對，我也做不到了。」

劍廬那次，她爲宵練劍開鋒，硬生生將劍插進自己的肩頭。那痛徹心腑的感受，如初現在想起來都還會全身發冷。

她打了個寒噤，蕭練將她摟進懷中低聲說：「別想了，我不准妳這麼做。」

祝九察言觀色，問：「所以我現在的情況，算是工序未完成的後果？」

如初朝他點點頭，忽地想起什麼，忙補充：「不動用異能的話，應該可以讓你維持人形正常生活。」

「眞的撐不下去就飲妳的血，也是一條路？」祝九追問。

如初愣了一下，遲疑地又點頭，蕭練沒好氣地朝祝九說：「少打她的主意，自求多福。」

「了解。」祝九十指交叉，愉快地說：「讓我們回到正題，繼續探討爲什麼知止手裡有錢腰間有刀，放著好好的日子不過，卻要去挖地道？」

「什麼地道？」如初瞪大眼睛問祝九。

「你沒告訴她？」祝九學她的神情，也瞪大眼睛轉問蕭練。

蕭練無言片刻，伸手抓住憑空出現的宵練劍，指著祝九的鼻端對如初說：「留這傢伙對妳的健康有害無益，還是一劍劈了省事，妳ＯＫ？」

14. 如故

隨便劈人當然不OK。在如初的堅持反對之下，祝九險而又險地避開了宵練劍的雷霆一擊。爲了投桃報李，他把床踢開，露出地道讓如初下去參觀。

地道的盡頭是堅實的岩壁，旁邊堆著各式挖掘工具，甚至還有幾綑炸藥，處處彰顯封狼當初的決心。然而這些工具與炸藥包上積滿灰塵，顯然已被棄置多年，也就是說，封狼做到一半，改變了心意。

牆壁一角不起眼處，刻有亞醜族的族徽，跟如初在博物館的青銅鼎上瞧見的大同小異。如初對這枚族徽十分好奇，但這些塵封的痕跡，似乎帶給祝九許多悲傷的回憶，他轉了一圈便提議離開地道，說他想去市區轉轉，又問如初今天有何計畫，要不要一起行動？

「我答應我媽，今天晚上跟他們一起去大姨家吃飯。」如初瞄著蕭練，小聲加一句：「大姨說非常歡迎你，意思應該就是要你也一起去……」

「妳家親戚還有人也做修復嗎？」祝九插嘴問。

如初搖頭，蕭練丟給他一個警告的眼神，轉頭問如初：「需要跟妳親戚解釋之前我們的『分手』嗎？」

如初想到就頭皮發麻。她猛搖頭，說：「沒人問就不用，有人問起……就胡說八道好了。」

「胡說八道？」蕭練難得流露出茫然的表情。

祝九笑出聲，說：「這個他恐怕不擅長。」

此時他們三人正走在民宿外的草地上，山間雲霧繚繞，鳥聲蟲鳴，放眼望去一片青綠，將剛才地道帶給人的陰鬱感一掃而空。

如初停下腳，牽起蕭練的手，認眞對他說：「你不用擔心，我大姨小姨她們對你印象滿好的。」

蕭練挑眉，祝九湊了過來，一臉純好奇地問：「能請教一下爲什麼，妳親戚居然會對一柄劍印象甚佳？」

「可能是因爲他長得帥又有禮貌吧……」如初其實也不知道爲什麼，她眨了眨眼睛，忙又說：「還有，年代感！」

「那是什麼意思？」蕭練問。

「你去年帶豎笛去，吹鄧麗君的〈何日君再來〉給我外婆聽，不記得了嗎？」那天有多愉快，現在的情況就有多糟。如初嘆了一口氣，輕聲說：「外婆那天超開心的。」

「敢問，鄧麗君又是哪位？」祝九裝作沒瞧見她的感傷，繼續追問。

「歌星。」蕭練這一次倒不反對祝九亂入，他接過話，對如初微笑說：「其實這首歌的原唱是金嗓子周璇，我聽過現場，夜上海。」

話題怎麼會扯到這裡來？如初茫然地喔了一聲，不知該怎麼答。祝九指著蕭練對她解釋：「他想表達的是，無論是妳外婆還是妳祖婆，若論年代感，都遠不及妳未婚夫。」

宵練劍再度憑空出現，穩狠準地架在祝九的脖子上，如初噗哧一聲，乾脆地對蕭練說：「好吧，那我大姨她們可能只是喜歡你長得帥而已。」

「謝謝。」蕭練一本正經地回應。

宵練劍瞬間消失，祝九摸摸脖子，忽地問：「兩位願意再帶一個帥哥去見親戚嗎？」

「不願意。」如初與蕭練異口同聲回答。

如初頓了頓，補充：「我真的不想再跟任何人解釋你父母雙亡的狀況了。」

這個答案早在祝九的意料之中，他點頭，神色自若地說：「那麻煩兩位送我一程，這總沒問題吧？」

又過了好多天之後，如初才發現這是祝九常用的談判策略——先提一個不可能的建議，等被拒絕之後再端出一個貌似退讓的建議，對方通常都會因爲落差而接受，但其實祝九想要的可能原本就是後者，他只是要確保目標一定可以達到而已……

心機眞重。

但當時的如初對此一無所知，她高高興興地與蕭練、祝九一起下山，途中看到一名瘦弱的女子，拉著裝了滿滿回收資源的推車，雙眼無神地朝山上走。

祝九多看了她兩眼，若有所思地收回目光，對上如初疑惑的神情，徐徐解釋：「她身上都是傷。」

「你怎麼知道——」說到一半如初忽地醒悟，她問祝九：「你用異能透過衣服看到的？」

「一般來說，我根本沒興趣去看穿人在楚楚衣冠下的眞面目，如果妳是擔心我偷看，大可不必。」祝九用依舊謙和的語氣，懶懶地如此回應。

如初搖頭：「我不擔心這個，我只是不懂——那麼多人在你旁邊走來走去，你爲什麼會特別去看剛剛那名女子，而不是去看……比方說，慕櫻管家？」

她的直接了當讓祝九收起輕忽的態度，他沉吟片刻，眺望遠山，悠然開口問：「妳曉得當年，漢武帝鑄造八柄玉具劍，爲的都是祭祀上蒼嗎？」

如初其實不太清楚，於是不好意思地說：「我只知道玉具劍沒有實用性，其實你爲什麼被分類到兵器而不是禮器，我一直搞不懂。」

「分類歸山長管，她高興怎麼分就怎麼分，我也有刃，可以開鋒，分到兵器類並無不妥。」

祝九頓了頓，又說：「我雖然屬於兵器類，鑄造者的初心卻是犧牲奉獻，這成就了我的本性，也讓我對無辜受苦之人特別敏銳，人群裡一眼得見。」

「原來是這樣……」如初轉頭望向蕭練。

蕭練不明所以地偏過頭看她，眼神流露出溫柔與疑惑。祝九輕咳一聲，對如初說：「他的本性是殺戮，這點我猜妳早知道，不過這傢伙八成沒告訴過妳，他心情一不好就愛跑戰場，哪裡能打仗就往哪裡鑽。」

這話對蕭練不公平，如初抗議：「他也離家出走去念大學啊。」

祝九唔了一聲，轉向蕭練，眼神在疑惑中暗藏一絲期待。蕭練沒理他，自顧自對如初解釋：「加拿大當時有一支特殊兵種，我離家出走之後，本來打算去哪裡受訓，打聽了才發現進去需要大學學歷——」

「果然，江山易改，本性難移。」祝九垂下眼簾，出聲打斷。

如初則在驚訝過後，喃喃說：「你因爲想回去當兵才去念大學？我還一直以爲你喜歡音樂……」

「也喜歡，不衝突。」蕭練沉穩地這麼說。

如初猛搖頭。這不是衝不衝突的問題，而是她不停地發現，她一點都不了解他！

她正要開口，卻聽祝九輕嘆一聲，朝她說：「他沒告訴過妳，所謂本性，就是心中自有欲壑，無可壓抑，難以填平？」

「現代人不用文言文說話。」

如初沒好氣地回了祝九這麼一句，腦子卻不期然想起蕭練第一次對她顯露本體之前，曾經說過，他因殺戮而生……

他的確對她坦白了一切，當時她也以爲她懂，還有點竊喜，覺得自己是世界上唯一懂他的那個人。現在回顧，眞是錯得離譜，也傻到誇張。

她是一個愛上他的大傻瓜。

一隻冰涼而有力的手環住她的肩頭，蕭練沉穩的聲音在她身旁響起，他說：「殺戮會上癮，鮮血讓本體鋒芒畢露，這些，都是我。」

如初一驚，有些不知所措地抬頭望著蕭練。他坦蕩蕩地迎向她的目光，淡然一笑，又說：「都是我，但卻並非我的全部。活到現在，甚至連本性也不是我的大部分了。」

原本無以復加的沮喪頓時被這番話驅散不少，如初輕輕嗯了一聲，然後將頭靠在蕭練身上。

祝九一直旁觀他們兩人交談，此時他開口，若有所思地對蕭練說：「你變坦率了，跟人類談感情有幫助？」

「他本來就這樣。」如初想都不想就抬頭反駁：「我在傳承裡見過還沒被上禁制的他，比你坦率可愛一百萬倍！」

蕭練輕咳一聲，摸摸如初的頭髮說：「贏他並不會讓我有成就感。」

如初笑出聲，祝九眼中閃過一絲感興趣的光芒，轉向如初問：「妳在傳承裡遇到過以前的蕭練？」

如初點頭，祝九追問：「什麼狀況，能不能多講一點？」

接下來在車上的時間，如初發現自己彷彿又回到第一次見祝九時的情況——雖然心不甘情不願，卻不由自主地詳細一切。

講完在傳承裡的所見所聞後，如初實在不甘心，於是反問祝九關於那個受傷女子的問題，以及他如何判定一個人是否無辜，值得救助？

祝九答得痛快，但在交談的過程中，如初也不斷感受到祝九內心的衝突——他是如此疏離，卻又如此關切，對整個人間。

蕭練可以毅然絕然地摒棄殺戮的本性，如同擺脫宿命，但是祝九……他真心厭惡自己的本性嗎？還是也很矛盾，一方面討厭被控制，另一方面卻也並不希望變自私？

他們一路聊到目的地，大姨家的社區門口。趁著如初進便利商店買飲料的短暫空檔，蕭練收起只有如初在場時才形之於外的溫和模樣，冷冷問祝九：「如初對上崔氏的經驗，能幫我們結契？」

「怎麼可能。」

「那你問那麼仔細，有何意義？」

「你沒注意到？」祝九反問：「如初一直提到，她在傳承裡看到月升月落，以為過了一整晚，出來了發現外面也才過去一兩個小時。」

「所以？」蕭練的態度依舊冷冰冰，但語氣卻彰顯出動搖。

祝九十指淺淺交叉，合在胸前，深思地說：「對你們來說，我已長眠百年；然於我而言，從完全失去化形能力到回歸人間，感覺並不久，頂多幾十天？也就是說，傳承裡的時間流速，非但與外頭截然不同，還並無規律可言……」

「知道這些有什麼用？」蕭練問。

「我們之間，有誰的異能與時間有關？」祝九再次反問。

蕭練一怔，遲疑地搖了搖頭，說：「我不記得有……」

「除非有誰故意誤導，否則就是沒有。」祝九繼續分析：「如果山長的絕招是掌控時間，那我們之中，無論誰進入傳承，都絕對無力與她相抗衡……如初在傳承裡遇到的事，除了你還有誰曉得？」

「杜哥、含光、承影……」

「你們全都知道？」祝九不敢置信地問。

蕭練辯解：「初初跟以前的傳承者完全不一樣，你也看到了，她拿我們當同類，沒瞞過我們什麼。」

「不設防的另一面就叫做掉以輕心。還有，她是人類，這一點，即使與你結契也不會改變。」祝九沉下臉。

蕭練正要反駁，手機鈴聲忽地響起，他接起電話，喊了一聲承影後便不再出聲，但臉色卻越來越凝重。就在此時，一隊人扛著棺木自社區內走了出來，祝九不經瞥了棺木一眼，隨即臉色大變，盯著棺木低聲問：「那是什麼玩意兒？」

「你看到什麼？」蕭練邊聽電話邊回問。

「死者的後頸有一條很細的金線，還會動，正在鑽出來……刑名的虺蛇？這就是杜長風之前說的，她的異能大幅進化？」

隨著細微到幾不可聞的啪一聲，小金蛇鑽出棺木，掉落地面，不慌不忙地沿著路邊游移前進。

蕭練對祝九點點頭，握住憑空出現的宵練劍，正要出手，祝九低聲說：「別，打草驚蛇。」

蕭練一遲疑，小金蛇已鑽進草叢，消失不見。而在他耳畔，承影也說到了關鍵之處——在鼎姐的預見畫中，他踏在飛劍之上，衝向如初。

「我手中有劍嗎？」蕭練問。

承影一怔，遲疑片刻，答：「好像沒有。」

「也就是說，情況可能是你們七個攻擊她，我去救她？」蕭練再問。

「不排除這種可能性，但……我還在找更合理的解釋。」承影有些為難地如此回答。

「很好，幫我轉句話給大哥跟杜哥：無論如何，我都會護如初到底。」蕭練平靜地如此回應。

承影沉默片刻，只說了「了解」跟「保重」四字，便掛下電話。蕭練收起手機，卻依舊緊握長劍，怔怔地望向前方，神情充滿掙扎與憤怒。

以祝九的耳力，當然將那通電話裡承影與蕭練的對話聽得一清二楚。他略一思索，便朝蕭練說：「既然夏鼎鼎去找了刑名，如今刑名應該也對如初瞭若指掌了。」

「不可能，鼎姐不會背叛我們……」蕭練說到一半便閉上嘴。

祝九瞥了幾步路之外的警衛室一眼，漫不經心地又說：「對夏鼎鼎來說，護著人類的你們才是叛徒。等等，我收回，沒有『們』，除了你，我看不出來誰會幫應如初，連我都不會。」

「你要試試我的劍？」

蕭練身上銳利的劍氣陡然迸發，然而祝九站得筆直，分毫不讓，如初正好拎著一袋飲料從便利商店裡出來，看到這一幕，忙插進兩人中間，問：「怎麼了，你們？」

蕭練手中長劍頓時消散，祝九微笑，說：「沒事，他剛接到電話，夏鼎鼎醒過來了。」

「太好了。」如初很開心。

祝九聳聳肩，笑而不語，蕭練被逼得不得不開口，只能悶聲說：「她跟杜哥起了點衝突，離開四方市了。」

「那、要杜主任趕快去把她追回來呀。」

如初理所當然地這麼說。夫妻吵架，她無條件站在待她如大姐姐般溫柔的鼎姐這邊。

祝九臉上的笑容擴大，對如初一傾身，用十二萬分誠懇與同等量諷刺的語氣說：「我有事，先走一步，希望下次見面，妳依然如故。」

他說完，轉身，步履輕快地離去。

15. 敵友

一踏進社區，黃昇就從心底生出一股青蛙被蛇盯上的恐懼感。

這不合理。他換了名字，換了身分，甚至於還換了一張臉，來到這個破地方當警衛，送他來的那個女人答應留他一命，她答應過的！

等等，他根本沒做什麼壞事，人又不是他殺的，有什麼好怕？

黃昇振作起來，走進警衛室，換班後他坐在監視器的螢幕前，打開便當盒，一口一口地扒起飯。螢幕上顯示男一女走進社區，女孩牽著男人的手，兩人竊竊私語著，一望可知是對情侶。

黃昇無聊望著螢幕，惡意揣測兩人什麼時候會分手。就在某一個時點，螢幕上的男人忽地回頭，漫不經心地看了監視器一眼，黃昇剛嚥下去的一口飯頓時哽在喉嚨裡，上不上下不下。他臉紅脖子粗，眼睛瞪得老大，彎下腰劇烈咳嗽，將嚼到一半的飯粒碎屑噴得到處都是。

他好不容易緩過氣來，還沒來得及抬起頭，視野所及之處，一雙長腿邁進警衛室，用漫不經心的聲音懶洋洋說：「你好？」

黃昇抬起頭，淚眼矇朧中只見一名將近四十歲左右的男子彎下腰，看向他興味盎然地說：「聽說新來的警衛說起話來破鑼嗓……講兩句來聽聽？」

對，就是這種眼神——他在青龍縣城裡見過一次，成爲終生夢魘，如今，居然在這個人身上，見到第二次！

黃昇渾身發抖，張開嘴喘著氣，從喉嚨裡擠出不成句子的字眼。然而即使在這種時候，他依然沒忘記僞裝，翻來覆去就是「饒命」、「你是誰」這幾個詞，完全沒暴露出眞實身分。

祝九瞇起眼，運用異能看進黃昇喉嚨深處——一條金黃色的小蛇盤踞在扁桃腺旁，彷彿感應到他的視線似地，小金蛇昂起脖子，一溜煙便往下直鑽，瞬間不見蹤影。而跪在地上的黃昇則雙目忽地鼓出，臉色忽地轉爲赤紅，頭往後仰成一個極其怪異不自然的姿勢，像是有人扯著他的頭似地。

祝九一怔，收起異能，黃昇緩緩張開嘴，用高亢尖銳到猶如利爪抓玻璃的聲音問：「祝九？」

「……刑名。」

「你本體不是斷成兩截了？」

這一句，黃昇維持原來姿勢，用同樣的語調講出，但祝九卻感覺到一絲不同。他皺了皺眉頭，問：「王鉞？」

黃昇從喉嚨裡擠出一絲輕笑，祝九注視著他的臉，又問：「你們已經找出不傷人神智卻能控制人的方法了？」

「還在實驗。你進去傳承裡了沒？」

這一句話分成了前後兩段，明顯前半段屬於王鉞的口吻，後半段卻是刑名在問話。

果然，大家的目標都是進入傳承。祝九以研究的眼神看著黃昇，隨口答：「沒能跨進去，在門邊晃了一圈，怎麼，有興趣交換情報？」

黃昇嘴裡發出一串刮耳的笑聲，直起身，一邊往外走一邊說：「來吧，好久沒跟你聚了，怪想念的。」

祝九站著不動，雙手抱胸，懶洋洋地說：「地址給我，我自己會找路，不勞人送，更不敢勞煩刑名姑娘惦記。」

黃昇嘖了一聲，假意抱怨：「還是跟以前一樣難搞。」接著便報出一串地址。

祝九抽出手機記下，隨口又問：「今天出殯的那個為什麼會死？」

這話似乎提醒了在遠方遙控的刑名，黃昇的身體略為放鬆，往後仰的頭也慢慢回到原狀。他轉向祝九，用無神的雙眼注視著前方答：「人難免一死。」

「因爲被控制太耗精力？」祝九憐憫地看著黃昇，問：「這個也快了？」

「少囉嗦！」黃昇忽地暴怒：「要來就來，你以爲我不能讓你斷第二次？」

這種說話方式，百分之百王鉞，他語聲方落，黃昇便如爛泥般癱了下去，趴在地上直喘氣。

祝九彎起嘴角，瞥了他一眼，走出警衛室。

警衛室天花板上裝的是日光燈，白到耀眼，在祝九離開好一會兒之後，黃昇還是維持趴在地上的姿勢，額角壓在手腕上，將整張臉埋在自己所創造的陰影之內，一動也不動，只有一雙眼睛像是被貓追趕到角落裡的老鼠，驚恐憤怒，在黑暗裡散發出怨毒的幽光。

二月的新加坡，已步入乾季，即使入夜氣溫也徘徊在攝氏三十度左右，幾乎人人都穿著薄衫。相較之下，身著開襟毛衣卻一滴汗都不流的杜長風，在人群裡顯得格外突兀。

混跡人間數千年，他早已習慣到了機場先換裝，以避免這種情況發生，但今天的杜長風沒心思理會其他人的目光。他拎著一個不算小的帆布袋，乘車一路駛進市中心最繁榮的商務區，在熙來攘往的新加坡河河口附近下車，沉著一張臉仰望聳立在加文納橋旁一棟造型典雅恢宏的歷史建築。

這棟大廈整體以沉靜的灰白色爲主，搭配部分磚紅色的屋頂，羅馬式石柱一列排開，離河口最近的地方還保留了十八世紀歐洲碉堡建築的樣式。最上層築有可供瞭望的高塔，下一層的窗口方方正正，牆壁厚實。倘若光陰倒退兩百年，當敵軍自海面來襲之際，一座座火炮炮口便可從窗口伸出，給予迎頭痛擊。

時光荏苒，人類的戰爭型態不斷翻新，這棟建築物的用途也隨著年月更迭。它當過郵政總局的辦公大樓，也曾經是豪華隱密的俱樂部。直到千禧年間，帝丘集團將其買下，斥巨資把內外都好好地翻修了一遍，既保留住原本的外觀，卻又巧妙增添不少現代設計，它這才搖身一變，成爲當地五星級的地標酒店。

這是帝丘集團的標準手法，也是姜拓最慣用的經營策略——在全世界各地買下古建築，保留原味，施以新意，再以帝王般的矜貴姿態，重新出現在世人面前，背後的野心，昭然若揭。

杜長風從來沒喜歡過姜拓，也沒踏進帝丘集團所擁有的任何一間酒店，直到今天。

他戴上一頂鴨舌帽，舉起腳，穿越馬路後跨進大門。

巨大的門廊迎面而來，大理石地板光可鑑人，依稀就是兩百多年前他第一次踏入這間酒店時的模樣。若論修復細節上的講究，杜長風不得不承認姜拓下過功夫，但那又如何？太沉迷於過去的榮光，只會把今後的路走死而已。

他跟著酒店經理進入一間位於角落、隱蔽於大型盆栽後的電梯，直上最高樓層。經理並未踏出電梯，只禮貌地躬身送杜長風離開電梯，便關上門。杜長風自顧自向前走到走廊的最末端，推開半掩的房門，進入一間寬廣的書房。

姜拓在外表上一向入境隨俗，他此刻身著一件款式簡約、輕薄透氣的月白色亞麻襯衫，坐在書桌後面，看到杜長風便淡淡一擺手，說：「請坐。」

「我站著就可以了。」杜長風走到桌前，居高臨下看住姜拓，問：「一句話，你還在跟刑名聯手？」

被這樣看挺讓人不舒服，姜拓站起身，冷冷地回問：「你先解釋一下，怎麼荊州鼎居然還能跟刑名鼎成了親姐妹？就我所知，她們兩個根本有仇。」

姜拓身材修長，氣勢上絲毫不遜杜長風。杜長風嘆了口氣，垂下眼看著桌面問：「當年的事，你知道多少？」

「皮毛。」姜拓不耐煩地說：「我只知道當年禹鑄九鼎，荊州鼎最先化形成人，其他八鼎還沒來得及化形就遇上天降異火，被燒成一團。後來周天子用那團廢礦料中的一部分又打造出刑名鼎，專門用來殺人立威。就因爲這層關係，夏鼎鼎跟刑名一直互有敵意，後來關係怎麼會起變化？」

刑名鼎出世後即被當做處刑的工具，專門用來烹煮有異議的士大夫，以及不聽話的皇族。此事在化形的古物間，稱得上眾所皆知。但姜拓只曉得這些，看來刑名也沒拿他當自己人，雙方的互信程度很有限……

杜長風閉上雙眼又睜開，緩緩說：「當年事，沒那麼簡單。鼎鼎告訴我，天降異火之際，她的兄弟姐妹都在覺醒邊緣，只差個幾秒便能化形成人。鼎鼎聽見他們慘叫，卻無能爲力。更糟的是，天火降臨之前她看到了畫面，那是她此生第一場預見，還來不及想通怎麼一回事，便親眼見到慘劇發生——」

「省省吧。」姜拓不耐煩地打斷他，說：「本體不歷經血流成河，我們連化形的機會都沒有，別把你當蜀國皇長子的那套想法搬到我們身上。說重點，刑名是怎麼跟夏鼎鼎接頭上的？」

「不說前因，你無法理解後果。」杜長風平靜地這麼說完，頓了頓，又說：「幾年前，刑名跟鼎鼎狹路相逢，刑名居然換了個聲音喊住鼎鼎，稱她為大姐，還聊起一些九鼎化形前的朦朧往事。」

「鼎鼎那時候沒多理睬她，但我猜，她們之後便一直有聯絡。鼎鼎認為，她那八個還來不及化形的兄弟姐妹，魂魄統統進入刑名的本體，在刑名化形成人之後跟著甦醒過來，與刑名共用一個身體。」

「九個魂魄共用一個身體？」姜拓皺起眉：「怎麼可能？夏鼎鼎該不是被騙了吧？」

「重點在於，她信。」最後兩個字，杜長風加重語氣。

「因此離開你們去找刑名，認回血緣親人？」姜拓諷刺地笑笑說：「被枕邊人背叛，滋味怎麼樣？」

杜長風並未動怒，只淡淡答：「鼎鼎跟我提過，是我疏忽了。」

因為前世被親生兄弟殺害的經驗，他對手足之情並不信賴，也就沒留意夏鼎鼎跟他提起親人可能還在世時，眼底那份異樣的神采。

不過這些往事沒必要跟姜拓多提。杜長風頓了頓，不帶一絲情緒地反問：「怎麼，你長期跟刑名合作，她沒告訴你這些？」

「沒有。」姜拓痛快承認後，瞇起眼，說：「我不過是刑名的合夥人，她找回親姐姐也好，乾姐姐也罷，告不告訴我，有什麼關係？」

「你忘了鼎鼎的異能？」杜長風提醒他。

「夏鼎鼎的預見只能看到她關心的人，我有自知之名，我絕對不會在裡面。若我會進入預見裡，那只有一種可能性，就是又與你們爲敵了。」

姜拓話雖這麼說，眼神卻微動，顯然內心也生出疑惑。

四目對視，杜長風嘆了口氣，說：「這一次，你料錯了。」

他打開帆布袋，取出一個裝畫的捲筒，又取出捲筒裡的素描，將第一張攤開放在書桌上。畫中姜拓拄著龍牙刀，雙唇微動，神情隱忍，顯然正在使用異能與人對戰，而且屈居下風。

姜拓只看了一眼，便沉下臉，問：「就這樣，夏鼎鼎預見到我吃虧了。」

「不只你。」

杜長風打開第二張，於是姜拓看到杜長風也同他一樣，正朝某個方位發動異能，神色卻比他痛苦許多。他的目光輪流在兩幅畫之間穿梭，最後不敢置信地抬起頭，問：「我們兩個聯手？」

杜長風頷首不語，姜拓再追問：「對付誰？」

「……應如初。」

「這怎麼可能……」姜拓講到一半忽地打住，他皺起眉頭思索片刻，指著畫問：「攻擊應如初的還有誰？」

杜長風報出一串姓名後頓了頓，補充說：「蕭練也可能是飛去救她，從畫面上不好判斷。」

姜拓的重點不在此，他不解地問：「我二弟沒去救應如初？」

杜長風搖頭，疲憊地說：「別問我爲什麼，搞不好姜尋正在趕過來的路上，鼎鼎的預見本來就只能讓人管中窺豹，跟我們交手這麼多年，你應該有所了解。」

姜拓沉吟不語，杜長風又說：「我該講的都講完，輪到你展現誠意了——敢跟刑名合作，表示你自信能克得住她，是嗎？」

姜拓審愼地點了下頭，慢慢地說：「你也知道，她的異能進化了。之前純粹只吸乾人的精力，種下虺蛇就了事。如今她能利用虺蛇控制人，要做到這個程度，她需要在附近。」

「多近？」杜長風追問。

「不一定。不過那時候的刑名會變得很虛弱，對任何攻擊都毫無抵抗力。」

杜長風點頭，想想又問：「你的異能對王鉞效果如何？」

「王鉞的異能一直是個謎。」姜拓避重就輕回答後，瞥一眼桌面上那兩張畫，突然抬起頭，問：「刑名跟王鉞也不在攻擊應如初的行列之中？」

杜長風篤定搖頭，姜拓瞇了瞇眼，說：「那就奇怪了。」

「爲什麼？」

「因爲就我最後得到的消息，他們打算對傳承者大開殺戒，應如初絕對在名單上頭。」

「他們爲什麼要這麼做？」

「逼傳承開門，趁機闖進去。」

杜長風與姜拓討論時，如初正與蕭練手拉手，走出社區大門。經過空蕩蕩的警衛室時蕭練朝內瞥了一眼，腳步卻並未因此停留。

如初大姨住的地方比較偏僻，通常如初會走到最近的站牌去等公車，但她今天情緒有些低落，想藉散步紓發，於是帶著蕭練先穿過一條不大不小的巷子，再繞過兩個中型社區，這才走到商店林立的街道。

一路上蕭練避重就輕地說起鼎姐與刑名之間的關係，同時也提到刑名一體多魂的特殊狀況。他本以為如初會聽不懂，沒想到她嗯了一聲，居然答：「聽起來像多重人格，好幾個靈魂同住在一具身體裡頭。」

蕭練還在想著該如何在不洩露預見的前提下對如初說明情況，他心不在焉地答：「我大嫂當年也這麼說，她念心理學。」

「人類的心理學？」如初問完，見蕭練點頭，於是再問：「你大嫂的本體是什麼？化形成人之後居然會去念心理學。」

「匕首，見血封喉。」

「酷，你打得贏她嗎？」如初又問。

這問題顯示她對他們的文化（與相對武力值）一無所知，這樣的如初，會落入讓所有人攻擊她的地步，只可能因爲身懷寶藏卻無力守護。

蕭練心頭微微發苦，卻不願顯露，只溫柔地看著她答：「即使不用劍陣，她跟我對戰，也走不過三招。」

「這樣子……」不知爲何，如初竟然有點小失望，她想了想再問：「那殷組長沒開過鋒，總打不過她吧？」

「眞要打，他們平分秋色，但大哥當然不會認眞跟我大嫂對戰……」蕭練頓了頓，還是忍不住說：「妳在想什麼？一寸長一寸強，一寸短一寸險，匕首的用法是突擊，正面對打她頂多跟鏡子同等級。」

「了解。」

如初沒再繼續問，但蕭練心中一動，又解釋說：「單打獨鬥雖然不行，但做爲輔助倒很有用。我大嫂的異能是直擊人心，她能感知周圍所有生物的心情，再細微的情緒都逃不過她的眼睛。」

如果如初註定以後會與他們爲敵，那早一天能讓她掌握到他們的強項與弱點，就等於是早一天做準備。

如初沒意識到蕭練的別有用心，也不覺得大嫂這項異能有多厲害，倒是以往的隻字片語忽地掠過心間，她好奇問：「姜尋說，你們之中有人會把自己僞裝成古董高價出售，拿了錢再跑路，就是亞醜一族嗎？」

蕭綀沒好氣地看著她說：「姜尋告訴妳這幹嘛？算了，那是亞醜族的老把戲，不值得探討，我們還是來講刑名跟鼎姐……總之，妳若再遇上她，千萬小心。」

這還用他提醒嗎？如初嗯了一聲，答：「我當然會小心刑名。」

蕭綀靜默片刻，說：「我的意思是，小心鼎姐。」

「可是、可是……那是鼎姐啊。」如初嚷出聲後喘了口氣，咬了咬嘴脣，低聲問：「蕭綀，你誠實告訴我，鼎姐會離開老家，是不是也多少跟我、我們要結婚有關係？」

其實並非如此，就算鼎姐再不喜歡如初，若是沒有預見作梗，蕭綀完全可以想像鼎姐的態度——幾十年的時間，忍忍就過去了，不需要為一個人類跟家人起衝突。

但他要如何告訴如初，鼎姐預見了她被他的家人圍攻，不死不休？

蕭綀不想說謊，於是保持沉默，如初以為他默認，胸口一陣發悶。她仰起頭再對蕭綀說：「我知道殷組長也反對，杜主任跟承影，他們好像比較無所謂，不過可能你跟誰在一起他們都無所謂……有誰、有誰願意祝福我們的嗎？」

「我家人的祝福，對你來說很重要？」蕭綀反問。

如初張開嘴，卻突然不知道該說什麼——蕭綀問得太理直氣壯，反而顯得希望被祝福的她有問題似地……

他們，真的可以好好相處二十年嗎？

冬夜的風，呼呼吹在臉上，刮得人雙頰生疼。好不容易在大姨家感受到的一點點屬於人世間的溫馨，就像小小的燭火般，轉瞬間被風吹熄。

如初忽地有些心灰意懶，她搖搖頭，低聲說句「算了」，拉起圍巾蒙住半邊臉，頭重腳輕地往前行。

就在她默默走過兩個紅綠燈之後，忽然聽蕭練喚她：「初初。」

如初猛地停住腳，轉回頭，這才發現自己悶著頭往前走，一個不留神，居然跟蕭練離了好幾步遠。

她不知所措地站在原地，不知不覺紅了眼眶。蕭練大步走到她身，低下頭，以宣誓般的語氣說：「即使全世界與妳爲敵，我也會站在妳這邊。」

「我不會去跟全世界爲敵呀。」如初不假思索地答。

蕭練伸手摟住她，看進她的眼底說：「我修正，就算與全世界爲敵，我也要跟妳在一起，所以別讓我失去妳，好嗎？」

他的神情太過虔誠，如初張開嘴，想以同樣的心情回應，卻發現自己無法出聲……

禁制解開之後，蕭練的心結似乎也跟著解開許多，他還是那個冷靜自持的蕭練，但更加直接坦率，肢體上的距離也比從前要來得親近許多。

如果發生在一年前，如初會愛死這種變化，但現在的她卻做不到了——自從他擺脫禁制歸來，面對他的情感流露，她已做不到單純的歡喜，單純的憂傷。

二十年後，當他二十七歲而她已四十五歲時，他還會像今天一樣，用專注的眼神看著她，說不願意失去她嗎？

腦子亂糟糟地，如初勉強對蕭練笑一下，點點頭，岔開話題說：「對了，在大姨家的時候我一直想以前的事——我媽年輕的時候跟外婆吵很凶，有好幾年我們連年初二都不會回去，後來慢慢好一點。去年這個時候我媽幾個兄弟姐妹還聚在一起，商量以後過年一起出國去玩，我爸還開玩笑說破冰之旅……」

她說著說著語速變慢，不知不覺嘆出一口氣，蕭練靜靜聽她說完才問：「無論是妳家人，還是我家人，妳都喜歡聚，不喜歡散？」

「不是這樣的。」如初用力搖頭，說：「我很怕，你看，去年大家還那麼好，今年卻完全不一樣，變化太快太快……」

「我不會變。」

「那才是問題所在啊！」

說出這一句之後，如初立刻後悔了。周遭的氣流忽地加速，小小的旋風將她的圍巾捲起又落下，顯示著蕭練的情緒也很不穩。她可以感受到劍魂在叫囂，劍意如波濤拍擊大壩般猛烈地翻攪，但奇怪的是她一點都不害怕，好像、好像……她有絕對的權力可以控制劍魂一樣！

這太不對了，她怎麼會有這種念頭，她怎麼可以有這種念頭？

如初狠狠打了個寒噤，抬眼迎上蕭練的目光，這才發覺他已然平靜下來，此刻正憂心地看向她，問：「妳怎麼了？」

「不知道……」

他不由分說地握住她的手，說：「妳的手比我還冷，走吧，找家店進去坐一下。」

才跨進咖啡店，如初立刻後悔了。如果說蕭練以前只是出乎尋常的美麗，那現在他的容貌就恍如囊中之錐，隨時隨地脫穎而出，吸住周遭男女老少的目光。大家先用讚賞的眼神看他，再用評估的眼神看她，非常討厭。

更麻煩的是蕭練本人毫無自覺，進店之後他拉著她大步走到櫃檯前，看著牆上的價目表問如初：「茶，還是咖啡？」

櫃檯後方兩位店員吃吃地笑著，互相用手肘推對方，一個大膽點的甚至用英文小聲說出那句「coffee, tea, or me」的老哏。

如初無力地閉上眼睛，說：「一杯大杯熱紅茶拿鐵，謝謝。」

「我也照樣來一杯。」蕭練掏出皮夾，對店員熱切的眼光渾然不覺，只顧著用手環住如初，問：「累了？」

她睜開眼，環境依舊，現實並不會因爲妳閉上眼睛就改變。如初忽地心裡生出一股惡劣的衝動，她拉著他走到角落的位子，落座後用挑釁的語氣告訴蕭練：「我剛剛忽然發現一項眞理。」

蕭練對四周瞥了一眼，揚眉問：「在咖啡店找到眞理？」

一點都不捧場，他們是全世界最沒默契的情侶。

如初板起臉，說：「好看的軀殼千篇一律，有趣的靈魂萬裡挑一，同意？」

蕭練眨了眨眼睛，壓低聲音湊到她耳朵邊再問：「妳覺得我的劍魂很有趣？爲什麼？」

不，他們不只是沒默契，他們連共同語言都沒有！

如初氣得想抓狂，但對上蕭練那絕少呈現的坦蕩蕩模樣，忽然又變成氣到想笑。

她捧起他的臉，用力往中間一擠，小聲宣布：「因爲我高興。」

鬆手，美麗的臉恢復原狀，他看著她一會兒，低下頭親親她的額角，說：「不要擔心，會解決的。」

如初以爲他指的是她的家務事，她苦笑著回：「我也不特別擔心，我爸說的，時間會解決一切。」

這句話並不適用在他們兩人之間，但如初提到父親卻讓蕭練提高了警覺。應錚對他的態度本來處於友善卻疏離的狀態——勉強接受他當女兒現在的男朋友，卻並不視之爲未來的女婿。但這次碰面，蕭練可以明顯感覺到應錚的態度改變了，更有距離，帶著敵意。

他不怪應錚，天下恐怕也不會有哪個愛女兒的父親願意接納他成爲家人。

但他要她，勢在必得。

事實上，這點挫折早在蕭練的意料之內，就連咖啡店裡眾人的目光，他也比如初更早感受到。其實這種事很好解決，只要放出一點劍氣，眾人眼中的他立刻會從一個人變成一尊殺神，再也沒有人敢正眼看他。人類自有趨吉避凶的本能，那是人類雖然弱小，卻能夠繁衍萬年的理由。

他之所以願意忍受這些不知死活的目光，純粹是因爲，她在他身邊。

兩杯熱騰騰的紅茶被放到櫃檯上，店員一邊嘰嘰咕咕地偷笑，一邊朝他們的方向喊蕭先生你的飲料好了。這些如蒼蠅般嗡嗡嗡的聲音，讓蕭練無端有些煩躁，他走過去端起杯子，抬眼向櫃檯內掃了一眼，轉身離去。

下一秒，瓷杯與餐具砸在地面的聲響及店員跌倒的驚呼同時響起，店內的所有客人都抬起頭張望，然而蕭練已然走遠，離出事的範圍起碼隔了兩公尺，沒有人會將他與這場意外聯想在一起……

錯，有一個人馬上抓到關鍵。如初原本倦倦地窩在沙發裡，聽到聲響後也跟其他客人一樣抬頭張望了一下櫃檯，不一樣的是她立刻轉向他，用譴責的語氣說：「這樣不好。」

「我高興。」他學她剛剛的話，同時將茶放在她面前，自己也落坐在她身旁，用手環住她。

如初猶豫片刻，不得不承認在沒有人受傷的情況下，蕭練的作法的確很解氣。但這樣是不對的，她將頭靠在他肩膀上，喃喃說：「以後不要了，跟我一起的時候，練習當個普通人好不好？」

蕭練拿茶杯的手頓了頓，平靜地說：「第一眼看到妳，我就不覺得妳普通。」

老街初相遇的畫面在腦海閃過，黃昏的光像暖暖包一樣裹住了如初。她再靠近蕭練一點，翹起嘴角，閉上眼睛說：「我一定在很久很久以前就見過你，只是不知道爲什麼，忘掉了。」

「我也是。」蕭練隨口答。

他的確有同感，但心裡更迫切的念頭是告訴如初即將到來的威脅，以及……只要跟他結契，便能改變一切。

現在講，適合嗎？

看著如初在泛黃燈光下略顯疲憊的臉龐，蕭練果斷決定今天並不適合。他於是挑了個輕鬆點的話題問如初說：「婚後我們去環遊世界半年，權當蜜月旅行，怎麼樣？」

「好啊！」如初的眼睛亮了起來，隨即又黯淡下去，說：「我還是好難想像我們居然要結婚了，太不眞實……」

「是眞的。」蕭練抱緊她，以不容置疑的強硬口吻說完，頓了頓，問：「妳想在哪裡辦婚禮？」

「噢，我從來沒……」如初否認到一半就打住。哪個女孩沒偷偷幻想過自己披上白紗的那一刻？她咬咬嘴脣，眼底不自覺浮起笑意，用帶點夢幻的聲音說：「我高中旁邊有一間很老的教堂，玫瑰聖母堂，我爸媽就是在那裡結婚的。如果可以的話……等等，你呢？你會不會想在老家舉辦婚禮？」

老家絕對不是辦婚禮的好地方，蕭練斷然答：「教堂很好，來，我們繼續規畫。」

規畫自己的婚禮？如初的心臟頓時砰砰亂跳，一半慌亂一半歡喜，她用雙手環住他的頸項，看著他毫無瑕疵的容顏說：「我一直希望有個小小的、很寧靜很安詳的婚禮，就辦在家附近。爸媽、親戚，還有從小到大的鄰居跟同學都在黃昏的時候來參加。我收下祝福就好，紅包不必，也不要辦酒席，婚禮結束家人一起吃頓飯……」

聽起來又不眞實了，如初再次打住，問蕭練：「你呢？」

蕭練對自己的婚禮毫無想像，他聳聳肩，說：「我的家人基本上妳都見過了。那些沒見到的，我也好幾百年沒見了，不值得費心。」

「朋友呢？」如初追問。

雖然活了幾千年，但一柄生性孤傲的劍能交到的朋友眞是寥寥無幾，其中泰半還都是同類——兵器。蕭練思考了一下那幾位匯聚一堂的情景，果斷答：「不用管他們。」

「爲什麼？」如初有點受傷：「你不想朋友知道你要結婚？」

她誤會了，但不知爲何，蕭練發現自己竟然有點享受被誤會的感覺。他微笑，慢慢地解釋：「他們打起架來，妳的老教堂就保不住了。」

「噢……」如初意會過來，忍不住好奇問：「你的朋友全部都是刀劍類？」

未婚妻老是把刀跟劍混爲一談這件事讓蕭練有點不滿，他耐著性子說：「沒有刀，劍居多，也有干戈鉞鍼。」

後兩樣相當罕見，鉞是大斧，鍼是小斧，在遠古時代都是極其重要的兵器，有些君王甚至持鉞以象徵王權。如初只在博物館隔著玻璃櫃參觀過，還沒親身接觸過，更遑論修復。

她忍不住貼近蕭練，滿懷期待地問：「我可以認識你朋友嗎？」

「我會介紹妳給他們認識的，一個一個來。」蕭練把她抱到自己腿上，看進她的眼底，問：「他們散在天涯海角，認識需要花點時間，妳願意？」

她無所懼地與他對視，答：「我更想把時間花在你身上，好好認識你。」

這是他最想聽到的話。

蕭練啞著嗓子問：「所以，從現在起，我們可以開始討論未來？」

如初迎上蕭練的視線，在咖啡店暈黃的燈光下，他的瞳孔吞吐著藍黑色的光，有若劍芒在燭光下閃爍。

許多回憶畫面，在這一瞬間，閃過她眼前——老街初相識之後，他在公司翻臉不認人；古鎮上傾心許諾，隨即不告而別……

每一樁每一樁，在愛情裡都足以造成毀滅性傷害。

然而，他也一次又一次地救她，不顧一切。

如今，她即將步上紅毯，而他，將在紅毯的另一端等她。

就這樣吧。

她跟他，都值得下一個美好的二十年。

晚上十點整，咖啡店裡只剩下兩三桌客人，其中一對情侶坐在靠角落的位子上竊竊私語。男子朝女孩問了幾句，女孩怔怔地瞧著他片刻，慎重地點了點頭，男子的眼神立刻亮到灼人。

他似乎想說什麼，但猶豫半晌，最後只輕輕將自己的嘴唇，印上她的嘴唇……

以吻封緘。

16. 回家

那一晚，祝九並沒有回到山城裡的清晏民宿。

他在離開社區後，先找了個商圈漫無目的地亂逛一通，又挑了間電影院進場，左手爆米花右手大杯可樂地連看兩部英雄片。直到午夜時分才叫了一輛計程車，按照刑名給出的地址，直接讓司機開到附近一座山嶺環繞、環境清幽的別墅門前。

門內隱約傳來古典音樂聲響，間歇有水聲此起彼落，卻聽不見任何人聲。祝九伸手按了按眼睛，猶豫著是否該透視屋內情景——蕭練是君子，可欺之以方，刑名是瘋子，對付她得換個思維模式，他能動用的異能不多，能省則省。

沒了知止，果然麻煩……他眞心因爲這個緣故，才迫切地想喚醒知止嗎？

祝九自嘲地一笑，按下電鈴，對講機裡隨即傳來王鉞渾厚的聲音，不太耐煩地說：「門沒關，自己進來。」

「沒有管家服務？」祝九問。

「再多嘴你就可以滾了。」王鉞不客氣地說完，便掛下對講機。

雖然能控制人，住處卻沒什麼人，看樣子，刑名的狀況不太對勁——這才合理，她的異能進步幅度太大，不可能不付出代價。

祝九瞇了瞇眼睛，推開門走進去。映入眼簾的是個不大不小的游泳池，旁邊附帶連接一個按摩池，兩名身上刺有亞醜族徽的女子，端著高腳酒杯斜倚在按摩池的邊緣聊天，一名穿著連身泳衣的女子正在池裡游泳。

三名女子沒有一個多看他一眼，祝九沿著泳池邊緣行走，走到一半時忽地停下腳，對正在游泳的女子微笑，親切地說：「鼎姐，好久不見，肩傷全好了？」

正在游泳的夏鼎鼎背部一僵，隨即悶著頭奮力划水往前游，別墅大門碰地一聲被打開，身著長睡袍的刑名一邊揉著太陽穴一邊走出來，對祝九說：「有話直接說，別煩我姐姐。」

「怎麼，連妳也喊她姐姐了？」祝九調侃地反問。

刑名沉下臉，十多條拇指粗細、或長或短的小金蛇無聲無息地自門內遊弋而出，領頭的那一條滑行至祝九面前，昂起上半身，呲呲地對他吐出分岔的蛇信，兩顆眼珠子在黑夜裡呈現鮮豔如紅寶石的血色。

祝九低頭，用上異能與蛇對視，他的瞳孔波光流動，小金蛇受驚似地往後縮了縮，刑名臉色倏地變慘白，身體一軟。就在她即將倒下的瞬間，王鉞扛著一柄大斧出現在刑名身後，一把摟住她。

祝九立刻收起異能。他先舉雙手作投降貌，接著一臉無辜地指著刑名說：「她先的，不是我。」

這付模樣並未唬住王鉞，他低下頭，以眼神徵詢刑名的意見。刑名閉目喘息片刻，朝祝九問：「你之前說，有情報可以交換，是什麼情報？」

「多得很，你要聽哪幾樣？」祝九問完，也不等人回答，便又優哉游哉地說：「你們在打傳承的主意，我也需要進傳承找東西。你們想透過姜尋的記憶來探知山長的弱點，我沒興趣，但也不反對。最後一點，你們在透支異能，剛好，我也是——」

「閉嘴。」「進來聊。」

王鉞與刑名同時出聲，打斷祝九的話。同一時間，泳池裡水花四濺，夏鼎鼎一頭扎進水底，開始潛泳。

祝九施施然放下雙手，跟在王鉞與刑名身後走進室內，大門隨即闔攏。夏鼎鼎一直沒浮出水面，在按摩池的兩名女子對視一眼，其中身材較高挑的那位走到泳池旁，探頭朝裡望，只見夏鼎鼎臉朝上，整個人在水中半浮半沉，神色憂傷。

「回家去吧，妳根本不應該來的。」她朝夏鼎鼎喊話，一點都不在乎被屋內的人聽見。

夏鼎鼎搖頭，用口型無聲說：「回不去了。」

這個春節，是如初有記憶以來最令她不安的春節，偏偏她完全說不出來哪裡不對勁。

表面上看起來，一切都在往好的方向前進——外婆的病況穩定了，他們一家三口終於可以回到南部自己家裡。殷含光與蕭練在過年前帶著禮物一起到如初家拜訪，比起蕭練，殷含光的禮數更加周到，再挑剔的長輩也不得不承認他教養良好、舉止得宜。然而如初總覺得殷含光不時打量她，用一種懷疑甚至緊張的目光。

這種感覺在殷含光踏入「不忘齋」時尤其明顯。他看到黃上窩在房間裡的電腦椅上睡覺，身上的劍意幾乎是控制不住地變銳利，嚇得黃上毛都豎了起來，朝殷含光張牙咧嘴地嘶嘶兩聲，然後一溜煙鑽到櫃子底下不肯出來……

「工作室有一陣子沒用了，以前接單的時候我們不會讓貓進來睡啦……含光你不喜歡貓？」媽媽趕緊向殷含光解釋，同時瞪了自作主張放貓進來的如初一眼。

就一句問話的功夫，殷含光已然收起劍意。他從容解釋自己並非不喜歡貓，只是跟小動物很難親近，但如初要養貓他也歡迎。

殷含光收斂得太快，如初本以爲只有她注意到他的異樣。然而當殷含光和蕭練離開後，當晚她跟爸媽一起吃飯，應錚夾了一筷子青菜，忽地說：「含光做事相當老派。」

「耶？」如初不明白爸爸這句話是褒是貶，只能含糊回答：「殷組長在英國念過書，可能是那邊的教育就這樣吧。」

「他念到博士？」應錚再問。

殷含光共有三個博士學位，如初從沒搞清楚過哪個是在哪裡念的，只能心虛地點頭，然後低頭猛扒飯。

應錚沉吟地說：「三十歲出頭，不只念完博士，業界的事還懂那麼多，不簡單……他們是從什麼時候起被妳們那位杜主任收養的？」

「很小……吧？」

如初心臟噗通亂跳，幸好爸爸並未問更多。等到了大年初一，應錚循慣例發給她壓歲錢，她撒嬌地問蕭練有沒有，卻見爸爸似笑非笑地看著她說：「蕭練不是小孩子了。」

「我也不是啊。」如初繼續撒嬌。

「妳永遠是爸爸的女兒，就永遠是小孩。」應錚拍拍她的肩膀，走進廚房幫媽媽清理水槽。

如初擠進廚房幫忙，媽媽遞了個盤子要她放，隨口問：「他們家搭飛機從來不坐經濟艙的呀？」

「誰？啊？什麼？」如初一頭霧水。

媽媽白了她一眼，說：「還有誰？蕭練他們家。我那天跟他們聊，物價什麼的，兩兄弟沒一個知道。」

爸爸覺得未婚夫及其家人太過老成，媽媽卻嫌他們不知世事，她該怎麼辦？

如初噢噢了好幾聲，總算想到該怎麼接話，忙說：「殷組長投資期貨很厲害喔。」

「那不是風險很高嗎？」媽媽關了水龍頭，扭頭瞪住她：「我的理專都不建議我投資期貨，他玩得大不大，沒有負債吧？」

如初：「……」

好在，媽媽的一顆心還是繫在外婆身上，雖然氣外婆，卻也放不下外婆，根本無心多管女兒的事。她大年初一下午便回到臺北，住進如初的大姨家。

這一回，如初與爸爸並未隨媽媽北上。大年初二，趁著天氣不錯，如初把老黃貓抱到床上晒太陽加梳毛，同時發訊息問蕭練：「你在遇到我之前從來不坐經濟艙？」

發完訊息後沒幾分鐘，手機鈴聲隨即響起，蕭練在另一頭用和緩從容的語氣問：「怎麼會想到要問這個？」

「你先回答我。」如初照搬對爸爸講話的撒嬌口吻。

「我沒注意。」蕭練坦承：「反正不管坐什麼艙，我都盡量找機會回到本體然後溜進貨艙，那裡安靜得多。」

如初無言片刻，忍不住問：「你買商務艙的票然後溜進貨艙休息？」

「不然呢？貨艙又不賣票。」蕭練反問，一副理直氣壯模樣。

如初喃喃說：「我應該感謝你沒在我媽面前講這一段。」

「這點常識我還有。」蕭練愉快地說。

他近期的樂觀發言眞是她最大的安慰來源了。如初苦笑了一下，想起一件事，又問：「爲什麼只有殷組長來，承影呢？杜主任去追鼎姐了嗎？」

這兩個問題都不容易回答，蕭練簡單地說：「杜哥也離開了四方市，但跟鼎姐無關。承影的行蹤我也弄不清楚，不過最後一次接到他電話，人在加拿大。」

「旅行嗎？」如初問，心裡不由得生出一點羨慕——承影活得一向自在，連姜尋都不如他。

「可能。」蕭練頓了頓，補充：「對了，他把麟兮跟喬巴都一起帶走。」

「啊!?」如初瞪大眼睛問：「貓可以帶出國，青銅麒麟要怎麼跟他一起出國呀？」

「無所謂，反正他自有門路。」蕭練乾脆地回答。

太奇怪了，這不是一般的旅行吧？還有，承影帶走喬巴爲什麼事先也沒跟她講？

似乎在老家的每一個人，都起了奇怪的變化……

如初腦子一片亂，完全不知道該講什麼，蕭練在電話另一頭等待片刻，輕聲喚她：「初初？」

「在。」如初趕緊回神。

「我什麼時候才能再見到妳？」

「過幾天吧……」她既想見他，又怕見他，如初閉上眼睛說：「反正過完年我會去看我外婆，到時候自然就會見到。」

「我能再去妳家找妳嗎？」

「先不要好了。」老黃貓窩在如初身旁翻肚皮，她愛憐地撫摸過牠瘦弱的背脊，又問：「每天跟我講電話，好不好？」

「妳只要這樣？」

「嗯，現在只要這樣。」如初停了停，低聲說：「明後兩天我要幫爸爸整理房間。」

「不忘齋？」他反應很快。

「對。」

「不離不棄，莫失莫忘。」他喃喃地說。

「什麼？」如初沒聽清楚。

「沒事，過完年再見。」

顯然，每個人對「過年」兩字的定義都不一樣。二十四小時後，蕭練無預警出現在不忘齋門前，如初打開門時先是一呆，接著忍不住地一把抱住他，開心地笑出聲。

應錚走出門，淡淡地對蕭練打招呼，同時別有深意地看了女兒一眼。

「爸，他很好的，你再多認識他一點就曉得了。」

如初用眼神傳遞出以上訊息，帶著一點不易察覺的懇求意味。對這樣的女兒應錚最沒輒，只好無奈地招呼蕭練進來坐。蕭練也不推辭，進門後他捲起袖子，幫著一起收拾，應錚很快就發現這位才是生力軍，力氣奇大，不怕髒不會累，而且對古兵器瞭若指掌。

應錚沒問蕭練在哪裡學到這些知識，但在心裡，他意識到自己得重新評估這名年輕人，需要帶著更堅決的警戒。

幾天後，不忘齋煥然一新，三人圍著工作桌坐，應錚在每個人面前斟上一杯功夫茶，然後告訴如初：「我約了秦老師，還有一位朋友，下禮拜一聚餐。」

「耶，爸爸你怎麼會認識秦老師？」如初瞪大眼睛。

「以前就見過，修復師的圈子又不大。」礙於蕭練在場，應錚放棄對女兒說教，他頓了頓，對如初解釋：「秦老師先找上我朋友，要修復一把刀上的錯金紋，我朋友再來找我，說看看三個臭皮匠，能不能抵得過一個諸葛亮。」

「怎麼會只有三個，我也算啊，這個案子還是我接的耶，老師沒跟你說嗎？」如初馬上朝爸爸抗議。

說完後她才想到蕭練還在旁邊，忙扭過頭看他。經過了這些日子，蕭練似乎對於幫姜尋恢復記憶一事不再反感。他對她點點頭，低聲說：「我也幫妳。」

「一言爲定！」如初興奮地跳起來。

回家後頭一次，她不再感覺迷失，果然，人一定要有工作。如初一邊對應錚喊著「等我一下」，一邊急忙回房間找手機，發訊息給秦觀潮與姜尋。

趁著女兒沒空分心，應錚微笑，端起一杯茶，背往後躺，朝蕭練問：「你什麼時候回臺北？」

蕭練也微笑，用謙遜有禮的態度答：「明天。」

跟應家父女共度的這幾天，他徹底了解到，時代不同了，只要如初的心意堅定，應錚絕無可能分開他們。因此蕭練毫不擔心，反而自發地願意配合，不要跟如初走太近。

畢竟，天下父母心，而且，分離也只是片刻而已。

17. 吉金

蕭練回到臺北。

到了週末，如初跟著爸爸也來到臺北郊區的一間森林食堂。大門掛的招牌寫「食堂」，推開門走進去，環境更像個充滿滄桑感的小公園。老樹碧蔭如蓋，階梯青苔斑駁，包廂彼此各自獨立，外型跟古早時候田裡堆雜物跟屯糧的小房間一模一樣，不均勻地散布在林間，就連洗手間也自成一格，座落在邊陲地帶，地板用馬賽克鑲出古典的圖案。

侍者領著父女兩人進入一間包廂，門一開，如初就瞧見秦觀潮正跟一名學者氣質的老太太聊天，身邊還坐了一個三十來歲、短髮俐落的女子，正無聊地低頭看茶杯裡的茶葉梗起起伏伏。

見他們進門，秦觀潮先介紹身邊的老太太是中研院的副研究員陳老師，專長爲古代青銅與陶器上的銘文與紋飾考證。如初趕緊跟陳老師打招呼，寒喧一圈後大家入座，秦觀潮衝著如初，第一句話就問：「妳訂婚了？」

如初這才想起來，她訂婚的消息並未在公司傳開。她偷瞄爸爸一眼，只見應錚的臉色不太好，顯然絕對不是爸爸說出去的，現在問誰多嘴也很奇怪，如初只能硬著頭皮點點頭，下意識地摸了摸掛在頸子上的戒指，心中暗自祈禱，話題到此爲止。

然而秦觀潮指了指坐他身邊的短髮女子，介紹說這是他的女兒秦吉金，單身。然後便繼續追問如初：「跟蕭練訂婚？」

如初再點頭，應錚插嘴：「訂婚而已，離結婚還早得咧，今天不提這個。」

他話中的反對意味昭然若揭，如初只能苦笑，秦吉金則抬起頭看了如初一眼。兩名年輕女子視線相對，都從對方的眼神裡讀出一絲倒楣——這年代，立志單身與立志跟爸爸不喜歡的人結婚，同樣有罪！

志同道合感油然而生，如初坐到秦吉金身邊，等上菜的過程兩人很快就聊開來。原來秦吉金從小移民澳洲，大學念的還是化工，畢業後兜兜轉轉全球找工作，最後進入一間跨國的藝廊任職。原本辦公室設在香港，今年被派駐到新成立的臺北辦事處，至於她的名字，那就有趣了……

「吉金耀彩……老師取的嗎？」如初問。

吉金在漢代以前指的就是青銅，還不是普通的青銅器，而是鑄來用以敬拜天地鬼神的禮器。如初完全可以想像秦觀潮會把這樣一個美好神聖的詞彙送給自己的獨生女，雖然對一個小女孩來說，吉金這種名字頗有可能造成童年陰影……

果然，秦吉金露出一言難盡的表情，點點頭說：「一般工作場合大家都叫我Kim。」

「也還是金。」如初一臉了然。

「對呀，保留一部分專屬於自己的，混一些外界的，不遠不近，跟這個世界保持距離，以策安全。」

吉金這麼說著，舉杯碰了碰如初的杯子，飲下一口白酒。秦觀潮轉過頭，對女兒笑笑，問她覺得菜怎麼樣，吃得夠不夠，要不要多點兩道？語氣間，慈父心態表露無遺，帶著一絲彌補意味——沒能參與兒女成長過程的父母，往往都會在言行之間不經意流露出遺憾。

上甜點的時候秦吉金的手機忽然響起，她接完後說有客戶來訪，便匆匆離開。吉金一走，秦觀潮便收起慈父面容，換上嚴師的口吻問如初：「東西帶來沒有？」

「帶了。」如初趕緊取出手機，忽地看到兩則未讀的訊息，一則來自媽媽。

而在同一時間，應錚的手機鈴也響起。他接起電話，聽了一會兒後無奈地說：「好，我馬上過來。」

原來外婆在醫院鬧起脾氣要出院，應錚簡單吩咐了女兒幾句，便迅速離開。包廂裡頓時少了兩個人，等門再度關上，陳老師探頭問：「我們繼續？」

「當然。」秦觀潮接過如初的手機，翻開一張又一張虎翼刀上錯金蟬紋的近距離照片，秀給陳老師看。

他娓娓解釋，這柄刀之前被鍍上一層金屬薄膜，如今刀的主人希望能將薄膜除去，讓刀恢復原貌，但過程中勢必會損傷到蟬紋內所鑲嵌的細金絲，因此希望能借助陳老師的專業，解讀出這些錯金紋的原始結構，好讓他們在除去金屬薄膜之後，可以依樣畫葫蘆，重新做一套細金絲鑲嵌回原處。

陳老師剛開始看的時候依舊帶著笑意，一邊與秦觀潮討論，一邊也不時跟如初聊上兩句，但隨著照片的角度越拉越近，她的神情逐漸變嚴肅，戴上了老花眼鏡一張張細看，停留在每一張照片上的時間也變得更久。

就在翻到一張超近距離拍攝的錯金凹槽照片時，陳老師眼睛一亮，失聲說：「萬。」

「啊？」如初發出疑惑的聲音。

陳老師摘下老花眼鏡，用發現新大陸的興奮語氣對如初與秦觀潮解釋：「一般來說，錯金工藝裡用來鑲嵌的金絲，都會先扭轉個一兩次再搥打進凹槽，爲的是增加角度讓金絲更閃亮，嵌進去之後銘文也會閃閃發光。但這把刀的錯金紋，那完全是不同等級的藝術品。」

如初忍不住將頭湊了過去，秦觀潮則沉聲問：「怎麼說？」

「你們看這張照片。」陳老師將手機推到桌子中央，指著凹槽裡一小段扭成一個細環的金絲說：「這不是普通的扭轉紋路，是上古的繩結記事。易經裡面有記錄一部分，如果我沒記錯的話，這個環代表『萬』字。這還是我第一次見到金絲本身的紋路有意義，重大突破，我得回去把同年代的銘文再仔細看一遍……」

陳老師越講越激動，如初與秦觀潮對望一眼，如初試探地問：「所以，我們可以把蟬紋裡的錯金絲拆解成一個一個的繩結記事文字，修復的時候先把金絲統統移開，之後再按照順序一個字一個字鑲回去……這樣對嗎？」

「差不多，不過要先定位，這個我們晚點再聊。」陳老師從自己皮包裡取出手機，站起身說：「我研究室應該有繩結記事的資料，我去趟洗手間，順便打電話給我助理，要她幫忙找找，啊這研究結果搞不好能發表在國際期刊……」

陳老師說著便快步走出門，如初望著她遠離的背影，忍不住轉頭問秦觀潮：「國際期刊？」

「為了恢復記憶，這點小曝光應該可以接受，反正登上國際期刊的是他的本體照，又不是他的裸體照。」

聽到後兩句，如初再也忍不住，噗地笑出聲。秦觀潮的語氣雖然冷酷，但話語內容卻十分幽默，整個人看上去也變得十分舒坦，再也沒有之前渾身帶刺憤世嫉俗的模樣，也許是因為終於有機會跟家人好好相處的緣故？

她笑完又問：「老師，你為什麼最後決定要幫姜尋？」

「由不得我。」秦觀潮嘆了口氣說：「我答應過我師父，不能失信。」

原來，當年師祖臨終前留下遺言，坦承後悔幫姜尋封印記憶，要秦觀潮答應他，倘若姜尋心存善念，想找回記憶，便會全力出手相助……

「師父說了一番話，我至今仍然不懂，他說大勢所趨，如禹治水，堵不如疏……姜尋的記憶怎麼會跟大局有關係，妳住老家的時候，聽他們提過類似的話沒有？」講到後來，秦觀潮這樣問如初。

如初搖搖頭：「跟我沒關係的事我都不太會去聽。」

秦觀潮沒好氣地看著她，說：「妳呀，除了做修復談戀愛，其他萬事不關心。」

如初習慣性要替自己辯護說沒有，話到嘴邊，忽地叛逆心起來，她反問：「不可以喔？」

她能同時照顧到工作、情人與家人，已經很不錯了，世界局勢跟她有什麼關係？

秦觀潮啞口無言片刻，喃喃說了句「也行」，又問她：「妳覺得姜尋的本性怎麼樣？」

「有藝術家脾氣，可是，滿爲人著想的。」如初頓了頓，小聲說：「我覺得他很善良。」

「兵器本性好殺，妳居然覺得他善良？」蕭練的聲音自門外傳來，門板隨即傳來叩叩叩三聲。

秦觀潮轉頭瞪如初：「妳叫他來的？」

「他傳訊息問我在哪裡……」說到最後，如初心虛地垂下眼。

門外又響起陳老師的聲音，顯然她從洗手間回來，遇上等在包廂門外的蕭練，幾句話後陳老師領頭開了門，笑咪咪地朝如初問：「妳未婚夫啊？」

如初乾笑，點頭，欲哭無淚地望向跟在陳老師身後、堂而皇之進門的蕭練。他先向秦觀潮打招呼，收到一聲陰陽怪氣的「你好」，接著揚眉，看住如初不放，眼神裡一半思念一半抗議，顯然對於她剛剛講的話還耿耿於懷。

如初頭疼地捧起茶杯，擋住一切視線，陳老師卻誤會了，她再打量一眼蕭練，八卦地朝如初問：「他看起不錯，妳爸為什麼不喜歡他？」

「家庭、因素……」如初艱難地吐出四個字。

已經落坐在她身邊的蕭練對陳老師微笑，幫如初解圍：「我家比較複雜。」

「沒爹沒娘，兩個哥哥，一個結婚離婚多次，一個打算跟條狗在一起一輩子。」

秦觀潮繼續用陰陽怪氣的口吻補充，蕭練聳聳肩不反駁，如初想挖個地洞鑽下去。

無論如何，這番對蕭練家庭背景的怪異介紹讓陳老師放棄追問。她向大家解釋她剛剛打電話請助理從檔案櫃裡挖出不少資料，建議如初與秦觀潮現在就跟她去研究室一趟，把虎翼刀上蟬紋裡所隱藏的祕密給徹底理出個頭緒。

「我開車送你們過去？」等大家都決定動身後，蕭練站起來，雙手插在牛仔褲口袋，悠閒地這麼問。

他的口吻溫和有禮，如果不去注意那偶然冒出來屬於兵器的銳意，基本上完全像一個嘗試討好女方家長的晚輩——很清楚自身條件的弱點，但並不自卑，落落大方，給人一種容易相處的錯覺。

這樣的蕭練讓如初很安心。他們婚後總還是要跟其他人類相處的，如果蕭練不討厭這樣，也許、也許他們真的能夠在一起久一點，也許她可以試著想像遙遠的未來，比方說……二十五年？

她搶著說好，陳老師自然同意，秦觀潮也不反對，於是一行四人坐上蕭練的車，前往中研院。

18. 一戰

離開餐廳兩個小時後，他們一行四人開車抵達中研院。

如初從來沒來過這個位於金字塔頂端的學術研究機構。在她想像中，中研院理當是個各方頂尖學者匯集、氛圍莊嚴肅穆的地方。然而車子一路駛進，來來往往的人看起來不但宅，還有點怪，跟她的想像非常不一樣。

蕭練依照陳老師的指揮，停到一棟外有樹林環繞、造型古典方正的小樓旁。如初推開車門，才剛走出去，就見一名穿著藍白相間拖鞋、頂著一個鳥窩頭的年輕男生從大門裡跑出來，神情興奮地朝他們揮手。而當她看清楚這個男生手上的東西時，如初徹底無語了……

那是一片灰白色帶角的頭蓋骨，角分岔的形狀像雄鹿，模樣十分古老，上頭刻著奇怪的花紋，驟眼望去特別給人一種邪教祭祀物品的感覺。

年輕男生氣喘噓噓地跑到車旁，捧著頭蓋骨對陳老師說：「找到了。」

如初靠近男生兩步，低下頭觀察，這才發現他手中的頭蓋骨上，刻有數行花紋，其中一行裡的幾個圖騰跟姜尋本體蟬紋裡的金絲扭結法頗爲類似。

在傳承裡看過的某些景象閃過腦海，如初耶了一聲，指著頭蓋骨上的花紋問：「甲骨文？」

「對，殷墟出土的。」年輕男生愉快地回應。

陳老師接過話，指著年輕男生向大家介紹這是她的研究助理鄭睿恩，他手裡拿的是商王出兵征討夷方之前用來占卜吉凶的鹿頭蓋骨的複製品，上面刻的甲骨文有部分是從繩結記事演化而來，對於解讀虎翼刀上蟬紋內部的金絲紋路很有幫助……

如初瞪著帶角的頭蓋骨——爲了幫姜尋恢復記憶，她還需要去研究甲骨文？

「那把刀是個老古董，妳又不是不知道。」蕭練微笑地對她說。

當然，外人聽起來他是在講虎翼刀，只有如初心知肚明，他說的是姜尋。

如初改瞪蕭練一眼，心底無聲地嘆了一口氣。她在答應姜尋時絕對沒想到，這份修復工作居然還會牽扯到甲骨文，但事到如今，只能硬著頭皮做下去。

大家都下了車往前走，但蕭練走了幾步後停住腳，對如初說：「我在外面逛逛，妳結束了再打電話通知我。」

「你可以進來看啊，沒關係的。」陳老師對他說。

「我不懂修復，更何況好久沒來了，正好藉這個機會到處走走看看。」蕭練微笑著回答。

那笑意未達眼底，但陳老師沒注意，她好奇地追問蕭練以前怎麼會來？蕭練有禮貌地解釋家中有長輩是理工方面的學者，因此他小時候（？）來過一次。

如初一頭霧水地等他們聊完才低聲問蕭綀：「如果你有事，也可以先走，我們應該會需要比較久——」

「我等妳，不見不散。」蕭綀打斷她，如此回答。

他的口吻過分堅決，然而人太多，如初不方便問，她壓下心中的疑惑，對蕭綀用力點頭，便隨著秦觀潮與陳老師往小樓走去。蕭綀站在原地，目送他們進入室內後，轉過身，瞥一眼遠方另一個停車場上的一輛重型機車，接著離開小樓，往前方的山丘走去。

很多人都聽過中研院，但很少人拜訪過此地，而即使來過的人可能也未必知道，這裡的學者們除了做研究，對生態維護也頗有心，在一棟棟的大樓之間，特地闢出濕地供原生動植物棲息。

今日，在生態池與濕地之間，零星散布著不起眼的足跡。蕭綀繞過池塘，目光在溪畔的泥濘與草地間搜尋。他如履平地地踏上通往森林的石板路，往上走了一小段之後眼看四下無人，腳下劍影翩然浮現，將他托離地面數公分高，輕輕鬆鬆低飛繞過幾株大型灌木叢，往山腰飛去，一直飛到一棵開滿粉色小花、遠望猶如一片璀璨雲霞的山櫻樹下，才倏地停住。

自始至終，蕭綀的雙手都插在口袋裡，神色冷峻。朔風凜凜，山櫻不時落下細碎的花瓣飄到他身上，他動也不動地盯著樹幹片刻，手一揮，另一把長劍往樹頂斜飛而去，削下一枝山櫻。同一時間，姜尋兩個前空翻，身手矯健地自樹頂躍下，漂亮著地。

「有事？」他吊兒郎當地朝蕭練問。

「你跟蹤如初？」蕭練反問。

「她自己發的訊息，告訴我錯金有了著落。」姜尋掏出手機，秀給蕭練看：「搞清楚，這是我跟她的事，與你無關。」

劍光再一閃，將手機一削兩半。蕭練面無表情地說：「我同意她幫你，是因爲你的記憶對我有用，不等於同意你死纏爛打。」

姜尋仔細地瞧了蕭練一眼，然後用誇張的語氣說：「哇，看起來移除禁制眞讓你感覺自己天下無敵了。」

「試試看不就知道了。」蕭練嘴角微翹，話裡的語氣囂張到可以氣死人。

姜尋瞇了瞇眼，緩緩伸出手，握住了憑空出現、熠熠生輝的虎翼刀……

就在山下的小樓裡，如初原本正忙著用手機將陳老師搬出來的甲骨文與繩結記事圖表一張張拍下做紀錄，忽然間，她感到外套口袋微微一沉，彷彿有誰拉了一下，然後又變得輕了一點。她臉色微變，趁沒人注意時伸手往口袋裡一摸——果然，縮小版的虎翼刀不見了，只留下好幾支鑰匙散落在口袋裡面。

姜尋遇到敵人了？

金鐵交鳴的聲音自四周響起，地板微微晃動，陳老師扶住椅子，納悶地說：「地震？」

秦觀潮瞄了窗外一眼，轉頭對如初說：「妳出去看看。」

「我？」如初脫口問。

下一秒，熟悉的長劍破空嗡嗡聲響起，她倒抽一口冷氣，拔腿便往門外跑，卻在經過轉角處時迎面差點撞到一個脖子上戴了串珍珠項鍊的女人。

「楊娟娟……女士？」如初扶著牆站穩，驚疑不定地望向對方。

楊娟娟的氣色比任何時候看到的都要好，容光煥發，皮膚細緻緊繃，完全給人一種逆生長的感覺。雖然沒有任何證據能證明她跟葉教授是同謀，但綁架事件過後，如初對楊娟娟也失去信心。

她後退一步，警戒地瞪著對方。楊娟娟綻放出一個豔麗的微笑，自顧自地說：「『女士』這個詞眞討厭，好像女人只要過了四十歲，統統都該被掃進同一個垃圾分類箱一樣……妳可以叫我『小姐姐』，我不介意喲。」

「我介意。」如初平靜地答：「而且不管我幾歲，『女士』都是很好的稱呼。」

楊娟娟被她當場嗆了回去，也不生氣，只笑盈盈地答：「那就等妳到了四十歲，他也還是二十七歲的時候，我們再看看囉。」

楊娟娟果然知道蕭練的眞實身分。

如初頓時緊繃，楊娟娟偏偏頭，又說：「只可惜，我大概看不到了。」

「爲什麼？」

如初的問話被一名穿西裝打領帶匆匆跑過來的中年男子打斷，男子喘著氣將手中文件遞到楊娟娟面前，說：「楊小姐，我們檢查發現妳漏了一個簽名，要不要回辦公室——」

「不用，我在這裡簽就好。」

楊娟娟打斷他，接過筆，在紙上龍飛鳳舞地簽下名字，將紙筆還給男子，又用戲謔的語氣指著男子對如初介紹：「我的律師。我剛剛簽下遺囑，死了以後把所有收藏品都捐出去，不信妳問他。」

律師先生不明所以地對如初點頭，才說了聲「妳好」，楊娟娟搶著又對律師說：「小妹妹以爲我是壞人呢，來，你告訴她，我的遺產她也有一份。」

律師跟如初同時瞪大眼睛，楊娟娟笑出聲，轉向對如初說：「初版的小王子留給妳了。雖然是本舊書，賣出去也還值幾個錢，別亂丟喔。」

「妳爲什麼會想要立遺囑？」如初忍不住開口問。

楊娟娟用一種奇怪的眼神看著她，說：「生死有命啊，早點立好遺囑，萬一死了也走得無牽無掛，多好？妳也該立一份——來，這是我律師的名片，有什麼問題妳直接問他，我先走啦。」

楊娟娟指著律師對如初講完，不由分說地將一張名片塞到如初手上，然後揚起手提包，逕自揚長而去。

如初抓著名片與律師大眼瞪小眼，律師嘴脣微動，似乎想問她什麼，然而窗外再度隱隱傳來兵器互撞的聲音，如初當機立斷，對律師先生一鞠躬，說：「你好我叫應如初，不好意思我還有急事，先告辭了。」

她隨即轉身，小跑步往通道出口奔去。

將近下午四點半，如初站在山腳下，舉頭往上看。天空陰沉沉的，靠近山腰附近不時閃出一絲青藍色電光，類似下雨前的閃電。風的方向不斷改變，樹木一會兒往東倒一會兒往西歪，伴隨著忽遠忽近的呼嘯聲，顯然雙方打得旗鼓相當，一時半刻難以分出高下。

誰有這份本領，能跟解開禁制的蕭練打到平手？

一絲不祥的預感自如初心中升起——得趕緊阻止這場對決，在還沒有人發現異樣之前！

掏出髮圈綁起頭髮，再小心地環顧周圍一圈，確定沒人在附近後，如初一鼓作氣跑到石板路的盡頭，開始手腳並用往上爬。再過了一會兒，一支飛劍自她頭頂上方約三五公尺處飛掠，形狀清晰可見，伴隨著隱隱的風雷聲響……

他們兩個瘋了嗎，在這裡打架？

如初停下腳，將額頭壓在樹幹上，壓抑住自己想放聲大叫的心情，狠狠嘆了口氣，然後吃力地抬起腳，繼續往上爬。

坡度越來越陡，她的鞋已經沾滿泥巴，頭髮也被小樹枝刮得一團亂，但還是沒瞧見任何身影。

手機叮噹一聲，秦觀潮傳來一行訊息：「我跟陳老師先回去，妳慢慢來，把那兩隻收拾乾淨。」

文字後面附了一個憤怒的表情符號，搭配的文字卻讓如初覺得老師根本在看笑話——兩個男生爲她打架？她垮著肩膀，回了一句「好的，我會把他們統統扔回爐裡重鑄」的訊息，獲得秦觀潮發的笑臉表情符號一枚，她趕緊也回了個笑臉，心情卻益發惡劣。

爲什麼他們會打起來？

又走了將近半小時，她終於瞧見遠方那株高聳的野櫻，以及櫻花樹下你來我往、打到難捨難分的蕭練與姜尋。

不，他們的動作太快，因此嚴格來說，她看不見身影，只能見到刀光劍影。

刀勢如虹，綿密不斷的攻勢猶如狂風驟雨，每一招都像是能將這天地切割開來，不支離破碎不罷休。

劍意似霜，一重又一重肅殺的氣場鋪展延伸至四面八方，任何生物只要敢踏進劍刃所籠罩的範圍之內，都逃不了粉身碎骨的後果。

這場刀劍相爭極其殘酷，也極其美麗。戰勢太過緊湊，容不下一絲分心，以至於她都站那麼近了，他們卻不聞不問。如初取出手機思忖著，遲遲不敢按下任何一個號碼……

無論打給誰都是干擾，她該怎麼做，才能讓蕭練與姜尋同時住手？

眼角瞄到鬧鐘鈴，她深吸一口氣，將音量調到最大，點擊，播放。

鈴～鈴鈴～～鈴聲響徹整個半山腰，漫天刀光劍影頓時消散。一身黑衣的蕭練持劍站在樹下，破碎的櫻花花瓣沾上了他的衣角髮稍，讓整個人看起來除了優雅，還增添一股浪漫的貴公子感。

他向她望過來，一副欲言又止的模樣，脣色如櫻花瓣一般鮮妍。如初低下頭瞧瞧自己一身的髒亂，再望向站在離她不遠處，身穿棒球外套跟工裝褲的姜尋，有氣沒力地朝他們問：「你們在幹嘛？」

「打架。」姜尋愉快地舉起翹首大刀向她搖了搖，打招呼說：「嗨，別來無恙？」

「嗨你個大頭鬼啦！」如初氣得想罵髒話了：「我跟老師辛辛苦苦蹲在地板上研究繩結記事，爲的就是幫你，結果你跑來中研院打架？」

雖然蕭練也動手，但她堅持認定姜尋才是罪魁禍首——絕對不是因爲她偏心，一刀一劍擺在一起，誰都看得出來姜尋才是會挑釁的那個。

姜尋被她罵得一愣，忍不住指著蕭練抗議：「幫我也是幫他，還算是幫妳好不好，這麼兇幹嘛？」

「幫你恢復記憶跟他怎麼會有關係？」如初不滿地反駁：「自己愛打架就愛打架，不要不肯承認。」

這話姜尋不愛聽，他昂起下巴說：「我記憶恢復了他才有可能跟妳結契，不然妳以為這小子存什麼好心？」

蕭練臉色一變，張嘴欲言，但如初沒注意到，她瞪著姜尋問：「什麼結契，你在說什麼？」

「結契就是結契，雙方生命共享，禍福同當……妳沒聽過？」姜尋問。

「我聽過，但為什麼這會跟我有關……」她在霎時間想通了什麼，眼中浮現不可思議。

蕭練腳下劍影驟現，但如初比他的劍更快，她指著他說：「不准動。」

蕭練身體一僵，如初接著轉向姜尋，慢慢地問：「不是一定要同類才能結契嗎？」

「成功率的問題而已。」姜尋聳聳肩：「當然，考慮到危險性——」

「閉嘴！」蕭練暴怒。

然而另外兩個人都不理他。如初深吸一口氣，繼續問姜尋：「什麼危險性？」

「妳什麼都不知道？」姜尋的神色變嚴肅，又說：「我沒聽說有誰成功過，但的確有這麼一個說法——倘若人類跟我們結契，生命共享之後主人可以不老不死。」

輕輕鬆鬆就可以不老不死，天下哪有這麼好的事？如初把姜尋的話在腦子裡轉了兩圈，狐疑地問：「『主人』是什麼意思？」

「就字面意義。」姜尋一臉不以為然地聳聳肩，繼續說：「器物為人所用，結契之後，我們回歸本體，變成主人的兵器。」

他的語氣彰顯出一股不詳的氣息，如初握緊拳頭，直接了當地問：「你的意思是，跟人類結契之後，你們就不能再化形了？」

「呃、那倒不是……」姜尋不願意說謊，卻也不知該如何面對如初說實話。他移開視線，看著飄散的落花，輕咳一聲，解釋：「我聽過的版本是魂飛魄散，徹底變成一個器物……沒有化不化形的問題。」

竟然……如此。

如初只覺得渾身的血液都變涼，她依舊握緊拳頭，任憑指甲深深刺進掌心，卻完全感受不到痛意。

她轉向蕭練，怔怔地問他：「這些，你都知道？」

「傳說而已，不必當眞。」蕭練面不改色地解釋，但握緊劍的手洩露了他的心情。

他究竟在想什麼？怎麼會獨自做出這種決定？

「你從什麼時候起，開始籌劃跟我結契？」如初輕聲問。

「醒來、之後……」蕭練答得艱辛，眼神也在逃避她的凝視。

「從來沒想過先跟我討論一下嗎？」如初不肯放棄。

「捕風捉影的事——」

「等一下。」如初打斷蕭練，提高聲音問：「這才是你後來不反對我去修復虎翼刀的眞正原因？」

「我、我……」

他眞的不會說謊。如初看住蕭練，心裡這麼想著，然後忽地感覺天旋地轉。她踉蹌地後退半步，伸手扶住旁邊的樹幹，喃喃地問：「我要的眞的不多，就只有二十年，你爲什麼就不肯好好陪我二十年？」

「我想要更多，錯了嗎？」最後三個字，蕭練驀然提高了聲音。

他沒有錯。他只是永遠看不到，她需要的是什麼。

如初張開嘴，想解釋，卻發不出聲音——眼前的蕭練好陌生，事實上，自從禁制被移除了之後，蕭練彷彿就離她越來越遠。

或許這才眞實？他們本來就是兩個世界的人，硬要在一起，誰都不會快樂？

如初身體晃了晃，蕭練迅速抬起頭，跨出一步，卻被她心灰意冷的眼神擋下，再也無法向前邁進。

如果說，結契需要的是兩心同，那麼在這一刻，他跟她，兩顆心，咫尺天涯。

此刻，夜幕已經完全籠罩山林，如初忽然覺得好累好累，累到什麼都不願意聽，也什麼都不想講。

她一言不發地轉過身，摸索著慢慢下山，走沒幾步，身後傳來重重的腳步，姜尋懶洋洋的聲音響起，他問：「還生我的氣？」

如初搖頭，往前走，腳下一滑，整個人坐到地上。嘴角一陣刺痛，血腥味在口中蔓延開來，她恍惚片刻，然後才意識到，應該是剛剛的那一跤，牙齒撞到了嘴巴。

一陣窸窸窣窣聲自後方傳來，卻是姜尋坐在地面，一路滑到她身旁。如初呆呆地用手摀住破掉的嘴角，姜尋側頭看了她一眼，脫下夾克，蓋在她身上。

他用有點好笑的口吻問：「妳有沒有這樣對我發過脾氣？」

她發脾氣的對象其實是蕭練，而非姜尋。如初剛要解釋，一轉頭，看到姜尋正在仰望天空，他的聲音聽上去蠻不在乎，但神色卻無比蒼茫，姿態遙遠，彷彿並非跟她處在同一個時空。

應該，眞的曾經有過這樣一個女孩，跟姜尋好過、吵過……然後時光經過，帶走了她，留下他一個孤零零地活著、記著，直到受不了了，刪除記憶，卻無法刪除心底那種曾經深愛過的感受。

她也是。

話到嘴邊又嚥下，如初只搖搖頭，扯緊了衣服。山風刺骨，夾克剛披上去時也並不令如初感到溫暖，但慢慢地，她自己的體溫被夾克包裹住，溫暖了自己。

過了一陣子後，她低聲說：「謝謝。」

姜尋收回眺向天邊的目光，看向如初，說：「我帶妳下去吧，保證沒人會看見。」

「……謝謝。」

19. 一言為定

十幾分鐘後，如初穿著寬大的皮夾克，跨坐在一輛排氣聲浪低沉的老式哈雷機車上，一路風馳電騁地駛離市區。

剛開始她心情太差，只顧著埋頭沮喪，根本沒把路線放在心上。等回過神來才發現，四周環境十分陌生，而前方山脈的輪廓則益發清晰。

夜風自耳邊呼嘯而過，刮得人臉頰刺痛，如初將臉藏在前方騎士寬闊的後背中，喃喃問：「我們要去哪裡？」

「乘興而來，興盡而歸。」姜尋朗聲回答。

也就是說，一場沒有目的地的小旅行。

聽起來很詩意，但如果騎到一半沒油了怎麼辦？他又不會飛。

如初一邊唾棄自己用這個理由偷偷思念蕭練，一邊敲敲姜尋的背，再問：「你知道這裡是哪裡？」

「把妳的手放進我夾克右邊口袋。」姜尋指揮她。

如初狐疑地將手探進去，接著取出一個被剖成兩半的手機……

「這個？」她一手拿一半，伸到前方給他看。

姜尋唔了一聲，說：「忘了，本來要妳幫忙查地圖的。」

「呃，我可以用我的手機查就好……」想起電子地圖這個選項，頓時讓如初安心不少，反正他們現在還在大馬路上，不至於迷路。她於是不忙著查，卻再敲敲姜尋的背，問：「你爲什麼會想要騎來這裡啊？」

「不曉得。」哈雷機車的座椅設計對騎士非常友善，姜尋坐得舒服，心情也不由得變佳，他抽抽鼻子，又說：「這裡不錯，連海風的味道聞起來都神清氣爽。」

如初也抽抽鼻子，卻沒聞到任何海的味道，不過姜尋既然這麼說，表示這條路靠海，大概他們正往北海岸方向走。她扭頭往後，看一眼漸行漸遠的都市，躊躇片刻，又低聲問姜尋：「他，有沒有……我是說，蕭練有飛在我們後面嗎？」

打從他騎機車離開中研院，就有一輛黑色轎車遠遠跟在後頭，永遠保持百來公尺的距離，甩不掉繞不走。姜尋瞥一眼後視鏡，微笑答：「沒有。」

他可沒說謊，是她問錯問題，蕭練根本不是用飛劍來跟蹤。

姜尋的回答令如初更加沮喪，她重新將頭抵上他的背，喃喃說：「他一定很生氣。」

「氣死活該。」

如初笑出聲，然後感覺有股熱熱鹹鹹的液體流出眼眶，她繼續埋著頭，低聲問：「你們會不會看不起人類？我們的生命這麼短，又這麼脆弱……」

「然後成就了這片豐功偉業……不對，是環境汙染，徹底改變地表。」姜尋環顧四周，悠然反問。

此時機車正騎經一處公墓區，路的兩旁都是墓地。在慘白色路燈的照射之下，一張破了個洞的舊塑膠袋從路的一邊飛到另一邊。如初原本沉浸在自己的感傷之中，聽到姜尋的話，腦子一下轉不過來。她目送袋子繼續往下飛，喃喃說：「我們是做錯過很多事，但是、但是……」

「但是環保問題比情人重要得多，恭喜妳，終於想通了？」姜尋用一本正經的語氣問出十分調侃的問題。

「沒有。」腦子持續一團亂，眼淚倒是在不知不覺中止住。如初嘆了口氣，自顧自地說：「他為什麼會喜歡我？我的意思是，你們……會因為什麼理由，去喜歡上一個人類？」

她其實真正想問的人是蕭練，然而面對他的時候，卻永遠問不出口。

姜尋無意思考這個問題，他敷衍地說：「呃，蕭練為什麼會喜歡妳，這個我不予置評，但身為人類，妳真的不必妄自菲薄。」

他這一敷衍，反而把如初的性子敷衍上來，她執拗地問：「為什麼？」

姜尋催了催油門，漫不經心地說：「我們的本體出自人類之手。若是要看不起某些人，或者大多數人，那肯定是有。但是要偏激到看不起全體人類，那肯定是瘋了，再不然，就是別有圖謀。」

如初不期然想起刑名，她探出頭問：「刑名看不起全體人類嗎？」

「八成。」

「那她是瘋了，還是別有圖謀？」

「搞不好都是。誰規定瘋子不能有鴻鵠之志，且試天下？」

姜尋講這話時口吻極爲張揚，充滿自負與狂妄，跟平常灑脫隨性的他有幾分相似，卻又很不一樣。短短幾句對談之間，如初感覺彷彿窺探到姜尋埋藏在失落記憶裡的另一面，她有點怕，不自覺地將身體往後仰，拉遠了與姜尋的距離。

這個世界怎麼了，爲什麼就連姜尋也變得好奇怪？

她凝視著姜尋的背影，喃喃問：「你也是嗎？」

「我不知道……我究竟要什麼？連我自己都搞不清楚。」

這一句話，姜尋的語氣又回到玩世不恭，卻隱隱含著急躁。

如初沉默片刻，身子又往前傾，拉回原本的距離，緩緩說：「會清楚的，我們一定會把你的記憶找回來，還給你。」

她的口吻充滿決心，姜尋當然聽得出來，卻只感覺那份堅定伴隨了太多的稚氣，一副只專注於眼前事，卻完全不考慮前因後果的模樣。

他失笑，心中不由得一動。這樣的觸動，總是在與她相處時不斷湧上心頭，他不願多想緣由，只伸出手往後探，胡亂揉了一下如初的頭髮。

車又拐了個彎，前方不遠處，一座燈火璀璨的山城浮現眼前。如初在後座輕輕啊了一聲，姜尋以爲她驚豔於景色，於是頗有同感地說：「不錯。」

風景當然好，但如初驚訝的卻是眼前山巒的走勢竟頗爲眼熟，她看了片刻，探出頭指著前方說：「封狼之前用祝九的名字，在這座山裡買了一棟房子。」

祝九認定封狼的舉動與傳承有關，而姜尋憑本能亂騎車居然騎到同一座山附近，這是怎麼回事？如初好奇地望向姜尋，然而姜尋只聳聳肩，說：「挺好的，我也想買一棟，可惜口袋空空。」

就在他們聊天的時候，大霧正從海面襲來，短短一兩分鐘便將整座山城籠罩在一片白茫茫裡面。街燈被朦朧的水氣渲染成一盞盞閃爍著金色光華的小船，載浮載沉於霧海之中，人在其間穿梭晃動，影影綽綽，既喧囂又孤寂。

這番景象，讓姜尋眼中的欣賞之色益發濃厚，他說了一句「坐穩」，便再度催油門，機車速度頓時提升，往飄浮在濃霧之中的山城疾駛而去。

入口處牌坊上刻著大大的八個金字「黃金山城，九份舊道」。今天雖然不是週末，停車場卻依然停有七分滿。好在機車的車位不難找，停好車之後，如初與姜尋一起加入人潮，慢慢往上爬。

白霧飄移的速度很快，他們走沒多久，夜晚山城的面貌便逐漸清晰。老街上人聲嘈雜，如初走過幾層階梯，忽地心臟不受控制亂跳。她停下腳，回頭望，卻只看到山與海的燈火同時在朦朧中閃閃發亮。燈火闌珊處，並沒有她想見到的臉龐。

「妳要不要吃飯？」身旁的姜尋如此問完，摸摸下巴，自言自語地又說：「奇怪，這話我好像以前也常常講。」

「講給誰聽？」如初一邊漫無目的地尋找，一邊順口問。

姜尋眼神微動，用一種略帶磁性刻意撩人的聲音答：「講給妳聽啊。」

如初的目光還在人群中搜尋，第一時間並無任何反應，過了片刻，她霍然回頭，認眞地告訴姜尋：「對，你這樣眞的很奇怪。」

挑逗不成反被教訓，姜尋清了清嗓子，正要再接再厲，就見如初正正經經地對他解釋：「即使是蕭練，他會帶我出去吃東西，我知道他努力了，但是他也沒辦法做到跟你一樣，很自然地記住人需要吃三餐……」

講到他的名字都會讓如初心頭鈍鈍地發痛，她咬了咬嘴脣，強迫自己收回游移的目光，迎視著姜尋，再解釋：「你的所有習慣，都讓我感覺，你一定跟某個人類生活在一起過一段時間……

有沒有可能你是爲了要保護她才消除記憶的啊？」

最後天外飛來的一筆，如初講出口自己都愣住了。姜尋苦笑一聲，收起所有逗人玩的心情，冷靜地反問：「如果那人還活著——粉身碎骨，我有護不住的人嗎？」

想起今天在野櫻花樹下那驚天的刀意，如初猛搖頭，姜尋緩緩再說：「果眞有一個如此重要的人，倘若她已不在人間，我可以想像自己但願長醉不願醒，我無法想像選擇遺忘。」

「……你寧可痛苦地清醒著，也不要麻木但是快樂？」

「沒錯。」

不知爲何，姜尋這聲斬釘截鐵的回答，竟帶給如初一絲安慰——蕭練也不會忘掉她，眞的。

「聽起來很有道理。」她撐起一個笑容，環顧左右，又說：「欸，我被你說到眞的有點餓了……吃什麼？」

姜尋用行動代替回答，他掏出皮夾，打開來取出一張百元鈔票，接著環顧四周，說：「預算限制之下，可以吃的有……咦，還不少，臭豆腐、米糕——」

「我請你。」如初打斷他，指著高處一棟掛滿紅燈籠的小樓說：「請你喝茶。」

沿著山坡而建的茶樓，是黃金山城的一大特色。夜漸深，遊客漸散，如初與姜尋走進茶樓，在幾乎全空的頂樓坐下，先點了一壺東方美人。姜尋悠閒地喝茶，如初則掏出手機，查了半天沒看到新訊息，只能無奈地發一則簡訊給應錚，告訴爸爸她陪朋友散心，晚點才會回去……

她打到一半，就聽姜尋開口。他面朝下方如水墨畫般綿延堆疊的山巒連接海港，勾起嘴角，懶懶地問：「我有沒有跟你講過我剛化形的那些年？」

「沒有耶。」如初邊打邊問：「是什麼樣子啊？」

「惶恐、零丁。對了，這個……」

姜尋憑空抽出虎翼刀，迎風一抖，刀身頓時又縮成一個瑞士刀大小的尺寸，刀柄上依舊纏繞了那條崔氏所打造的禁制絲帶。

他一手執起壺，將清澈的茶湯注入兩人面前潔白的小瓷杯，一手將刀遞給如初，又說：「妳別看我們現在活得人模人樣，剛化形時可慘著，渾渾噩噩二三十年過去了，周圍的人老的老、死的死，就我們不會變，砍一刀下去連個傷口都沒有。」

他舉起杯，以茶代酒遙敬海灣，一口飲盡後別有深意地凝視如初，悠然又說：「跟周圍的人不同，一開始很令我痛苦。」

蕭練也講過類似的話，但姜尋顯然話中有話，如初忽地有些害怕。她怔怔地看著他，問：「你想告訴我什麼？直接說，好不好？我現在腦子很鈍，轉不動。」

「我要告訴妳的是，永生並不美好。」姜尋頓了頓，有些不忍地注視著她迅速變蒼白的臉色，又說：「年復一年，看著周遭事物不斷改變，世代更迭，唯有自身不變，我會怕。如果發生在妳身上，妳也會怕。」

「那種恐懼會壓垮一個人，讓人變得面目全非。我們之中有許多原本可以存活的，在緊要關頭卻選擇放棄生命，在我看來大半是因爲受不了這種壓力。而倖存者如我、如蕭練，外表雖然青春不老，內心卻早已千瘡百孔。」

「……這才是你帶我出來，想告訴我的？」如初耳語似地問：「你不希望我跟蕭練結契，你不希望我變成那樣？」

「我希望妳快樂。」姜尋將一雙大手覆蓋在她手背上，安詳地如此說。

「我知道，我知道……」如初無意識摸著嘴角上的傷口，喃喃說：「我其實沒想那麼遠。之前在山上聽到蕭練說想跟我結契的時候，我剛聽到簡直氣昏頭了……很奇怪對不對？他冒著生命危險，想讓我變得不老不死，我居然還生他的氣？」

「妳不貪心，這很難得。」

「才不是，我很貪心的！」如初猛搖頭，長長吐出一口氣，又說：「後來我在車上才慢慢想通。先不管他可能會消失，那讓我無論如何都不會答應他去試。可是即使結契不危險，即使成功之後他還是會好好的，我需要放棄什麼？」

「相當多。」姜尋淡淡地回應，目光飄向正在上樓的客人。

如初完全沒注意到他的分心，繼續說：「我需要跟你們一樣，每隔一二十年換個地方住。家人、親戚、朋友，統統都不能往來，搞不好連修復師都當不成——如果我不再是人的話，傳承還會讓我進去嗎？」

眼眶又開始發紅，如初大口深呼吸，死命忍住快要掉落的淚珠，緊緊抓著衣袖說：「我要放棄我整個人生啊！雖然對你們來說，幾十年人類的生命歷程也許沒什麼了不起，可是那是我的全部！然後蕭練他、他不懂……」

「現在懂了。」姜尋接口。

剛上樓的客人雙手插在褲子口袋裡，慢慢走到他們桌前，如初仰起頭，看著一滴淚自蕭練眼角落下……

這是第一次，她見他落淚。

「我只要妳留在我身邊，我不要懂。」他啞著嗓子對她說。

那滴淚滴在桌面，濺起一小朵幾乎看不見的水花。姜尋站起身，聳聳肩說：「自從踏進這條街起，我就感覺自己很多餘。」

無人應答，蕭練與如初依舊怔怔地凝視彼此。

姜尋於是加一句：「我先走了，掰。」

他瀟灑地跨出座位，大步走下樓。蕭練站在原地不動，伸手拉住如初。如初低下頭用袖子抹去眼淚，忽地看到他的手，於是問：「你怎麼開始戴手套了？」

他戴了一副全黑的毛線無指手套，摸起來毛茸茸地很舒服，卻一點都不帥，跟他的風格也不怎麼搭。

「這樣冬天碰妳妳才不會冷。」他低聲回：「我一直在學，別放棄我。」

「我沒有，我不會……」

說不下去了，如初撲到蕭練身上，緊緊抱住他的腰。

蕭練抱住她坐進她身旁的位子，一隻手輕輕撫上她的頭髮，慢慢地說：「妳知道嗎？妳不敢想未來，我也不敢。這是我此生第一次愛上一個人，也是唯一一次。我知道結契的風險，但是，就算不成功，如果、如果能讓妳永遠活下去，做妳手中的劍，於我而言，也很滿足了……」

「到那時候我該怎麼辦？」如初把臉埋在他的懷裡如此問。

她的問話尖銳，聲音卻是溫柔的，蕭練苦笑一聲，說：「我會恨死我自己。」

「你看吧，無解。」她抬起頭，滿臉淚痕。

蕭練忍不住輕輕吻去她眼角下的淚珠，問：「原諒我了？」

「沒有真的怪過，但你也答應我，不要再花時間去找結契的辦法了，好不好？」

「……好。」

「你騙我的？」

「是。」

這麼誠實真讓人無力，如初坐直了，想了想，問蕭練：「等一下，如果我不配合，即使你找到了方法也沒用，對不對？」

蕭練不說話了，如初點點頭：「那就這樣，一言爲定——你找你的，我絕不合作。」

「但，也還是有機會，我們可以永遠、永遠在一起……」

最後一個字，蕭練沒能說出口，因爲如初用手摀住他的嘴，看進他的眼底，說：「關於應如初這個人，有三件事你一定要知道。第一，我愛你。第二，我不會因爲愛你而放棄當一個修復師。第三，關於愛情，我不要永遠，只要珍惜。」

蕭練的喉結上下動了動，貌似想要開口。但如初不肯鬆手。她用食指輕輕撫過他的嘴脣，繼續說：「所以我很掙扎，既希望我死了之後你能夠記得我，又希望你徹底把我忘記。」

「我不可能忘了妳。」他一把握住她的手，聲音低沉堅定。

如初舉起另一隻手，摸摸蕭練的臉，說：「那就這樣，我死以後的事情，讓時間來決定。」

他伸手抓住她的另一隻手，握得死緊。如初任憑蕭練出力，不喊痛，凝聚在他眼底的視線也未曾稍離。

過了許久，他慢慢鬆開手，啞著嗓子說：「好，可我也有一點要求。」

「什麼呢？」她輕聲問。

「二十年不夠。」輪到他看進她的眼底，說：「彼此珍惜，直到死亡將我們分離。」

如初小聲抽了口氣，眼前瞬間出現她白髮蒼蒼，與俊美無儔的蕭練並肩站立的畫面。

這太難了。她剛要搖頭，又聽他說：「我沒有陪伴人老去的經驗，但在想像裡，專注地看著妳，看時間在妳身上留下印記，到了眞正需要放手的那一天，也許、也許我不會留下遺憾，妳也不會……」

蕭綀說得對。隨著時間過去，愛情會變淡，爲了他好，她應該要努力撐下去，撐到他厭倦她的那一天……

或者眞的有機會，撐到她離開這個人間。

如初用力點頭，答：「好，一言爲定。」

直到死亡將我們分離。

20. 控制

他們就這樣握著手，默默坐在一起，時間的流速忽然失去意義，風聲、人聲，海潮拍岸的聲音，都從耳畔遠離。

將如初喚回現實的是年輕的女服務生，她拎著一壺熱水走過來，客氣地詢問是否需要回沖，同時以更加客氣的態度告知他們，本店對每位進來的客人，都有最低消費要求……

「對耶，你什麼都還沒點。」如初抽抽鼻子對蕭練這麼說，然後翻開擱在桌面上用竹子做成的餐單，推到他桌前。

服務生加了水便離開，從頭到尾沒多看蕭練一眼，倒是臨走前不忘記遞給如初一份濕紙巾，示意她可以擦擦臉。

這個女生太可愛，如初捧起再度變熱的茶杯，感覺一顆心都被療癒了。她用濕紙巾擤擤鼻子後對蕭練說：「我餓了。一盤滷味，四個茶點，再加一壺熱茶，下去櫃檯點，你買單。」

她說話時還帶一點鼻音，半仰著頭，語氣帶著不自覺的嬌嗔與指使，像個被寵壞的小公主。

這樣子的如初很少見，蕭練嘴角不自覺漾起一絲笑意。他抓著餐單站起身，走出座位後又回過頭，對如初說：「我們下次可以一起去吃臭豆腐，還有米糕。」

果然，她跟姜尋談話時，蕭練就在附近，她以後一定要更堅信自己的第六感。

不過蕭練的態度相當認眞，如初決定給他一次機會，她問：「你吃過臭豆腐嗎？」

「一次。」蕭練轉著餐單，一臉無所謂地答：「吃起來臭，聞起來也像條臭水溝。」

他故意的！

如初指著樓梯說：「你給我下去點，菜沒上來你也不用回來，立刻！」

就在蕭練哈哈大笑拎著餐單走下樓時，姜尋已騎上機車，繼續他漫無目標的旅行，沿著濱海公路馳騁。

雖然明明印象裡他從沒來過這一帶，但眼前的景物卻越來越眼熟。他騎在一條C型彎道上，右手臨山左手面海。前方有一座高大的建築物依山勢而建，層層疊疊的磚牆上挖出一座座半圓型拱門，風格像是東方碉堡與西方神殿的混合體，蔓草叢生，顯然已廢棄多年。

眼前忽地閃過一幅畫面——建築物裡頭燈光通明，面黃肌瘦的工人推著推車進進出出，其中幾人居然還留著清朝的辮子頭。燈光倒映在藍黑色的海面上，形成一根根豎立的光柱。只要水波流動，光與影也跟著搖晃，伴隨天上銀河緩慢旋轉，剎那彷彿在此刻定格爲永恆，然物已換、星早移……

他來過此地？

眼前出現岔路口，姜尋略減速，遲疑片刻，驅車往右，離開了海岸線，往山裡越騎越深入。這條路一面盤旋環繞住山腰，另一面則緊鄰溪谷，不時出現連續蛇型彎路與各種大型迴轉。若在平日，他必然大呼過癮，但今晚，姜尋只悶著頭猛催油門，好不容易從速度感裡找回一絲舒暢，卻在迂迴曲折的彎道處，不經意瞧見陡峭山壁綿延而出的山稜線。

下一秒，一個男子的聲音跳進腦海。他說：「黃金十稜。再過去是煉銅廠。」

姜尋急踩煞車，像見了鬼似地瞪著那道山稜線。

沿途景色似曾相識，這沒什麼，他愛流浪，必然去過許多地方，此地不過是其中之一罷了。但剛剛跳進腦海的聲音，意義不同——那是王鉞的聲音。

就姜尋的印象，過去二十年他與王鉞只在某個酒會上有過一面之緣，話講不超過三句，爲什麼王鉞會跟他提起這座山，煉銅廠又是什麼？

腦子朦朦朧朧冒出一些記憶，姜尋瞥了一眼山角，神色頓時變冷——這塊區域在多年前的確有過一間銅礦冶煉廠，規模極大，全盛時期有近萬人在其間工作與生活。但廢棄已久，離這條公路不遠，座落在面海的山腰之上。

「傳承的真正目的從來不在於修復，而在於控制，這一點，你應當比我清楚。」

腦海中，王鉞淡漠的聲音再度響起。姜尋跨下機車，跳出公路護欄，信步走到山邊。前方岩石林立，姜尋仰頭衡量了一下距離，舉腳，一個用力，輕輕鬆鬆躍上山岩。虎翼刀化形的他，雖然不能飛，若論騰挪跳躍，卻強過蕭練。那是基本的人類武術功底，雖然腦子不記得了，但身體自有記憶——他練過，千百年來不曾間斷，天曉得為什麼……

最初，是誰教他的？

夜深後天氣轉晴，雲層都散去，天空露出一彎新月，清冷的銀白色月光灑落山間，映照出一個奔跑跳躍的身影。

跑了十幾分鐘之後，姜尋終於抵達了他所認定的目的地，一個距離海不遠的小山峰。

他站在山頂垂目往下望，之前騎車時位於前方如廢棄神殿般的高大建築物，如今就在眼下，這就是當年王鉞口中的煉銅廠，如今的十三層遺址。

巨大的廠房面向海灣。以他的視力，可以清楚看見廠房的牆壁已被經年累月的銅礦殘漬所覆蓋，呈現出黃褐色點點鏽斑。樓梯半毀，露出裡頭歪曲的鋼筋，然而高聳的白色梁柱依然屹立不搖地支撐住整座建築，景觀在壯闊中帶著蒼茫，猶如一個偉大的文明在崩毀之前，留給下一輪太平盛世的備忘錄。

腦海的聲音再度響起，與眼前的景色融合為一。

王鉞：「下定決心，早點動手，對她來說也是解脫。」

她是誰？如初？

不對，他與王鉞講話的時候，如初的爺爺恐怕都還沒生，他們在講一個更早以前的人，早到人類的文明興起之前，早到他對這個世界還沒有防備之前……

姜尋面無表情地垂眼往下看，在他身後，一株巨大的青銅樹幻影緩緩浮現。

21. 取捨

離開山城老街之後，如初就再也聯絡不上姜尋。

起初他只是訊息已讀不回，電話不接，沒過兩天手機也關機，徹底從人間蒸發。

如果姜尋是人類，如初一定會擔心，搞不好還會考慮報警。但縮小版的虎翼刀依舊平平安安躺在她的外套口袋裡充當鑰匙墜。人在臺北的時候，如初每天都會拿出來好幾次，確定沒有新傷光澤如常。等再度回到南部的家之後，她天天進不忘齋，第一件事總是把刀放大、磨刀，然後才打開筆電，跟秦觀潮視訊討論最新的修復計畫進度。

秦老師送給她兩塊古砥石，兩塊都是灰白色的底，一塊裡頭有黑色雲絮參雜其中，如初拿來試磨宵練劍，蕭練含蓄地表示欣賞。另一塊隱隱泛著銀紫色的光芒，如初第一次試磨虎翼刀，磨到最後刀身微微顫動，像是發出無聲的共鳴。

本體有狀況，姜尋必然能夠感受到，但他什麼也沒表示。磨完刀的那個下午，如初拿起手機，在訊息欄裡反反覆覆打出幾行字又刪掉，最後坐在不忘齋門口的臺階看夕陽西下，一個字也沒送出去。

姜尋他應該只是需要找個角落窩起來，獨處一陣子吧？

如初這麼告訴自己，然後設法忽視心中小小的不安，專心跟秦觀潮一起制定虎翼刀的修復計畫。

平靜的日子並未持續太久。三月中旬，外婆的心臟病無預警再度發作。如初陪著媽媽上臺北探視。病房裡大姨跟舅舅們依舊在冷戰，如初默默站在病床旁邊，盯著外婆露在被子外頭枯瘦的手臂，因為長時間吊點滴所以瘀青東一塊西一塊，慢慢感覺呼吸困難。

有一天，她也會變成這樣，躺在病床上。

她絕對相信蕭練會守住承諾，守在床旁邊。但到了那個時刻，她真的，還想被他守護嗎？

她會不會也只想獨處，毫不留戀地迎接死亡？

就在醫生前來巡視時，如初的手機鈴聲響起，將她從假想卻無法自拔的哀傷情境裡拉了出來。

她幾乎是連滾帶爬地跑到走廊，也不管那是一個陌生的號碼，便迅速接起電話。耳朵邊，一個帶著無比魅惑力的聲音響起，他問：「應如初小姐？」

「你是……」如初頓了頓，問：「姜尋他哥哥，姜拓？」

他的聲音太有特色，很容易辨識。

「是。」對方以冷靜的口吻說：「我收到杜長風給的資料，你們已經將虎翼刀上錯金紋的繩結文字全部解開，繪出可以旋轉觀看細節與構造的立體圖形了？」

「是的。」

雖然姜拓沒有對如初使用過異能，但自從知道他可以靠聲音操控人心之後，她對姜拓便存著一份提防，因此如初能少說話便少說話，盡量不表達自我。

姜拓也不跟她廢話，他直接問：「也就是說，你們現在可以依據這張圖，作爲修復錯金紋路時的參照嗎？」

「是的。」

「只要有材料，你們就可以立即進行修復？」

這個說法有點模糊，如初又答了一聲「是的」之後，忍不住問：「你們已經拿到跟虎翼刀同年代產的黃金了嗎？」

錯金紋上用的雖然是普通黃金，但隨著年代推進，黃金的提煉技術也大不相同，用現代的金箔只怕會產生風險。她跟秦觀潮翻了許多資料，最後在修復計畫書上建議使用同年代的材料來做修復，也就是說，夏朝產的黃金。

究竟要去哪裡找黃金，如初一點概念都沒有，姜拓也無意多解釋。他簡短地說了一句「那好」，便又將話題拉回來，說：「既然如此，那麼容我正式邀請妳來新加坡，商議下一步。」

「啊？」如初傻眼片刻，忍不住問：「新加坡？」

從來沒人告訴過她，這次要去新加坡做修復。

「當然，我們針對本體做修復，一定選在自己的地盤進行，杜長風沒告訴過妳？」姜拓反問。

幾個月前幫宵練劍移除禁制的手術，的確就是在老家進行。如初不太甘願地答了一句我知道，姜拓以冷淡的語氣又說：「當然，所有行程與住宿都由我方安排，酬勞另議，妳有任何特殊需求只管開口，我會盡量滿足……有嗎？」

應該要趁機提出一些要求來保護自己的，但要什麼呢？如初腦子一團亂，忍不住抬眼望向正朝她走過來的蕭練，下一秒，姜拓又開口說：「若妳不介意，請將電話轉給蕭練。」

他怎麼曉得蕭練就在她身邊？如初再度傻眼，她默默將手機遞到蕭練面前，木著一張臉說：「龍牙刀先生找你。」

蕭練接過手機，順口問：「妳怎麼知道姜拓不喜歡別人提他的刀號？」

如初搖頭，答：「我現在才知道。」

蕭練笑出聲，接起電話。但隨著姜拓的話語響起，蕭練的笑容漸漸消散。這通電話講得很快，沒幾分鐘，蕭練便掛了電話。

他眼底閃過一絲厭煩，將手機遞還給如初，說：「亞醜族收藏有當年的黃金，司少青指定今天晚上，單獨見妳。」

事情接二連三地來，讓如初十分不安，她帶著警覺問：「司少青又是誰？」

「我大嫂。」

「噢。」腦子有點轉不過來，如初眨了眨眼睛，慢慢地說：「就是你那個可以感知周遭生物情緒還對人類心理學有興趣的大嫂？她幹嘛見我？」

「我只有一個大嫂，大哥結婚離婚多次，對象都是司少青。」蕭練頓了頓，又解釋：「姜拓也不明白為什麼司少青要見妳，但這是亞醜族給出黃金的條件之一。」

「還有之二之三？」如初敏感地馬上追問。

「第二個條件是他們要跟我切磋一場，時間地點還沒決定。」蕭練頓了頓，又說：「姜拓說亞醜族總共開出三個條件，第三個還沒談妥。」

對於蕭練的武力值，如初很有信心，她沒追問關於切磋的細節，只拉拉他的衣袖，問：「你跟我一起去新加坡好不好？」

「當然，妳不答應我都要去。」蕭練反手握住她，如此回應。

這話有效地撫平如初不安的情緒，她想了想，又說：「好，我去見妳大嫂，不過我不保證會對她客客氣氣。」

這話頗具修復師的氣勢。蕭練微笑，答：「妳隨意，越不客氣越好。」

「殷組長不會有意見嗎？」如初好奇問。

「他有意見也是他的事。」蕭練頓了頓，看著如初慎重地說：「即使是我的家人，只要對妳造成威脅，妳都不需要客氣，儘管出手還擊。」

他的態度太嚴肅了，如初本想再問，手機忽地震動了幾下，她抽出手機，只見另一個陌生的號碼發來一道新訊息，指定時間地點，請她前往一敘。

署名：司少青。

司少青約好見面的地方是間明亮寬敞的瑜珈會館，從外面看上去一排落地窗，可以想像白天陽光灑落進室內，給人更加貼近自然的感覺。

不過現在接近晚上六點，太陽已經下山，街燈全亮，更襯托出室內昏暗。蕭練將車停在附近的路旁，憑空召出本體劍，遞給如初，說：「帶上。」

如初一愣，問：「她不是指定單獨見我嗎？」

蕭練揚眉，答：「我的意識還在人形裡，不算違約。」

原來蕭練也有狡猾算計的一面！如初猛點頭，蕭練又說：「司少青的異能在人越少的地方越能精準發揮，很顯然，她單獨見妳就爲了測知妳的情緒。」

「做什麼用？」如初問。

「她的心思我猜不透，妳別跟她處太久。」

如初答了聲好，緊握長劍走下車，小跑步奔過一排時尚精品店的櫥窗，來到會館門前。

她輕敲了兩下大門，裡頭隨即傳出一個性感而慵懶的聲音說：「進來呀，門沒關。」

如初試著一推，門果然開了。她踏進會館，只見挑高的天花板上垂下一排又一排寬而長的綢帶，地板上鋪有繪著各色補夢網的瑜珈墊，牆壁兩面米白，一面漆成了溫暖的橘色，上頭掛有抽象筆觸的野獸派畫作，裝潢隨意浪漫，一派波西米亞風格，完全無法令人聯想到幕後老闆是一把見血封喉的匕首。

房裡只開了兩盞小燈，沒見到半個人影，如初握緊長劍，提高聲音問：「有人在嗎？」

下一秒，一位留著大波浪捲長髮、穿著緊身衣的性感女子，單腳纏繞在一條綢帶上，自空中翻滾而下。

她的動作輕而快，猶如芭蕾舞者般優雅，墜落到如初面前時長長的雙腿劈開成一條直線，正好停在半空中。

動作雖難，她卻是一點都不費力似地，精準定位後還有閒情撩一下秀髮，才轉過頭，風情萬種地對如初說：「嗨，我是少青。」

「妳好，我是應如初……」

兩人距離不算遠，如初的視線正好對上少青傲人的胸部——她穿的不算露，然而身材火辣的美女根本不需要露，若隱若現反而更能令人心猿意馬。

如初雖然沒有綺念，卻也不由得雙頰微紅。她退後一步，露出一抹不知所措的笑容，少青緩緩將雙腿合攏，再一個翻滾落至地面。她瞄一眼如初手中的劍，眼波流動，吃吃地笑說：「小三？好久不見。」

宵練劍沒反應，這還是如初第一次聽其他人喊蕭練叫小三，她有點好奇如果少青當著蕭練的面這樣喊，他會是什麼反應？

然而現在顯然不該是任憑思維發散的時刻，如初於是收斂心神，板起臉問少青：「請問，妳找我有什麼事嗎？」

對方懶洋洋地對她送了個秋波，反問：「沒事就不能找妳了？」

這還是應如初此生第一次遇上女性對她拋媚眼，她呆了呆，還沒想出該如何回應，少青吃吃笑出聲，又說：「鬧妳的呢。姜尋錯金紋上用的黃金，我們有，問你們要拿什麼來換？」

回歸正題讓如初不知不覺鬆了口氣，她謹慎地答：「我只負責做修復，至於材料費這部分——」

「我們不缺錢。」少青打斷，用一種有趣的神情望著如初，又說：「怎麼，姜拓沒把他在我們這兒碰壁的消息讓你們知道？」

「……沒有。」

「他好壞，對不對？」

嬌媚地吐出這個問句之後，少青看著如初僵硬的模樣，揚起一串銀鈴般地笑聲。

她走上前，拍拍如初的臉頰，說：「小妹妹，我們不要錢。妳去打造一條禁制交過來，我們給你修復用的黃金。」

「禁制？」如初瞬間警覺起來。她瞪著少青：「你們要禁制幹嘛？」

「好玩呀，聽說還滿漂亮的。」少青答得一派自然，彷彿她真的只是要找一條禁制來玩。

宵練劍上的禁制絲帶，自從被她取下來之後就失靈了，從傳承裡的記錄推測，禁制專屬於打造禁制之人，其他傳承者可以破壞，卻無法收歸己用。打一條給司少青，應該還好吧？

如初正想答應，手中長劍忽地嗡了一聲，一抹劍光在劍身上游移流轉。少青瞥了劍一眼，又說：「喲，小三擔心妳了呢。」

她嘴上說得輕鬆，眼底卻失去了笑意，如初看看劍又瞧瞧少青，果斷答：「我回去找人討論一下，晚點答覆妳，再見。」

說完，她朝少青淺淺一鞠躬，便頭也不回地衝出瑜珈會館。

隨著如初又急又快的腳步聲逐漸遠離，司少青瞇了瞇眼睛，頭也不回地曼聲說：「很澄澈的一個人，心情像本書，攤開來隨便看……你究竟想知道什麼？」

隨著她的語聲落下，後方休息室的門打開，殷含光手持一只長條圓形卷筒緩步走出來，說：

「厭煩、惡意……她有沒有針對我們其中任何一個，散發任何負面情緒？」

「沒有。」

如初一走，少青便收起一身性感，氣場頓時轉成女王般高傲。她隨手扯過一條披肩裹住自己，轉向含光說：「她居然還挺喜歡我的，有趣，當然戒心頗重。講到姜拓的時候她有點生氣，不過搆不上惡意。離開前她有點緊張。至於你那個好三弟，他對我的厭惡還眞是千年不變，一點新意都沒有……好啦，說完了，可以給我看了吧？」

少青說完向含光伸出手，含光沉默片刻，打開卷筒，倒出一張素描遞了過去。少青展開紙，看了一眼後不解地說：「沒什麼特別的。鼎鼎就因爲這幅畫，跟杜哥吵得分道揚鑣？」

「鼎姐的預見之畫，從來都保證會發生，而且事關緊要。」含光冷著一張臉這麼回答。

少青將目光再度移到畫紙上。這是一幅簡單的鉛筆素描，畫著蕭練腳踏飛劍。他的身體傾斜，重心不穩，顯然即將要從劍上摔落，神色則十分凝重，眉眼之間散發著關切。

司少青再看兩眼，側頭問含光：「你什麼時候看過小三從他的劍上跌下來？」

「從來沒有過。」含光頓了頓，用毫無溫度的語氣說：「我更想知道，爲什麼老三快要從本體劍上摔下來了，如初居然笑得這麼開心？」

關於如初的那幅畫，夏鼎鼎交給了刑名，因此司少青也早在刑名的別墅裡看過。在見過如初本人之後，司少青完全不認爲畫中如初的笑容具備任何惡意或嘲弄——那是一個相當單純而且幸福的笑容，她在不少人類的臉上都看過。

當然，在眾人的圍攻之下還能笑得如此無憂無慮，的確怪異。但也只有這一點怪異而已，等等……

司少青眼波流轉，仰起頭問：「依你的說法，應如初是坐在她家修復室的電腦椅上，被你們圍攻？」

含光抿起嘴，心不甘情不願地點了點頭。司少青追問：「她好端端地坐在家中，你們成群結隊打上門，以多欺少？」

「事出必有因。」

「我看是你們腦子都有病。難怪小三看過畫後徹底站到如初那邊去。」司少青伸手，不客氣地問：「你的那張呢？」

殷含光沉默地從圓筒裡取出另一張素描，司少青仔細地看了好一會兒，忽地說：「你沒盡全力。」

含光一怔，脫口問：「妳怎麼曉得？」

「我們結婚那麼久，你奮力一搏時候臉上是什麼表情，我會不清楚？」少青將紙還給含光，哼了一聲，說：「這幾幅畫橫看豎看都有問題，我老早說過，預見絕不可以只憑畫面表像來解讀。」

含光皺起眉頭重新端詳鼎姐的畫，司少青目光閃了閃，冷不防問：「我們多久沒見了？」

「三年。」含光頓了頓，在少青流轉的目光下，不怎麼情願地補充：「又五個月零九天。」

「嗯，乖，記得眞清楚……」少青伸出食指，在含光的胸膛上畫了個圈圈，抿嘴一笑，再問：「今晚一起睡？」

就在含光與少青溝通上床問題的時候，如初已經抓著長劍，跑到路邊的轎車旁。

她氣喘吁吁地伸手拉開車門，蕭練果然坐在駕駛座上，正優哉游哉地扣襯衫的紐扣，模樣居然還頗性感——所以剛剛她感覺無誤，他跑回本體劍裡去了……

「爲什麼？」她不太好意思看，坐進副座後頭一直偏著，眼神也有些飄。

「有必要跟她扯那麼久？」他不慌不忙地反問。

「也沒有很久……你聽到她的條件了？」想到正事，如初猛抬頭，眼神瞬間變專注。

蕭練嗯了一聲，神情微冷，但沒否認，如初追問：「我想不出來她能拿禁制去做什麼，你想得出來嗎？」

蕭練搖頭。這問題其實根本無從想起，除了崔氏與如初，他還沒聽過有其他修復師能做出禁制，遑論給外人拿去使用。他本以爲司少青提出來的條件會更刁鑽些，沒想到如此容易應付。但話說回來，姜尋的記憶裡到底藏了些什麼？是否眞能提供進入傳承的線索，會不會導致情勢完全失控？

蕭練轉著念頭，如初則將頭靠在他肩膀上，喃喃說：「我想給，又有點怕。」

「怕什麼？」他問。

「怕後果。」如初說完，又補充：「無論是禁制被拿去亂用的後果，還是姜尋恢復記憶的後果……真奇怪，我剛回家的時候還想著再過二十年才幫他做修復，怎麼還不到兩個月，就要準備動手了呢？」

因爲許多股力量或明或暗匯集，推得妳不得不往前進。

而他，也是這些力量的其中之一。

蕭練的心底隱隱出現一股預感，說不上成敗，卻瀰漫著悲傷。活了這麼多年，他素來相信自己的直覺，但這還是頭一回，直覺浮現的是情緒，而非取捨。

也許，這一回，關鍵並非自己。

心思在瞬間變澄澈，蕭練側過臉，對如初微笑，輕聲說：「妳決定。」

說完，他踩下油門，將車子流暢地駛上街道。

22. 不該

三月底，刑名在別墅裡舉辦一場派對，請了弦樂與鋼琴手演奏。紅白混合的玫瑰花瓣一路從大廳撒到室外游泳池的水面，池畔用小巧的方格菱水晶杯裝上白蠟燭，一杯又一杯點亮了庭院，雖然賓客不多，奢靡豪華的氛圍卻一絲不減。

祝九身穿一件深緋色線衫，下著卡其褲配亮棕色高筒皮鞋，端了一杯血紅色的葡萄酒，優游自在地走向演奏臺上的樂隊，請他們更換曲目，演奏爵士版的韋瓦第四季協奏曲。

他的態度在彬彬有禮中隱含著不可違背的貴族氣勢，因此雖然沒有表明身分，樂手們卻毫不猶豫地照辦，客廳裡頓時響起如春天降臨般的樂音。祝九滿意地轉身，正要走回角落，忽然間，一名身著絳紫色蘇繡旗袍的女子跌跌撞撞自通道內跑了出來，撞了他一下後，直直衝到長條桌前。

女子雙手扶在桌子上，像離了水的魚一般大口喘著氣，過了一會兒，她拿起一杯酒仰頭喝了一大口，情緒似乎得到了紓解，不再一副瀕臨崩潰的模樣。祝九瞄了一眼便收回目光，走到燈光最暗的角落沙發處落坐。熟料女子又拿起一杯酒，滿場環視一圈之後，竟毫不猶豫地朝他走過來。

她腳下穿著一雙細跟的高跟鞋，走路的身段娉婷裊娜，顯然受過訓練。這個女人的自我控制力極強，剛剛不曉得是碰到什麼事，才會如此失態？

祝九一邊在心裡猜測，一邊欣賞女子身上的旗袍。這件旗袍的造型十分現代，但上面的刺繡精緻古雅，從絲線的褪色程度判斷，顯然是由百多年前的舊衣改造而成，而且改得恰到好處，既留住了無限思量，卻並未彰顯悵惘。

因爲欣賞這件旗袍的緣故，祝九決定對這名陌生女子寬容些。他彬彬有禮地向對方舉杯致意，率先開口：「晚上好。」

楊娟娟走到他面前一公尺處站定，怔怔地看住他片刻，突兀地說：「你跟他們不太像。」

今晚的賓客雖然來來去去，但總共不超過二十個，其中只有七八個人類。他們雖然衣冠堂皇，身體裡卻幾乎都藏了一條小金蛇，只有這名向祝九走過來的女子例外，她全身上下乾乾淨淨，沒有一絲被控制的跡象。

祝九在片刻間腦子已經轉了好幾圈，臉上卻不顯露任何情緒，只微笑，反問：「他們是誰？誰是他們？」

「長得像人卻不是人的東西。」楊娟娟發洩似地說出這一句，仰頭灌下小半杯酒，朝他一揚杯，說：「失禮。」

她的語氣連半分歉意都沒有。不過祝九也不氣惱，他把視線落在楊娟娟的旗袍上，問：「髒了，不心疼？」

她兩次喝酒都太急，濺出好些在胸口上。

「總歸是要弄髒的。」楊娟娟說完，盯著祝九又說：「你們究竟要什麼？長生不老、青春永駐、富可敵國……你們不都有了，還嫌不夠？」

她的語調充滿恨意。祝九的視線掃過四周，今晚來的人非富即貴，平日在外頭即使做不到一呼百諾，想來也都趾高氣昂。然而在這間客廳裡，他們卻都像是背脊骨突然少了一截，姿態謙卑，言語小心翼翼，眼神則透露出一股貪婪，男人期待痼疾得治，女人期待重返青春，但他眼前的這個女人腰是直的，眼神則清明到接近瘋狂……

「不夠。」祝九淡淡地開口回應，帶著興味繼續觀察楊娟娟。

刑名在用異能操控人的同時，的確也可以激發出人的潛能。她如今找到方法，讓人在被植入了小金蛇之後不再被吸乾精力，反而短期間還變得容光煥發。在亞醜族長的操作之下，短短數個月便弄到了好些人心甘情願為奴，貢獻出自己在人群中的勢力與財產。

是的，從外人的眼裡看起來，他們這些長得像人卻不是人的東西，的確高高在上，擁有一切……

「你還要什麼？」楊娟娟收起之前的激動神色，審慎地看著祝九。

「眞相。」祝九緩緩吐出兩個字。

這個答案令楊娟娟一愣，她忍不住問：「什麼事情的眞相？」

「從何處來，將往何處去。」祝九坦然地注視著她，解釋：「桎梏在我們身上的枷鎖究竟是什麼？倘若無法掙脫，最起碼，我需要知道眞相。」

這幾句話所蘊藏的訊息量頗大。楊娟娟睫毛輕顫，喃喃問：「枷鎖？」

「是。」

「弱點的意思嗎？」

她問得又輕又急，渴望之情溢於言表。祝九唔了一聲，含糊答：「枷鎖不等於弱點，但弱點卻一定足以構成枷鎖。」

「裡面那個蛇女也有弱點？」楊娟娟再問。

蛇女？

祝九立刻連想到刑名的本體，萬蛇窟似的大鼎。他嘴角掠過一縷笑意，淡淡說：「我們的生命，在本質上都很類似。」

「她是你朋友？」

「不是。」

「那如果我幫你，你能不能幫我？」

「條件對得上，可以考慮……有人來找妳了。」

楊娟娟回過頭，看到葉云謙自客廳另一端急急朝她走過來。

她嘴角微上揚，扯出一抹恍惚的笑，偏過頭輕聲問：「他還能算是人嗎？」

「他是否身爲同類，得由妳來判定。」祝九禮貌地回答。

「……難爲他了。」楊娟娟低下頭這麼說，同時撥了撥秀髮。

當楊娟娟再度揚起頭時，臉上已經掛好一副典型社交場合的虛僞有禮面具。她將酒杯放到祝九身旁的矮几上，對祝九頷首致意，說：「打擾了。」

「娟娟。」葉云謙衝到她身旁，抓著她的胳臂說：「我到處找不到妳……這位是？」

「祝九。」祝九十指交叉，安坐在沙發上，對葉云謙說：「這位女士剛剛差點跌倒。」

「然後這位先生並沒有要扶我或是讓出座位的意思。」楊娟娟看都不看祝九一眼，衝著葉云謙甜笑著說：「人在屋簷下，不得不低頭，對不對？」

葉云謙眼中原本的疑惑頓時被憂慮取代。他摟住楊娟娟的腰，對祝九匆匆說了句「失禮，她喝多了」，便扶著楊娟娟準備離去。楊娟娟撩了一下秀髮，回頭對祝九用口型無聲說出「再聯絡」三個字，然後便順從地靠在葉云謙身上，跟著走了出去。

等葉云謙與楊娟娟完全踏出別墅之後，祝九才伸出手，拿起楊娟娟留下來的酒杯。杯子裡的酒還有五分滿，裡頭泡著一個金勾連著一只黑色的小水晶柱，載浮載沉。那是楊娟娟的一只耳墜，她在離開前，摘下了丟在酒杯裡頭。

水晶柱裡影影綽綽，透出點點金光，祝九運用異能往內看，只見一條小金蛇被人不知道用什麼方法困在其中。蛇身僵硬不動，但兩隻寶石紅的眼睛卻閃爍不定，顯然還殘存一絲生氣。

像即將溺斃之人抓住一根浮木似地，她將手上最要緊的東西給了他？

刑名能感知到這條金蛇嗎？

祝九垂目注視這只耳墜片刻，舉起杯，一口飲盡整杯酒。

當他將杯子重新放回桌上時，裡頭已全空。

離開別墅後，葉云謙先扶著楊娟娟上車，接著自己也坐上駕駛座，發動引擎加速離去。

楊娟娟額角抵著玻璃窗，臉色蒼白，呼吸急促，但葉云謙卻沒有停車的意思，他一口氣開了好幾公里之後，才開口問她：「妳怎麼樣，要不要我停車讓妳緩緩。」

「不用……我開點窗透透氣。」

楊娟娟說著打開了窗，大口深呼吸。葉云謙又開了一小段路，忍不住問：「剛剛跟妳講話那個是誰？長得很不錯。」

「一把刀？一把劍？還是一把斧頭？天曉得，他們皮相都好，怎麼，吃醋了？」

她那輕蔑的語氣消除了葉云謙最後一絲不安，他摸摸她的臉，說：「害妳難受了。再忍忍，我們就快翻身了。」

「我們還能翻身？」楊娟娟輕輕揮開他的手，恨聲說：「你聽見刑名提到鄒因的時候怎麼說——實驗失敗。好像我們全是實驗室裡的白老鼠，隨她高興抓一隻就可以來解剖！」

「我聽到……妳太衝動。」

對上楊娟娟憤怒的眼神，葉云謙苦笑一下，放緩語速解釋：「他們今晚跟我講了很多，我現在可以肯定，他們完全誤解了結契的意義。妳看，人類創造出來的東西終究沒辦法超越人類——」

「那又怎麼樣？」楊娟娟不耐煩地打斷他，說：「不管他們笨到什麼程度，時間永遠站在他們那邊。」

「未必。」

「什麼意思？」

眼前正好輪到紅燈，葉云謙踩下煞車，直視前方，堅定地開口：「等一起進入傳承之後，他們未必占優勢。」

「你要跟那些東西一起進入傳承？」楊娟娟猛地扭過頭，以不可思議的眼神看向他。

「不是我，是我們。」葉云謙轉頭，眼神流露出志在必得：「進去之後，我跟刑名結契，妳和那柄叫王鉞的斧頭結契——」

「我才不要！」楊娟娟高聲再度打斷他。

綠燈亮起，葉云謙卻沒動。他伸手緊握住楊娟娟說：「娟娟，聽我說。只有這樣，才能保證我們兩個一起不老不死。」

「我不要跟那些個東西綑綁在一起，死都不要。」她肆無忌憚地瞪著他。

「結契只是第一步。等回到人間，我們就用禁制鎖上刑名跟王鉞，到那時候只要留他們一條命，妳愛怎麼報復就怎麼報復，運用得宜的話我們能一步步控制更多化形成人的古物……」

叭！叭！叭！叭！後方車輛不耐煩地按了好幾下喇叭，打斷談話。

葉云謙踩下油門，車流重新開始移動，楊娟娟沉默片刻，嘟起嘴說：「雖然有點討厭，不過，好吧。」

她的聲音帶了點撒嬌，葉云謙嘴角才翹起一個弧度，就感覺頭被女人的尖指甲狠狠戳了一下。楊娟娟抓起他放在方向盤上的右手，狠狠咬了一口，說：「警告你，敢喜歡上那條女蛇，我咬死你！」

她眞用上蠻力，把他手背都給咬出血來，但葉云謙反而感到心安。他沒縮回手，反而握緊了楊娟娟，低聲說：「絕對不會。她再美，也不過是個物件而已。」

「你就不怕我看上那個王鉞？」楊娟娟撫摩著他的指尖，淡淡說：「他身材可好著，一身腱子肉。」

「妳這麼恨他們，我就怕妳一個控制不住，把他燉來吃了。」前方交通又出現混亂，葉云謙拍拍楊娟娟，順勢抽回手，放在方向盤上，正色說：「他們有他們的用途，再討厭，也得忍住。」

「小不忍則亂大謀，懂。」楊娟娟呼出一口氣，又問：「你們打算怎麼進入傳承？」

「理論上有兩三種方法，都可以進入傳承，他們還在嘗試。不過目前的結論傾向是，除非他們衰弱到接近長眠的地步，不然沒可能進得去。」葉云謙如此回答。

他的答覆顯然有些避重就輕，楊娟娟喃喃重複著「衰弱到接近長眠」這幾個字，往車窗呵了一口氣，窗玻璃上立刻蒙上一層白霧。她伸出食指，在霧上畫了一個圓圈，又問：「我們確定要跟他們一起進去？」

「當然。」

「危不危險？」

「不入虎穴，焉得虎子。」

「也對。」

她回答的語氣略帶遲疑，但在車窗倒映出來的模糊面孔上，有一雙極亮的眼睛，深褐色瞳孔底下像是有簇火燄已經點燃，蓄勢待發。

亞醜族族長與她聊天時，曾在不經意中提起——他們的生命不存在「死亡」這個概念，凡是毀損過重幾乎沒有可能再度化形成人的，統稱為「長眠」。

幾乎沒有可能？

那不夠，他們根本從頭到尾都不該擁有靈魂，不該化形成人，甚至連本體也不該出現在世間。

最適合這些東西的結局，是徹底消失。
這個結局，她樂意，用命來換。

23. 驟然

清明後，雨如煙，人間四月天。

時序走到四月，如初慢慢感覺到，從遞出辭呈的那一刻起，她所期待的寧靜祥和生活，終於可以成眞。

與司少青談過之後，她雖然給出允諾，卻未立刻動手製作禁制——倒並非刻意拖延，純粹只因爲匠人性格發作，期許自己慢慢來，與工作對話，在工作中累積點點滴滴，方寸內見天地。

之前兩次她製作禁制，都是爲了救人，也都承受著巨大的時間壓力，這次不一樣。雖然姜拓打了好幾通電話給她，如初還是不急著動手，她將所有在四方市添購的書籍，包括兩本傳承之書，以及秦觀潮送給她的筆記，一一放進不忘齋的書架上，然後靜下心，每天讀書、磨刀、磨劍，上網尋找出國進修的課程資料，在腦海中一遍又一遍勾勒禁制眞正的樣貌……

不、不應該叫做禁制，她眞正想做的，是一道羈絆，無聲無形，纏綿在人與物之間，可以互相救贖，也可以拖著對方沉淪至暗無天日的深淵……

這份心思並不全然光明磊落，如初也沒對任何人提起。只有當獨自一人坐在不忘齋的電腦椅上，拿著秦老師送的磨石，或是爸爸給她的自製小工具時，關於羈絆的想法才會浮上心間，像遙遠的星辰，明明暗暗，閃爍在黑夜。

外婆的病情一直沒有起色，媽媽留在北部的日子變多，爸爸也不時北上，家裡往往只有如初一個人，伴著瘦骨嶙峋的老黃貓。含光與蕭練在春節假期過後相繼回到四方市，如初只粗略知道含光回去之後接替了杜長風的職務，一肩挑起管理雨令整間公司的責任，卻沒想到，蕭練在回去過了一段時間之後，竟遞上辭呈，再一次離開雨令……

「你在哪裡？」當如初收到蕭練辭職的訊息時，著實吃了一驚。她立刻打他的手機，接通後直接問。

「高鐵。準確來說，去妳家的路上。」蕭練頓了頓，用爽朗的語氣繼續說：「我剛才算了算，發現這輩子無業的時間比有工作的時間要來得多很多，妳還願意嫁給我嗎？」

「當然願意。」如初不假思索回答後，發現自己又被帶離題，馬上急著問：「你怎麼突然辭職？爲什麼想到要過來？」

「不是突然。移除禁制之前就說好的，之後無論妳去哪裡，我都陪妳。」

「噢。」如初握著手機，被突如其來的幸福感沖暈了頭。

然後又聽蕭練說：「不過我還是找到了份工作，在妳的母校當古青銅器鑑定課程的講師……準備下車了，待會兒見。」

蕭練的到來，就某個層面來說，讓如初心中的那道「羈絆」，從無形化做有形。

他抵達的第二天，如初坐在不忘齋裡，面對熟悉到不能再熟悉的工具牆，輕輕呼出一口氣，轉頭告訴蕭練：「我準備好了。」

蕭練坐在應錚平常坐的位子上，問：「我在這裡會吵到妳工作嗎？」

「不會。」如初脫口而出後頓了頓，補充：「會的話我就把你趕出去。」

「那好。」蕭練也微笑，說：「我隨時準備被掃地出門。」

事實證明蕭練若想要隱匿自己，可以做到無聲無息。如初幾次都工作到根本忘了他在場，抬起頭來才猛然驚覺，問他什麼時候進來的，得到的答案永遠是：「我沒離開過。」

就這樣，她埋頭工作十來天，成功拉出一條又一條可供編織禁制的細金絲。

這已經是如初第三次制作禁制了，按理工序即使稱不上駕輕就熟，也應該不陌生。然而面對滿滿一盒的細金絲，她卻罕見地猶豫了。接下來，她花了足足三天時間，每天在不忘齋東試西試，卻毫無進度。

蕭練認眞做到了只陪伴、不詢問，第四天是週日，如初一大早起來，便拉著蕭練到市場旁邊吃傳統早餐。如初原本走在路上便有些心不在焉，當燒餅油條上桌時，她忽地站起來，轉身就往門外衝……

她一路奔回不忘齋，拉開門時用宣誓般的語氣對蕭練說：「我要做個實驗。」

雖然速度相同，但蕭練一路走來氣定神閒，聽了如初的話之後他狐疑地問：「什麼實驗？」

如初坐進工作桌前，拉開抽屜找出一把小剪刀放在桌面，仰起頭對他說：「借我你的本體劍。」

蕭練臉色微變，又問：「妳不會是——」

「對，決定了，我要試試看。」如初打斷他，拉開抽屜，將兩本傳承之書拿出來，又說：「干將跟莫邪的傳說一直有兩個版本，一個用頭髮爲祭，另一個以身殉爐。我做第一個的加強版，啊，等一下……」

她突然有了靈感，眼神一亮，望著蕭練說：「你來幫我？」

「出劍。」

「什麼？」

「沒什麼難的呀。」如初輕聲嚷：「幫我斷髮，等我編好禁制，掌心畫一道口，以血釁金。」

「妳要我對妳出劍？」蕭練氣急了，連聲音都不自覺拉高。

如初用力點頭，迎向他的視線，說：「我相信你。」

「這不是相不相信的問題。」蕭練按下胸腔越燒越高的怒火，沉聲問：「初初，爲了幫姜尋找回記憶，妳需要做到這種程度？」

如初還沉浸在剛剛抓到的靈感之中，絲毫沒有察覺到蕭練已經瀕臨極限。她繼續張著亮晶晶的大眼睛對他解釋：「我一直在想，應該可以找到方法，讓禁制變成一種雙方同意才能生效的契約……我也不太會講，不過這不光是爲姜尋，我也想保護你。」

「妳還能保護我？」蕭練氣得冷笑：「既然不要結契，爲了我，妳根本從頭到尾都不該接這份工作。」

「不是這樣的……」如初還沒脫離自己的思緒，她睫毛輕輕顫動，望著他又說：「我想跟你在一起，那不等於我無論做什麼事，都只想到我跟你。」

她的語氣堅決，神情卻帶上少見的祈求之色，蕭練深吸一口氣，神色冷峻地點頭，說：「好。」

劍光微動，快到她還來不及眨眼睛，一根半長的黑髮悠悠蕩蕩，飄落到桌面。

「傷妳，我辦不到，要見血自己動手。」

說完這句話，他放下長劍，頭也不回地轉身，拉開門離去。

這還是蕭練擺脫禁制清醒過來之後，第一次對她發脾氣，雖然他控制得很好，但如初還是感覺得出來——他眞的生氣了。

在第一時間，如初猛地站起身，就要衝出去解釋，然而她才跨出一步，忽地感到冰涼的氣流在指尖打轉……

劍氣？

她見過很多次，卻還是第一次感受到劍氣在體內盤旋。彷彿藉著那一劍，她跟宵練劍產生了直接聯繫。

不是化形成人的蕭練，而是他的本體，擁有劍魂的宵練劍。

這種感覺十分微妙，如初怔了片刻，坐回椅子上。腦子還在猶豫，身體卻像是知道該做什麼似地，手自動伸了出去，打開密封盒中取出一根金絲，然後再拿起剛剛被劍削斷的頭髮，將兩條粗細差不多、材質卻截然不同的線並排，用食指與拇指搓線似地慢慢捻轉著，扭做一股。

隨著她的動作，劍氣一縷縷自指尖釋出，穿梭在黑髮與金絲之間，將兩條線不斷串連，一條有著類似雙股螺旋的雙色線逐漸成型。

在外人眼中，這不過是一股金線與黑髮交纏而成的雙色線，但在如初眼底，這兩條正在旋轉的線彼此之間以劍氣建構出一個不斷延伸的結構，猶如攜帶遺傳信息的DNA，複雜而神祕。

她伸手取過另一條金線，然後再一條、再一條，重重疊疊將最初的那股雙色線包裹在其間，如同套上一層又一層的保護，直到外表再也看不出任何髮絲的痕跡。

這種編織方式與崔氏的那條禁制截然不同，如初也並未進入傳承，只憑直覺行動。她甚至於沒有停下來思考，任憑雙手穿梭編織，彷彿身體自有記憶，每一道扭轉，都代表了命運裡的重大改變，一旦做出抉擇，便再也無法回頭。

就在如初忙著編織時，不忘齋門口地板上她的背包內袋裡頭，那片被她自保險箱裡取出來的青銅葉片，忽地閃過一絲金光。

她的動作乍看之下不快，但自有一股奇異的韻律，節奏分明，一分一秒都在累積。兩個多小時後，當已平息下胸中怒火的蕭練因爲擔心而折返，才推門進入不忘齋，看到的便是如初用右手拇指壓住左手掌心上的傷口，怔怔地望著擱在桌面上，兩條泛著瑩瑩群青色光暈的金織絲帶。

這還是蕭練第一次在有意識的情況下近距離觀察禁制。但他只冷淡地瞥了一眼，便繞過桌子走到如初身旁，執起她的左手。

如初默默攤開左手，掌心的傷痕早已密合，只留下一條淺到幾乎看不見的肉色疤痕。

「兵不血刃。」她對他眨眨眼睛，撒嬌地補充說：「名不虛傳唷。」

「用來傷自己的未婚妻？」蕭練毫不留情地反駁：「我寧可斷刃。」

他還在生氣。如初縮縮脖子，沒反駁，伸手拎起一條金絲帶拿到眼前，在空中晃了晃。

淡淡青光伴隨著耀目的金光在空中畫出一道長弧，蕭練凝視著金絲帶片刻，神色逐漸從不悅轉成不解，他問：「這就是禁制？我沒感覺到任何威脅。」

「是禁制，不過，跟之前我做的都不一樣……」太難解釋了。如初頓了頓，看看禁制又瞧瞧蕭練，說：「有點像我們第一次在餐廳遇見時，你眼睛的顏色。」

她的語氣竟帶有一絲懷念，蕭練忍不住搖頭，無可奈何地說：「失控的顏色。」

「失控的你也還是你呀……」

如初一邊這麼說著，一邊睜大一雙水汪汪的眼睛，巴巴地看著他。隨著她的語音漸漸消散在空中，蕭練終於沒了脾氣。

他苦笑，伸出手揉了揉如初的頭髮，問：「爲什麼編兩條？」

「不知道耶，等做完才發現多做了一條。」

這個答案有點怪。蕭練皺了皺眉，正要開口，一眼瞥見如初擱在桌面上的手機螢幕忽地亮起，於是拿起手機遞給她，問：「妳關了聲音？」

如初拿過手機，一邊接起一邊告訴蕭練：「我連震動都關了，不想被打擾……喂，媽咪，什麼事……啊，外婆過世了!?」

那天傍晚，當如初與蕭練匆匆趕到醫院時，外婆已經從急診室被推出來，臨時安置在一間空著的單人病房。

房間裡黑壓壓地擠滿了人，大姨、小姨、大舅、小舅，還有媽媽，外婆的五名親生子女，全都聚在一起。大家眼睛都是紅的，但只有大舅媽哭出聲，其他人圍著床，或竊竊私語，或神色木然——沒有人備受打擊。

這是一個可預見的情形，然而，當結局眞正來臨之際，情緒上的衝擊依然讓人難以承受。

如初走到媽媽身邊，不知所措地喊了一聲媽。她對如初點點頭，說：「來，跟外婆說再見。」

媽媽的聲音十分平靜，但如初卻在那一剎那傻住了。蕭練用手按住她的肩頭，沉穩地說：

「我陪妳。」

與死亡對視需要陪伴嗎？

如初慢慢地轉過頭，看到躺在床上的外婆。她的樣子跟如初記憶中的外婆並無太大不同，甚至於連氣色也並未灰敗。硬要比較的話，這可能是如初看到過最平靜的外婆——外公過世的時候，小舅還在念高中，外婆必須獨當一面，替尚未成年的孩子撐起一個家，也要當已成年但羽翼未豐的孩子們的後盾。剛開始自然吃過不少虧，時間一久，養成她凡事都有意見，愛指揮愛抱怨的脾氣。

如今，終於可以放下了……

眼淚潰堤而出，素來看她不順眼的三表哥默默將面紙盒遞了過來，如初拿起一張，又拿一張。蕭練放開了手，換媽媽抱住她，嗚咽了起來。

哭泣的時間並未持續太久，小舅媽帶著表妹們與葬儀社的人員趕來，大人們收住淚，開始討論後事。

出乎如初意料之外，兩位舅舅與大姨的意見大體來說尚稱一致，即使偶有不合，也能夠平心靜氣地討論，不再如之前那樣動不動就吵架。

先發訃聞，辦喪禮的時間可以另議，要簡單，但不能寒酸……工作有條不紊地一項一項分配下去，擅長美術的媽媽接下製作投影片的責任，會跟小阿姨一起挑選喪禮用的照片，學音樂的堂姐會幫忙配樂。

如初的淚早已收住，不知不覺中她跟著表妹表弟退到了牆旁邊，面面相覷。大舅媽注意到他們，居然按著小時候過年的習慣，要堂哥帶這群小的出去等，一直沒怎麼開口的爸爸這時候突然出聲，說：「讓他們先回去休息。」

「我不累。」如初茫然回應。

「妳禮拜一不用工作？」應錚問。

「工作」這兩字像通關密語一般，所有長輩都回過頭，吩咐自己的兒女先行離開。如初拉住媽媽的手，本來想講點什麼安慰的話，然而媽媽只拍了拍她的手，連看都沒看她一眼，便繼續跟小阿姨討論，該幫外婆挑哪套衣服，梳什麼樣的髮式……

當如初跟在大姨家的兩位表哥身後走出醫院時，天已經全黑了。

大家在醫院門口站了一會兒，東扯西拉幾句，才互相道別。交換的話語都相當實際，基本上繞著等下你要怎麼回家，我開車來需不需要送你一程之類打轉，沒有人要其他人節哀，只有小姨家的大女兒走出兩步後又折回來，告訴小舅的女兒說，她媽媽先前滷了一大鍋排骨，還有蛋、豆腐干跟海帶，要不要去她家拿，很下飯。

「好啊，那我坐妳的車去拿，再自己搭捷運回家，妳不要送。」念大學的表妹這麼回答。

日常到無聊的對話，如初呆呆地聽著，然後忽然想到，好像很久沒有聽到小姨跟小舅家的人對話了，久到她根本習以爲常，但在她很小很小的時候，所有表姐妹們不但可以玩在一起，還會一起抱怨外婆重男輕女……

死亡，將一切又帶回原點？

思緒在腦海此起彼落，如初牽著蕭練的手，沿著街道渾渾噩噩地往前走，走了不曉得多久，爲了閃避對面奔跑的小朋友，她猛地一側身，重心不穩之際被一雙大手摟住，才忽然意識到，整個下午，蕭練幾乎都沒開過口……

他如何看待生老病死？人們落淚，可以因爲歡樂，也可以因爲悲傷，還可以因爲害怕，以及更多更複雜的理由？

「蕭練。」她難得地喊他的名字，躊躇片刻，輕聲說：「我很難過，但沒有眞的到悲傷……」

「不需要有罪惡感。」蕭練完全聽懂了她沒說出口的心聲，他頓了頓又說：「逝者只是妳生活中的一部分，卻未成爲妳生命裡的一部分。只有當失去無可取代之物的時候，眞正的悲傷才會顯現。」

他的語氣帶上幾許自身經歷的感觸，比平日更有溫度。此刻他們正好站在一間充滿文青氣息的咖啡店前面，店門口擺滿大盆植物，蕭練一身休閒打扮，本來就讓他看上去又年輕了幾歲，用來製造效果的燈光灑在他身上，更將他照得像個大學生一樣，容顏雖美，卻並不失人間氣息。

他一手插在口袋裡，態度閒適，像是完全不受醫院那一幕所影響，卻也並不讓如初覺得冷血。

如初衝口而出：「你有點像我一個學長。」

「什麼？」蕭練難得地因爲驚訝而睜大眼睛。

「我以前的社團有個學長，主修物理，雙學位選了哲學系，講起話來通常沒人能聽得懂，但偶爾聽懂了，就會覺得還滿有道理的。你跟他其實完全不像，我也不知道我在講什麼……」講到這裡，如初忽地打住，仰起頭對蕭練說：「我喜歡你！」

她迅速停下，深深地喘了口氣，用在海上飄流多日後發現新大陸的眼神，既不可置信又充滿期盼地望著蕭練，慢慢地說：「我居然喜歡你耶……」

蕭練輕咳一聲，有點好笑地問：「以前不喜歡？」

「以前愛你。」如初伸出手，拉住他，說：「今天才發覺，已經喜歡上了你。」

喜歡跟愛有何不同？蕭練從來沒思考過，但他能夠感覺得出來，這對如初非常重要。雖然今天出門太趕，忘了帶手套，他還是回握住她的手，十指相扣，對她微笑：「我的榮幸。」

他頓了頓，忍不住問：「有什麼差別？」

「二十年跟一輩子的差別，忽然……可以想像跟你在一起一輩子了。」她嘆了一口氣，又喃喃說：「媽媽大概不喜歡外婆，但是很愛很愛外婆吧？」

兩只手機同時響起新訊息進入的鈴聲，兩人一前一後拿出手機，如初邊看邊告訴蕭練：「秦老師已經到新加坡了，姜拓又來問我們最快什麼時候可以過去……我要不要跟他講禁制絲帶已經做好了？」

到現在了，隱瞞毫無意義。蕭練唔了一聲，抬起頭對如初說：「妳跟姜拓講，我來聯絡亞醜族。」

如初瞧著他微冷的神色，問：「你不高興？」

「杜哥跟大哥也都在新加坡。」他頓了頓，正色對她說：「我不信任他們。」

24. 對立

外婆的喪禮訂在兩週後，如初於是決定先搭機前往新加坡，進行虎翼刀的修復工作，然後再回來參加喪禮。

一切都很順利，直到登機前半小時，蕭練在機場收到亞醜族族長司計霜的訊息，請他按照約定，帶著如初剛做好的禁制絲帶，於今晚到指定地點一敘。

他只答應與亞醜族派出的對手一戰，可沒答應隨傳隨到。蕭練於是當著如初的面，用兩個字回復司計霜：「不去。」

司計霜對蕭練的訊息已讀不回，十幾分鐘後，杜長風打給蕭練，劈頭就說：「我把本體運到新加坡了，就放在如初他們幫姜尋動手術的修復室門口。」

蕭練一怔。因爲狀況特殊的緣故，杜長風跟其他的化形者不同，他無法自由移動本體，需要用上人類的交通工具來搬運。上一次他移動本體，還是在數十年前，老家翻修重整完畢，杜長風將本體運回去，安置在大廳，便再也未曾移動過。如今居然爲了虎翼刀的修復特地運至新加坡……

姜尋的記憶裡，究竟藏了什麼？

蕭練還在思索，便聽杜長風用疲憊的語氣又說：「姜拓願意幫我們對付刑名。老三，你信我一次，去跟司計霜交手，讓如初單獨飛過來，我即使用上異能，也會護住如初。」

「……了解。」

蕭練掛了電話，轉向如初。她從口袋裡掏出一條禁制絲帶，遞上前，欲言又止片刻，吞吞吐吐地問：「漣、杜主任……也不可靠了嗎？」

「杜哥言出必行，幾千年了，我從沒見過他毀約，但是……」蕭練頓了頓，注視著如初，說：「保護好自己，必要的時候，用上另一條禁制。」

是夜，天空無星無月。

彷彿看不到盡頭的石階一路往山腰延伸，蕭練雙腳一前一後踩著長劍，跟在亞醜族族長司計霜身後，慢慢往上飛。

他飛得很低，宵練劍幾乎是擦著地面前行，他的神色則頗爲冷淡，帶著些許不耐煩，手腕上纏繞的禁制絲帶金光閃爍不定，與腳下呑吐的劍光相呼應，形成奇異的共鳴。

等他們行至遠遠可以瞧見聳立在神社遺址的坊門時，司計霜忽地一屁股坐在臺階上，仰頭對蕭練笑著說：「被禁制搞殘一千年，還敢再弄個修復師當老婆，你是眞沒心理陰影，還是另有圖謀？」

他一邊說一邊撥弄胸口襯衫上的一顆大衣扣，然而蕭練沒回應他的問題，只瞄了一眼不遠處一根根聳立在廢棄神社上的石柱，面無表情地問：「黃金呢？」

「地底下。」司計霜用毫無誠意的態度回答完，踢了一下地面又說：「這山底下被人挖滿了礦坑道，少說也有上百公里，聽說你上回破山壁救人，有沒有興趣鑽進去逛逛？」

這個吊兒郎當的回答，換來的反應是宵練劍立刻調轉一百八十度，載著蕭練往山下疾駛離去。而遠在新加坡酒店裡的如初與秦觀潮，看著筆電螢幕上蕭練的背影，兩人都一臉茫然……

「這樣子，亞醜族他們會不會反悔，不給我們黃金了？」如初有點緊張地轉頭問秦觀潮。

「我怎麼知道。」秦觀潮用下巴點了點斜倚在牆邊的姜拓，又說：「該緊張的在那邊。我只是搞不清楚，切磋武藝就切磋武藝，幹嘛規定我們看直播？」

「司計霜的要求。」姜拓站直身，走到兩人身後，看著螢幕上的蕭練，沉下臉又說：「亞醜一族，很難捉摸。」

想起之前見過的少青，如初頗有同感地點點頭，指著螢幕上滿身叮叮噹噹龐克造型的司計霜問：「他的本體是什麼啊？」

「砭鐮。」秦觀潮打了個呵欠，對如初解釋：「外型像支牛角，可以當手術刀，也能用來刮痧，放血，拍打……用途多元。」

「算兵器？」如初試圖分類。

「醫療器材。聽我師父說，當初鑄造這玩意兒的是個貴族，拿解剖人體當休閒娛樂。」秦觀潮解釋。

「他好倒楣喔，沒出世先遇上這種主人。」如初由衷地說。

秦觀潮奇怪地轉頭看她，正要開口，畫面突然出現變化——一波又一波雙眼無神的人手持利刃，像喪屍般從兩旁芒草叢裡走了出來，搖搖擺擺衝向蕭練。

如初的眼睛一直盯著螢幕不放，看到這幕她馬上轉向姜拓問：「蕭練會飛啊，這樣一點威脅都沒有。亞醜他們到底想幹嘛？」

彷彿回應她的話似地，司計霜慢吞吞地開口，解釋：「這些人都還有救，只要劃開皮膚挑出虺蛇就可以救人了，限時十分鐘，雙腳不准離地，加油。」

「不用管！那不是你的責任。」螢幕前的如初立刻嚷出聲，秦觀潮面沉如水，姜拓緊皺眉頭。

司計霜又撥了撥扣在胸前、被僞裝成鈕扣的微型夜間攝影機，面帶微笑地對著停在半空中、巍然不動的蕭練說：「你未婚妻正在看直播。噢，爲了讓螢幕前的觀眾更清楚知道可能會發生的後果，我會先找個人示範一下，來，一、二、三、卡。」

他舉起手，在空中一彈指，離蕭練最近的一個人以肉眼可見的速度迅速消瘦下去，兩頰緩緩凹陷，原本無神的雙眼布滿血絲。還不到一分鐘的時間，這個人的雙膝一軟，跪倒在地，緊接著瞳孔放大，就這麼無聲無息地死在草叢間。

最後幾秒的鏡頭是特寫，死者灰敗的五官清晰可見，如初用手摀住嘴，不讓自己驚叫出聲。是的，她依然認爲這不是蕭練的事，但她再也說不出口叫他快走、不用管……

這些人，還有救。

螢幕上，蕭練面無表情地步下長劍。他的左腳才剛踏在地面，捏了劍訣的右手一揮，利刃的破空聲響破雲霄，十多柄長劍形成劍陣將他圍在中央，而他左手也握住了漆黑如墨的本體：宵練劍。

周遭的氛圍頓時一變，以蕭練爲中心，一股肅殺之氣向四面八方漫延開來，就連因被植入虺蛇而失去意識的人都停下了腳步，彷彿恐懼什麼似地在原地搖晃著，嘴裡發出嗷嗷嗷如野獸般的低吼聲。

司計霜輕笑一聲，又打了個響指，漫不經心地說：「嚇人不算數，你得出手救人才行。」

隨著司計霜的彈指聲響，另一個人渾身抽搐地倒了下去。下一秒，蕭練的手再一揮，劍陣散開，十多柄長劍或高或低旋轉著飛到十來個人的的身後，劍尖朝後頸處刺下，準確命中目標，挑起一隻隻閃著耀眼金光的虺蛇。

獲救的人眼神在瞬間變清明，看到眼前的詭異情景，有的放聲尖叫，有的轉身就跑，當然更多人呆立在原處，被繼續湧出的人撲倒後一陣亂踩，隨即又死在血泊之中。

司計霜摘下鈕扣般的攝影機，向四周拍了一圈，淡淡說：「從今夜起，我們的存在，不再是祕密。」

加拿大最東邊的新斯科舍省，是全國第二小的省分，省會哈利法克斯僅有四十萬常駐居民，卻擁有長達四百公里鋸齒般綿延的海岸線。在市區近郊的青蛙池塘森林區外緣，有一棟百年歷史的老式獨棟住宅，就座落在距離海岸線不遠處。

房子雖老，卻保養得很好，周圍數公里外並無其他房舍。早春時節，紅雀在窗外的枝頭上跳躍，屋內的壁爐裡還燒著火，一名年約四十出頭的亞裔男子，穿了一件印有附近大學生物系系徽的T恤，悠閒地坐在餐桌旁敲打筆電。

敲門聲忽地響起，幾乎在同一時間，一個直播畫面跳了出來。男子皺了皺眉，起身打開門，只見承影靠在一臺推車把手上，對他舉起手，用英文對他說：「日安，軒轅大哥。」

軒轅定無言片刻，指著推車上一動也不動的青銅麒麟雕像問：「麟兮？」

青銅麒麟舉蹄吼了一聲，仰頭做出得意貌，軒轅定無語片刻，指著麟兮再問承影：「他怎麼上飛機的？」

「偽裝成現代雕塑check-in進貨艙。被困在老家近千年，總算能帶他出來逛逛。」承影以欣慰的語氣如此解釋。

「你能跟他溝通，叫他一路安安靜靜當個雕像？」軒轅定問。

承影點點頭，軒轅定問指著推車上的貓籠繼續問：「這位又是？」

「喬巴，一隻普通的肥貓而已。」

餐桌上的筆電忽地發出聲音，吸引了兩人一獸的注意，軒轅定扭回頭，看了一眼後神色大變，問：「那是蕭練？」

「他在幹嘛？」承影大步踏進客廳，盯著螢幕，問：「誰搞的直播，多少人會看到？」

「全世界的化形者。」軒轅定沉下臉：「不管是誰搞的，都把蕭練放到所有化形者的對立面了。」

「怎麼會變成這樣？」如初縮在大沙發椅上，只敢用眼角餘光不時瞄螢幕一眼，心慌得不知如何是好。

蕭練其實並無生命危險，但被限制住不能飛行，再加上需要分心指揮劍陣救人，讓他的防守不時出現漏洞。揮舞著利刃的人群逮到空檔便上前襲擊，雖然沒傷到蕭練，卻讓他的衣服變得破破爛爛，而隨著喪屍般的人群不斷增加，他閃躲的身影也越來越狼狽。

但如初擔心的不是這個——這場直播，會替蕭練帶來多少麻煩？

整件事根本與蕭練無關，依他的性格，原本連沾都不會沾。兵器的本性是殺戮，而非救贖，但他卻留了下來，違反本性，冒著曝露身分的危險，將人一個又一個自死亡邊緣拉回來。

而她、她甚至於沒有勇氣開口要他離開，不管他聽不聽得見。

生平頭一回，如初恨自己無能。

司計霜摘下鈕扣攝影機後沒多久，杜長風與殷含光便一前一後奔入修復室。杜長風拉著姜拓去一旁商議，含光則掏出手機，打了幾通電話後抬起頭，面色鐵青地說：「這是預謀。」

「廢話。」姜拓扭過頭，不耐煩地朝殷含光說：「弄清楚目的。還有，亞醜族幹嘛對付你們？說好的黃金到底給不給——」

他的聲音戛然而止，螢幕上，一柄大刀沿著階梯旋轉著飛了上來，只要遇到逃跑的人，刀柄便毫不客氣地從後方一敲，當場將人擊昏。

如初在前一刻已感受到口袋一輕，但當她看到虎翼刀旋轉著飛了回去，而蓬頭垢面的姜尋扛著大刀，延著階梯慢慢走上來時，她還是忍不住驚喜地跳了起來，衝到螢幕前興奮地說：「姜尋！」

而在事發現場，黃金神社的石階下方，蕭練揚眉問姜尋：「有事？」

「為了我弄出這麼大陣仗，我怎麼好意思缺席？」

姜尋輕描淡寫地答完，又揮出一刀，擊昏十來人，其餘受控的人群身形一頓，隨即兵分兩路，大半不受影響，依原定方向繼續朝蕭練直撲，另一小半揮舞著手上亂七八糟的武器朝姜尋撲過來。

「看起來，刑名認為我比你強。」

因為姜尋的加入，蕭練的負擔在瞬間減輕，他閃躲的身形頓時變得飄逸自如，也有了閒心說笑。

「得讓她瞧瞧，她錯得有多離譜。」

姜尋回答後，吸氣、一躍而起，騰空踢出好幾腿，迅速將環伺在他周圍的一圈人踢暈，同時間手起刀落，在那些人倒地之前，將十多條金色虺蛇一一挑出，斬成兩截。

「效率不錯。」蕭練一心三用。右手捏劍訣指揮劍陣，左手持本體劍禦敵，嘴上還不忘與姜尋討論戰術：「各顧各，分頭進行？」

「滾遠點，被刀砍到你自認倒楣，我恕不負責。」

「呵。」

隨著這一聲輕蔑的嘲笑，劍陣以蕭練爲中心縮小了一圈，光芒暴漲，同時出擊，轉瞬間將劍光籠罩範圍內的人後頸內的虺蛇悉數挑出，緊接著全部敲暈。

蕭練並不戀戰，如迅雷般出手後隨即自石階一躍而下，往廢棄的礦場奔去。

同一時間，姜尋先對司計霜勾勾手指，戲謔地拋出一句「來追我啊」，接著便邁開大步，足尖點在地表凹凸不平的岩石塊上，像小說裡身懷輕功的武林高手一般，蜻蜓點水似地也朝礦場旁邊的廢煙道急行。

直播畫面上，兩人的身影很快便消失在荒煙蔓草之中。司計霜也不生氣，他將鏡頭擺在與人同高的石燈籠上，對著鏡頭一傾身，說了句「謝謝收看」，螢幕便轉爲全黑，直播結束。

在新加坡的酒店內，杜長風轉向姜拓，淡淡說：「沒想到，我們也有綁在同一條船上的一天。」

姜拓冷著臉轉向含光，問：「亞醜族是怎麼回事，出爾反爾，跟刑名聯手了？」

「少青手機關機，我去找她。」

含光說著便步出房間，然而他拉開門，卻見到秦觀潮手捧著一個已經被打開過的快遞紙盒，神色複雜地站在門外。

「老師……你什麼時候出去的？」如初第一個衝到門口問。

「剛剛，我下樓透口氣，跟妳說了妳沒聽見？」秦觀潮一邊反問，一邊將紙盒遞給如初。

如初搖頭，默默接過紙盒。打從姜尋現身之後，她的視線便牢牢被黏在螢幕上，不曾稍離。直到蕭練與姜尋分別退場，她才鬆了一口氣，人卻還是怔怔的，緊張只從表面消退，卻以一種更深的憂慮，駐紮進心底。

明眼人都能看得出來，亂源在刑名身上。但蕭練等於也公開宣告，爲了她，他不惜與全世界爲敵。

不感到甜蜜是不可能的，但、未來的路，也從原本以爲的玫瑰小徑，成了荊棘難行。

因爲太沉浸在自己的心情裡，從頭到尾她都沒注意到秦觀潮離開了。如初壓下心頭泉湧而出的不安，掂了掂紙盒再問：「這是什麼？」

「黃金。修復虎翼刀錯金紋用的，我才出門就有人塞給我……」秦觀潮說著，將視線移到桌上的筆電螢幕，怔了怔，問：「直播呢？」

「結束了。」杜長風回答。

「結果怎麼樣？」秦觀潮再問。

「不曉得……」如初頓了頓，說：「老師，你應該看一下重播。」

她的神色嚴肅，隱含了一絲激動，秦觀潮問：「怎麼回事？」

「姜尋出來幫蕭練救人。」如初說完，喘了口氣，忍不住握緊拳頭問秦觀潮：「老師，我從來不覺得蕭練、姜尋，甚至封狼，他們眞心喜歡殺人。兵器的本性就是殺戮這種說法，究竟是怎麼來的？」

25. 遲遲

二十四小時後，當蕭練與姜尋一起走進新加坡的豪華酒店時，如初控制不住，張開雙手衝上去，同時抱住他們兩個。

她的激動並未傳染給其他人，杜長風站在如初身後，冷靜地問：「就這麼輕鬆放你們回來了？」

蕭練舉起腕間空無一物的手腕，姜尋臉色凝重地說：「王鉞現身，取走了禁制。」

「你們聯手也鬥不過他？」姜拓接著問。

「沒聯到手，他動作太快。」蕭練答，手落下，抱緊如初，低頭對她說：「很晚了，妳先去休息吧。」

「我不累，我想聽你們——」

如初仰起頭，話說到一半就停。上一次，她看到蕭練神色如此肅穆堅決，是在對上封狼前夕，他將本體劍交到她手中之際……

明明一切已經落幕，他們平安歸來，也收到修復用的黃金了，爲什麼大家反而像是如臨大敵？

總有原因，但如初沒問。她鬆開手，對蕭練點點頭，說：「以後再跟我說。」

他眼底泛起一絲笑意，答：「一定告訴妳。」

「明天早上十點開始進行修復，兩位可以嗎？」姜拓緊接著問。

「爲什麼要這麼趕？」

「也好。」

如初與秦觀潮同時開口，一個質問一個表示同意。說完後如初訝異地轉向秦觀潮，秦觀潮對她點點頭，答：「夜長夢多。」

在蕭練他們回來之前，秦觀潮已看完了最後一段直播內容。彼時他神色並未有任何改變，只詢問了姜拓幾個關於亞醜族與刑名背景的問題，對姜尋的行爲沒發表任何看法，也並未回答如初針對化形者本性的疑問。

然而剛剛那聲「也好」，卻是秦觀潮頭一回主動對虎翼刀錯金紋的修復工作展現關心。依如初對老師的了解，無論喜不喜歡，秦觀潮對自己接下的工作絕對會全力以赴，但這一點關心，卻可能將原本九十九分的工作，推到完美無缺。

因禍得福，太好了。如初開心地回到自己房間，躺平數羊，慢慢進入了夢鄉。

第二天早上，師徒兩人不約而同提早了十分鐘走到修復室門前。姜尋盤腿坐在門外，見到他們便一躍而起，深深一鞠躬，說：「麻煩兩位了。」

秦觀潮頷首回禮，答：「會盡力，不敢保證結果盡如人意。」

「那正好，我又不是人。」姜尋說完，自己先笑了起來，又對如初說：「我買了支新手機，號碼跟之前一樣，不管成不成，醒來後約妳出去看電影。」

「還有蕭練。」如初雀躍地補充。

「沒有他，就我跟妳，七夕……妳不答應我不安心回本體。」姜尋對她眨眨眼，如此回應。

居然用自己的修復當要脅？

如初傻眼片刻，忍不住朝他吼：「你沒資格講話啦，還不趕快回本體，不然我叫你哥敲昏你喔！」

姜尋哈哈大笑，身體在剎那間變透明，然後消失在兩人眼前。

他半舊的寬大T恤與長褲墜落在地，秦觀潮舉步、繞過這堆衣物，伸手推開修復室的門。

裡頭空無一人，師徒兩人各自穿上工作衣，如初熟練地將半長髮紮成一個馬尾巴，一邊洗手一邊問秦觀潮：「這次修復完，姜尋應該很快就會醒過來了吧？」

「不知道，這問題妳怎麼老問呢，他不醒來妳就不看電影了？」

秦觀潮嗆了這麼一句，擦乾手坐在工作檯前，細細端詳桌面上已被固定住的虎翼刀，又說：「照計畫，分頭並進，我來清理蟬紋凹槽，妳照著陳老師畫出來的繩結記事，去扭絲。」

他伸手指向一個狹長的密封盒，如初打開一看，發現之前亞醜送來的黃金，竟然已被鍛打成一條條跟髮絲差不多粗細的細金絲。

老師熬夜做的嗎？

如初抿嘴笑了一下，轉過頭，見到秦觀潮已取出一柄古玉特製的小挫刀，埋頭慢慢清理虎翼刀上的蟬紋。如初怕出聲會打擾到他，不敢開口問，只趕緊戴上護目鏡，拿起噴槍，在特製砧板上將金絲加熱到再結晶的臨界溫度，退火後再照著繩結記事的圖案，小心翼翼地扭轉金絲，製成有繩紋的裝飾用絲。

她每做好一條，便用無酸紙捧著，按順序放到秦觀潮的工作檯上。起初她的進度快，繩結金絲排了半張長條桌，乍看之下頗爲壯觀。等到秦觀潮收起古玉刀，捻起金絲嵌入凹槽之後，兩邊此消彼長，有時候還會輪到秦觀潮停下手等她，順便喝口水，伸展一下筋骨。

當最後一條金絲被準確地嵌入凹槽時，外頭天已全黑。師徒兩人並肩站在刀前，如初愣愣地看著閃爍著金光的蟬翼紋，脫口而出：「好美。」

這門工藝被稱之爲金銀錯，在遠古時代即被應用於青銅器上。經過打磨後的黃金與青銅交相輝映，親密無間，像極了詩人所形容的，是個過分美麗的錯誤……

「成功了。」秦觀潮的一句話，打斷如初遐想，他瞇了瞇眼睛，又說：「起碼我感覺挺成功的，就是太過刺眼，妳看怎麼樣？」

「好像是。」如初答。

原本的金絲雖然閃亮，光芒卻是柔和的，不知道爲什麼，在嵌進刀上的蟬紋內部之後變得十分奪目。

她彎下腰，偏著頭查看，但左看右看都沒能看出任何疏漏之處。正當她準備直起身之際，忽地聽見身後匡噹一聲，發出類似金屬物品摔到地面的聲音。如初忙回頭，只見秦觀潮整個人臉色發白，身體搖搖欲墜，嘴脣抖個不停，地上則有一只還在慢慢轉動的手機，顯然剛剛她聽到的便是手機落地的聲音。

「老師，怎麼了？」如初衝上前攙扶。

秦觀潮擺擺手，虛弱地說了聲沒事，便一瘸一拐地走到刀前，伸手要解下繫在刀柄上的禁制絲帶。下一秒，虎翼刀發出一聲低吟，蟬紋驟然大放光芒，秦觀潮痛哼一聲，迅速縮回手，踉蹌倒退了兩步才站穩。

整件事發生得太快，如初愣在一旁，雖然觀看了全部過程，大腦卻是一片空白。直到秦觀潮再次走上前要握住刀柄之際，她才反應過來，又喊了一聲「老師」，結結巴巴地問：「你要幹嘛？」

秦觀潮沒理她，只顧著抓絲帶，而虎翼刀則再次將他震開。不過這次秦觀潮已有防備，身體雖然晃了晃，依然站得穩穩地停在原地不動。

他低頭死死盯著刀柄上的禁制絲帶一會兒，抬起頭啞著嗓子問如初：「妳能把這條解下來？」

「我不曉得，爲什麼？」

秦觀潮一言不發撿起地上的手機，點了兩下遞給如初。螢幕上，一行新進訊息寫著：「十分鐘後，酒店門口上車，帶禁制來換女兒，逾時不候。敢通知任何人，立刻撕票。」

接在訊息後面的是一張照片，秦吉金被綁在椅子上，頭上抵著一支槍，背景一片黑暗。

如初倒抽一口冷氣，急急問：「誰發的？」

「沒署名。」秦觀潮盯著如初再問：「妳幫我？」

如初以行動代替回答。她踏上前，伸手想解開禁制。然而虎翼刀雖然沒將她震開，禁制卻死死纏在刀柄上，無論她怎麼用力都解不開。

這是什麼情況？崔氏做的禁制早就失靈了，之前一拉就開，怎麼現在纏那麼緊，不會害到姜尋吧？

如初一邊用力扯禁制絲帶，一邊跟秦觀潮說：「老師，我的手機在外套口袋，你打給蕭練，問他怎麼辦。」

「不行，他們說了會撕票。」秦觀潮不肯動。

如初喘著氣，用急促的語氣又說：「其他人會阻止我們拿禁制去換吉金，蕭練不會，萬一對方拿到禁制卻不肯放過吉金……耶？」

手上忽地一鬆，如初倒退兩步，目瞪口呆地看著自己的手掌心——禁制還是取不下來，但虎翼刀忽然縮小成迷你版，被她從固定架上拉了出來，如今乖乖地躺在手掌心上……

秦觀潮見狀，果斷從如初掛在衣架上的外套口袋裡摸出手機，丟給如初，說：「刀給我，我先走，妳打電話告訴蕭練，跟他商量怎麼辦。」

時間太趕，如初也沒細想，便伸出手將刀遞上前。然而虎翼刀即使縮小了，性格依舊霸道，秦觀潮試了兩次，總在碰到刀身之際迅速被震開。

就在秦觀潮鐵青著臉準備試第三次的時候，如初握住刀，說：「老師，來不及了。我跟你一起去救吉金。」

秦觀潮睜大眼睛，嘴脣動了動，像是要表達反對之意。然而他還沒能發出聲音，手機裡便冒出第二條指令，要他出了酒店大門後右轉進入小巷，有輛黑色轎車在那裡等他……

「走。」如初率先衝出門，秦觀潮只愣了半秒，便跟在她身後離開修復室。

進入電梯後如初立即打電話給蕭練，他只聽了兩句，便說：「繼續走，我來跟你們會合。」

此時電梯已到一樓，如初大步奔出電梯，氣喘吁吁地問：「好，怎麼會合？」

她還沒講完，耳朵便傳來嘟嘟聲，顯示蕭練已經掛上電話。如初呆了呆，收起手機奔出大門，才剛踏上人行道，一個裝著衣物的包裹從天而降，砸到她腳前。緊接著，一柄黑色長劍咻地一聲，自高樓層窗口呈拋物線一躍而出，穩穩落在包裹旁邊……

路人紛紛投以詫異的眼光，有一對經過的情侶用英文竊竊私語，如初勉強能夠聽得懂他們在討論住豪華酒店的有錢人素質不良，居然開窗亂扔東西。

這就是蕭練的會合方式？

如初用最快速度撿起宵練劍與包裹，頂著眾人的目光落荒而逃。

小巷裡果然停著一輛吉普車，秦觀潮一馬當先拉開車門，如初跟著他鑽進後座。司機顯然沒料到會有兩個人進來，怔了怔後取出手機，一邊從後視鏡瞄著他們，一邊用如初完全聽不懂的語言跟人討論。

他講沒幾句，便收了手機，發動轎車。秦觀潮用結結巴巴的英文朝司機發問，然而司機按下一個鍵，乘客座與駕駛座之間便迅速升起一塊透明隔板，阻擋所有溝通。

如初將手伸進口袋，正打算趁司機不注意時，偷偷發個訊息給杜長風，卻感覺手腕被握住。她抬起頭，只見秦觀潮微微對她搖頭，眼神透露出無聲的哀求，他的手上握著手機，畫面停留在吉金的照片上……

如初嘆了一口氣，將右手從口袋裡抽出來，左手卻將長劍握得更緊了。

26. 長夜

吉普車以一種迅速卻並不惹人注目的方式駛離市區，當前方遠遠出現機場的穹形玻璃屋頂時，如初開始感覺不對勁。

她小聲問秦觀潮：「老師，吉金沒跟你一起來新加坡？」

「她要上班啊。」秦觀潮反射性回答完，接著臉色一變，抖著嘴脣反問：「那吉金她現在，人會在哪裡？」

無論秦吉金現在身處何方，情勢都比如初之前設想的更加嚴峻。

姜拓的酒店裡顯然有綁匪內應，因爲她與秦觀潮的行李連同護照，都被打包了整整齊齊送到機場。又或者姜拓也參與此事……那杜主任跟殷含光呢，他們是否知情？

如初也不敢再想下去，除了蕭練，她已經不敢相信任何人了。她與秦觀潮各自取了護照，沉默地通過海關，登上一架小型的私人飛機。

接他們上機的人從頭到尾沒跟他們說話，只用手勢指揮他們入座。秦觀潮試著反抗，站在機艙門口不肯進去，堅持要跟主事者說話，他還沒講完，便被人從後方狠狠用腳踹了下去。

秦觀潮跪倒在地，痛哼出聲，如初想要去扶起他，卻被攔住。他們被分配到一前一後相隔甚遠的位子，各自就坐，如初在前秦觀潮在後，中間隔著簾幕，看不見也幾乎聽不到彼此，飛機很快便開始在跑道上滑動、起飛，衝上雲霄。

這段時間如初一直在觀察四周，她發現機上大多人配有槍枝，動作敏捷，眼神也十分清明，一副訓練有素的模樣。

刑名愛用小金蛇控制人，這些人看起來卻不像被控制住了神智，如果不是刑名，還有誰會爲了搶禁制而綁架吉金？

她手中已無劍。剛剛她一下車，宵練劍就被人取走，也不知道被拿去哪裡。但如初深信，無論她去到哪裡，蕭練都會陪在她身邊……

他答應過的。

飛機在半夜時降落地面，如初剛走出機艙，便發現自己回到了松山機場。機上看守的人只出來了一個，陪他們過海關，將她與秦觀潮帶領到機場附設的停車場、一輛不顯眼的黑色轎車旁，盯著他們上車之後，便獨自離開。

前座的司機有點眼熟，如初多看了幾眼，頓時回想起來。去年她自青龍古鎮返回四方市的途中，曾經遇到一群搶匪，其中一個人的五官輪廓依稀跟這名司機有點相似，她還記得那個人叫黃昇……不會是同一個人吧？

但眞要說像，也不太像，起碼氣質跟體態都差太多。如初印象裡的搶匪神色狠戾，手臂肌肉極粗，一副在街頭打架混出來的模樣。但眼前的這名司機形容枯槁，兩隻眼睛卻怪異地發著亮光，神情在亢奮中夾雜著瘋狂。

回憶令如初暫時有些分心，視線不自覺往下移，她盯著往司機後頸看了片刻，忽地反應過來，倒抽一口冷氣——在他黑黃色的皮膚底下，游移著一條金光燦燦的小蛇……

刑名，又是她！

此時車已開到大街上。夜深人也漸散，如初忽然聽到她旁邊車門被什麼東西敲了兩下，聲音輕而脆，像是有人向車門扔了兩塊小石頭。司機與秦觀潮似乎都沒聽到，如初咬咬嘴唇，突然伸出手，用力按下電動車窗的按鍵，而下一秒，司機嘶啞的聲音響起，他透過後視鏡朝如初喊：

「喂，妳幹嘛——」

來不及了。他還沒喊完，純黑色的宵練劍已從窗外飛了進來，斜架在司機的脖子上。

情勢頓時逆轉，如初傾身，朝前問：「你要帶我們去哪裡？」

司機額角上青筋暴漲，卻咬緊牙關一聲不吭。劍往下壓了壓，割破司機的衣服，滲出鮮紅色裡泛著點點金光的鮮血，如初看得不由得一抖。

秦觀潮嘆了口氣，緩緩問司機：「派你來接我們的人，總有給你個目的地吧，能說嗎？」

司機搖搖頭，目光落向駕駛盤上一顆眼球大小的監視器，如初這才注意到車子裡裝了好幾顆監視器，連車頂角落都不放過。緊接著，宵練劍光芒暴漲，大大小小的監視器瞬間被削成兩半，滾落四處……

「現在能說了不？」秦觀潮再問。

司機依然搖頭，卻將目光移到架在方向盤旁邊的手機上。順著他的視線，如初可以清楚瞧見導航地圖的目的地欄位上寫著：「水滴洞選煉廠遺址」。

封狼買下的民宿，亞醜族約戰蕭練的黃金神社，都在那附近。

轎車沿著不久之前她才與姜尋共騎過的海濱公路開下去，忽地向右轉，停在一個空蕩蕩的停車場上。

如初推開車門，兩手空空地走下車。她握成拳的左手掌心上有一道淺淺的新傷，鑰匙墜大小般的虎翼刀則跟訂婚戒指串在一起，掛在胸前。

在她前方不到百公尺處，十三層樓高的選煉廠遺址像一座宮殿般聳立在荒煙蔓草之間。如初往前走了幾步，遺址內驟然亮起暖暖的琥珀色燈光，上百間窗戶同時點亮，像經歷千年沉睡的古老文明忽然睜開眼，發現世界已變了個樣，再回首、百年身。

點燈的部分僅限於遺址，並不擴及附近的山嶺，因此遺址下方的山腰依舊漆黑一片，讓這棟揉合了東西方風格的龐大建築物驟眼看上去像是一座飄浮在空中的神殿，俯視人間，卻又與世隔絕，尊貴而悲涼。

然而無論是如初或秦觀潮，都沒有心思欣賞美景。秦觀潮環顧四周後向如初指指某個角落，如初順著看過去，這才發現偌大的停車場上雖然稀稀落落只停了兩三輛廂型車，但通往遺址的階梯入口處，卻站著幾十名黑衣人。他們面帶殺氣，分兩列排開，造成一種黑道在此地圍事的氣氛。一名身材壯碩但面容平淡的黑衣人正向他們走過來，而附近沒有遊客，也看不到任何化形者的蹤跡。

黑衣人走上前，比了個請的手勢，便轉身往回走。如初與秦觀潮對望一眼，默不作聲地跟在黑衣人後頭，舉步往山上走。然而，當他們爬到如同廢棄神殿般的選煉廠遺址不遠處時，黑衣人忽地停下腳步，從口袋裡取出一枚哨子吹了一聲，他接著朝右轉，沿著公路繼續往上行。

這個突發狀況讓如初提高了警覺，她停下腳，指著十三層遺址放聲問：「我們不進去？」

黑衣人頭也不回地答了一聲「不用」。如初與秦觀潮無計可施，只能跟著他往上爬。

月明星稀，將前方的山坡地照得十分清晰。轉角處停著一輛車牌被噴到看不清楚字樣的小廂型車，如初心一沉，爲首的黑衣人打開車門，從口袋裡掏出兩只眼罩，遞給他們，照舊一言不發。

月光下這名黑衣人的眼神清明，完全沒有一絲被控制的跡象，也沒有一絲願意溝通的興趣。這跟剛剛他們在車上沙盤推演的方向完全不一樣，但事到如今，也只能見機行事了。如初爬進廂型車，接過眼罩戴上，然後一手握在胸前的虎翼刀上，一手摸索著牽住秦觀潮的手。

「連累妳了。」秦觀潮嘆息一聲，輕輕地這麼說。

「沒有的事。」如初低聲回，感覺虎翼刀在掌心裡不安分地抖動了一下。

車子開的時間不算久，但山路又彎又繞，等車子停下時，如初都快吐了。她一把扯下眼罩，跌跌撞撞地下了車，刺眼的探照燈朝她不客氣地打了過來，如初反射性閉上雙眼，然後聽見一個有點熟悉的聲音說：「應小姐，別來無恙。」

「葉教授？」居然是他！

如初猛抬頭，只見道路盡頭有個一人半高的小土丘，斷裂的巨大煙道矗立在土丘之上。月光下，這條早已廢棄的煙道翻山越嶺一路綿延，看不到盡頭，彷彿一條沉睡的巨龍。年輕了起碼二十歲的葉云謙就站在煙管下方，一手提著一盞探照燈，一手拿著無線電對講機。

他怎麼會變成這樣？他還是人類嗎？

如初頓時緊張起來，她在車上時靜悄悄地將項鍊扯下放進口袋，此時忍不住，一隻手不自覺伸在口袋裡，握緊縮小版的虎翼刀。

葉雲謙朝她身後的秦觀潮發問：「禁制呢？」

他問時臉上帶著笑，語氣卻有點不耐煩。秦觀潮走到如初身邊，與她並肩而立，反問：「我女兒呢？」

葉云謙朝對講機打了個響指，緊接著，對講機裡先傳出一聲「爸」，然後是年輕女性掙扎的嗚嗚聲，秦觀潮臉色大變，踏前一步，高喊：「吉金？」

「禁制拿過來，我放人。」葉云謙再開口，語氣很是篤定。

「先讓我看到吉金。」秦觀潮答話時語氣沉穩，但靠在他身邊的如初卻可以感覺到他正在發抖，呼吸粗重。

葉云謙痛快地答了聲「行」，再打了個響指，讓開半步，指著如初說：「妳爬進去，見到他女兒就出個聲，我在外頭拿到禁制之後，通知裡頭放人。」

「我去。」秦觀潮伸手護在如初面前，踏前一步這麼說。

葉云謙故作驚訝地睜大眼睛，問：「你以為這還能討價還價？」

他不只外表變年輕，性格似乎也變輕浮了……或者他在演戲，其實別有目的？

無論如何，眼下的局面勢必要有一個人爬進去，留下來的人則需要單獨面對葉教授。如初咬了咬嘴脣，低聲跟秦觀潮說：「老師，我去。」

祝九可以用異能看透廢煙道，他跟蕭練一定就隱藏在附近，等待最佳時機再出手。他們沒有現身，就暗示了進去廢煙道不會有危險，她可以的。

秦觀潮一定也想到這點，因爲他抹了把臉，壓抑著怒氣對她說：「也好，留妳在這裡單獨跟這王八蛋一起，我也不放心。」

葉教授並未因爲秦觀潮的話而動怒，他用一種一半好笑一半憐憫的眼神看著他們，神色高高在上。如初忽地有些不安——她進去了，萬一蕭練無法兼顧兩邊，秦觀潮會不會有危險？

口袋裡彷彿有道光一閃即逝，如初往下瞄了一眼，只見刀上的錯金蟬紋熠熠生輝。一個大膽的想法忽地閃過如初腦海，她用手掌包住縮小版的虎翼刀，迅速拿出口袋，然後一股腦放進秦觀潮的外套口袋裡面……

沒事，虎翼刀沒有任何動靜。秦觀潮眼神充滿不可置信，臉色卻並未有太大變化。現在的情況，講什麼都不適當，如初於是只對秦觀潮點了點頭，便走到廢煙管的下方，手腳並用爬了進去。

廢煙道裡面黑漆漆的，一絲光都沒有，如初伸出雙手，一邊摸索著粗糙的管線壁壘，一邊慢慢往前走。這些煙道原本是在幾十年前爲排放煉銅廠廢氣所建，裡頭只有殘存的毒廢氣，沒有任何防護措施。煙道沿山稜線陡下，雖然高度約有一個半人高，兩旁也還算寬敞，但至少四十五度的傾斜度讓人一不留神便要滑倒，因此如初走得非常慢，每一步都小心翼翼。

她一邊走一邊默記步數，在走了一百多步之後，忽然間，一盞探照燈在前方十來公尺處亮起，就打在她頭頂的煙道壁面頂端。

這次的打光比外面葉云謙要來得友善許多，但如初還是不自覺地舉起手遮住光線。等眼睛終於適應之後，她定睛一看，立即沉下臉，說：「楊娟娟？」

楊娟娟頭戴夜視鏡，手上抓著跟外面葉云謙手上一模一樣的對講機，滿臉無奈地站在一張折疊椅旁。秦吉金就坐在折疊椅上，整個人被綁得牢牢實實，嘴巴也被塞住，兩人身後一片黑暗，看不出來是否藏有其他人。

吉金雖然看上去既狼狽又疲憊，卻並不慌亂。見到如初時她發出一陣嗚嗚聲，同時不斷扭頭朝後看，顯然在試圖告訴如初，後方還有狀況。

楊娟娟並未制止吉金，只苦笑著對如初說：「最壞情形。」

如初謹慎地點點頭，跨前一步，輕聲問：「妳也不想變成這樣？」

「不願意，但無能爲力。」楊娟娟乾脆地答完，頓了頓，指著吉金說：「妳看到了？」

如初這才看到，楊娟娟的手上一直握有一柄袖珍手槍，槍口對準秦吉金。如初不禁倒抽一口冷氣，喃喃說：「看到了。」

楊娟娟一揚手中的對講機，說：「過來打聲招呼，我們一手交人，一手交貨。」

祝九即使能夠透視，也未必有辦法看穿這一切布置。她走過去，只會變成第二名人質。

如初站著不動，說：「妳把對講機丟過來。」

楊娟娟搖搖頭說：「槍口裝了滅音器，外頭聽不見這裡的動靜。」

她一說完便舉起槍，朝秦吉金的腳旁開了一槍。子彈打在地面彈起後又打到秦吉金的腿上，吉金痛得臉都變形了，但死死咬緊牙關不出聲。

如初握緊拳頭，走上前，邊走邊說：「妳不需要這樣，也能拿到禁制——」

回答她的是第二槍，就打在如初腳旁，如初閉上嘴，走到楊娟娟面前，然後發現眼前煙道驟然變陡峭，超過六十度角的斜坡往下一路沿伸，吉金簡直就像是坐在深淵邊緣，她身上綁了一條強力彈簧繩，繩索也往下延伸，很快便不見蹤影。

楊娟娟舉起對講機，淡淡說：「說吧，看到了什麼。」

如初提氣，大喊：「老師、蕭練，我看到吉金，有槍——」

第三聲槍響，卻是打在彈簧繩上。秦吉金被驟然收縮的繩索拉得往後一仰，直直朝下方煙道滑落。如初衝過去伸手抓住吉金，然後感覺有人狠狠往自己背上推了一把，她的腳步一個踉蹌，整個人往前撲，頭下腳上，隨著秦吉金一路滾進深不見底的廢煙道內。

頭頂的光驟然熄滅，伸手不見五指，如初也顧不得臉頰擦破處一片火辣辣，只能一邊滾一邊胡亂用腳踢地，雙手能抓到什麼就抓什麼，試圖減緩下滑的速度。

長劍破空聲在後方響起，緊接著，黑暗中一隻手攔腰自空中抱住她……

「初初？」是蕭練！

「吉金、吉金，先救吉金。」如初急得直喊。

她一落下去就抓不住吉金了，只不斷聽到前方傳來身體撞到牆壁的砰砰聲。

另一隻手伸過來抓住了如初的胳膊，祝九的聲音自旁邊傳來，他說：「我抓住她，你去救另一個。」

環在她腰上的手一鬆，長劍飛空的咻咻聲再度響起，過了一會兒，如初聽到蕭練在下方說：

「她昏過去了。」

「還活著嗎？」如初喘著氣問。

「有脈搏。」蕭練答。

「先出去再說。」祝九頓了頓，用閒適的語氣朝下問蕭練：「你解除禁制之後負重能力有沒有增加？要不要試試看一次把我們三個全部拖上去？」

「你走不動？」蕭練反問。

「我懶。」

「滾。」

最後，蕭練帶如初坐飛劍，祝九抱著吉金跑步，四人緩慢自廢煙道撤退。

在往回走的過程中，祝九的閒適感染了如初，讓她在不知不覺中鬆弛下來，吉金雖然昏迷不醒，但脈搏平穩強勁，應該也沒有生命危險。如初窩在蕭練懷裡，感覺自己慢慢地往前飛，亮點在眼前一點一點變大，出口就在前方。

忽然間，空中傳來強而有力的一聲鏘，疾風撲面而來，刮得她臉上所有傷口都發疼。如初仰起頭，只見蕭練神色凝重，而祝久則低聲說：「他出刀了。」

誰？

這個問題，如初並未問出口。因爲他們已經飛到了出口處，幾秒後，當眼睛終於適應光線，她看到姜尋拄著虎翼刀而立，楊娟娟抱著滿身是血但還喘著氣的葉云謙，怔怔地坐在地上，而秦觀潮躺在地面，身下的血正緩緩匯集成一個小湖。

死亡，以最猝不及防的方式，鋪天蓋地而來。

27. 開始與結束

那一夜，後來發生的所有事情，都快到不可思議。

如初只記得她奔到秦觀潮身旁，發現老師還有氣息，急得狂喊救護車。也不曉得是誰聯絡得如此有效率，兩輛救護車在幾分鐘內抵達現場，數名醫護人員扛著擔架衝下來，將秦家父女都抬了上去。

她緊握住蕭練的手跟著一起上車，眼角餘光瞥見楊娟娟與葉云謙被抬上另一輛救護車，一群救護人員跑來跑去，只有姜尋動也不動地維持同一個姿勢，留在原地。

他緩緩環顧著四周所發生的一切，最後看向她，微微皺起眉頭，眼神無比陌生。

然而如初顧不了姜尋。秦觀潮雖然無法動彈，卻一直睜著眼睛瞪向如初。如初一開始不懂，後來會過意，趕忙將還在昏迷中的秦吉金轉到秦觀潮能看得到的地方，然後對秦觀潮再三保證，吉金沒事，吉金平安。

二十分鐘後，秦觀潮的心電圖歸成一條直線，而在心跳停止前幾秒，他戀戀不捨地看了女兒一眼，然後安詳地閉上眼睛。

救護車正上方，一片青銅葉片自天而降，慢慢旋轉著，透過車窗縫隙飛進車內，端端正正地停在秦觀潮的額間。

葉片發出瑩瑩的淺金色光芒，接著迅速消失。如初猛抬頭，睜著一雙滿是血絲的眼睛問蕭練：「那是什麼？」

「什麼？」蕭練反問。

他沒看見？

「一片葉子，應該是來自傳承……」所以可能也只有傳承者才看得見？

不過現在這些都不重要。如初握緊蕭練的手，喃喃說：「等吉金醒來，就沒有爸爸了。」

「我們會照顧她的。」蕭練用低沉的聲音，保證似地這麼說。

「我知道，可是，那不一樣……」

秦觀潮受的是槍傷。杜長風在事發隔天告訴如初，葉云謙趁蕭練與祝九進入廢煙道救人的空檔，取出改良過的儀器要套到秦觀潮頭上，反被甦醒過來的姜尋一刀斬殺。

這個說法有許多破綻，但如初無意探究。她跟著蕭練、杜長風一起去醫院探望秦吉金，離開病房後如初站在走廊上，取出手機，撥打姜尋的電話。

姜尋就在現場，姜尋不會騙她。

然而鈴聲連響都沒響，就出現一個機械的聲音回答：「您撥的號碼是空號，請查明後再撥。」

如初愣了半晌，再撥，然後聽見一模一樣的回答。

她不信邪，那天只要有空就撥電話，到後來用賭氣的心態設定好自動重撥，每隔半小時撥號一次。然而一直到了深夜，空號還是空號……

是不是，有些人註定是生命裡的過客，突然出現，突然消失，不給任何解釋？

這個想法令如初感到無比孤單。午夜時分，她與蕭練一起走在路上，她忽地一陣衝動，抱住蕭練問：「今晚陪我好不好？」

蕭練怔了怔，答：「當然可以。不過如果妳是因爲姜尋而難過，我也不怎麼有辦法安慰——」

「不是。」如初用力搖頭，又說：「不完全是。你知道，老師才剛出事，不管姜尋爲什麼不想理我，只要他平安，我、我覺得就很好了。他剛恢復記憶，需要獨處，我可以理解。」

她的語氣眞摯，神色卻十分倉皇，蕭練伸出雙手環住她，問：「那妳爲什麼今晚想跟我在一起？」

「……我好像麻木了？」如初靠在他的胸膛，喃喃說：「吉金剛剛哭成那樣，可是我哭不出來，明明很難過，就是一滴淚都沒有……我好怕，自己是不是出了什麼問題？」

「太多死亡。」蕭練嘆息似地說完，輕撫她的頭髮，又說：「妳不是麻木，只是暫時逃避現實而已。」

「噢。」如初仰起頭，呆呆地望著蕭練，忽地冒出一句：「你會安慰人了耶。」

「有進步？」他微笑問。

「嗯。」她重新將頭埋進他的胸膛，喃喃說：「我的逃避居然讓你進步，好討厭。」

熱熱鹹鹹的液體自她的眼眶滑下，打濕了他的帽T。反正在蕭練面前她已經沒有形象了，如初索性抓起他的帽T擦眼淚，一邊擦一邊說：「我痛恨死亡。」

那就設法與他結契，不好嗎？

蕭練嚥下了衝到嘴邊的問句，只將懷中人摟得更緊些，輕聲說：「認識妳之後，我也痛恨死亡。」

那一夜，他們相擁而眠。

幾天後，如初接到來自楊娟娟律師的電話，請她到醫院去一趟。

「不去。」如初一口回絕。

「楊女士說，如果蕭先生能陪妳一起來，那最理想不過。」律師頓了頓，補充說明：「不過她並沒有任何東西要送給蕭先生。」

如初不得不承認，楊娟娟很懂得如何吊人胃口。隔天，她一身黑衣素服，滿懷敵意地走進楊娟娟的單人病房。楊娟娟安然坐在病床上，雪白的棉被上攤開了那本法文版的小王子，她雖然穿著病人的服裝，卻畫了淡妝，氣色不差，正靠在大枕頭上欣賞窗外陽光明媚，整個人像是想通了什麼，放鬆下來，無怨無尤接受命運的主張。

等如初與蕭練走到病床前面了，楊娟娟才直起身，轉頭面向他們。她闔上手邊的書，遞給如初，微笑著說：「送給妳。」

葉云謙的死訊如初之前就聽說了，但她可沒興趣安慰楊娟娟，她連看都沒看那本書一眼，握緊蕭練的手，口氣很衝地朝楊娟娟問：「爲什麼？」

「看了妳就知道，不要嗎？」楊娟娟反問。

如初噎得說不出話來，冷著一張臉接過書，視線不經意掃過書衣時愣了愣，脫口說：「這書衣……」

跟傳承之書的書衣非常相似，卻又不盡相同。

「云謙是爲我擋刀才死的。」楊娟娟沒有理會她的問題，自顧自淡淡地說：「我是眞沒想到，他願意做到這樣。」

楊娟娟的臉上浮現一種奇異的幸福感，如初忍不住問：「葉教授他、已經不算人類了吧？」

「有關係嗎？」楊娟娟毫不客氣地反問：「妳男朋友又算哪門子人類？」

如初瞪著她，蕭練神色不變，緩聲對楊娟娟說：「我們訂婚了。」

房間裡頓時出現一股肅殺的劍意，然而楊娟娟安然不動，她打量了蕭練一眼後說：「那挺好的。」

「啊？」如初脫口而出。

「啊什麼，我也結過婚，我也喜歡有個伴，是不是人無所謂。」

說完，楊娟娟靠回枕頭，繼續看著窗外，不再理會任何人。

離開病房幾步路之後，如初拉拉蕭練，問：「你剛剛眞的想殺了她？」

他側過頭，對她微笑：「我因殺戮而生。」

這句話蕭練曾經說過一次，就在對她坦承身分的那天。但今日一模一樣的話再度從他口中說出，語氣卻少了一份沉鬱，多出一份坦然。

他完全接受了自己的本性？

如初眨了眨眼睛，忽然意會過來，衝口而出，問：「你也看出來楊娟娟不想活了？」

她剛剛一直有這種感覺。

蕭練含蓄地答：「我沒多想，只不過傳遞一個訊息。」

「什麼訊息？」如初瞪著蕭練，說：「她要死自己去死，無論她找你做什麼，你都不准幫她。」

「這麼兇……」他拖長了聲音，對她眨眨眼：「妳可以收她的禮物，我不行？」

「沒錯，不行就是不行。」如初停下腳，轉向蕭練，正式宣布：「任何來自女生的禮物，你收之前都要先經過我同意。」

這番霸氣的宣言頓時引來路人側目，其中有一對情侶，女生拉了男生一下，臉上表情像是在說看吧這樣才對嘛，男生則對蕭練投以同情的目光。

蕭練忍笑，追問：「男生可以？」

如初瞪蕭練：「再問就所有來自人類的禮物統統不准收。」

蕭練大笑，然而他笑到一半，卻突然打住，朝前方人行道望去。如初跟著張望，但她只見人來人往，卻看不到任何特別的影像。不過蕭練的視力比她好太多，如初於是耐心等在一旁。

過了片刻，蕭練收回視線，對她說：「祝九。」

「他也來醫院？」如初睜大眼睛。

「顯然如此，而且，他希望我們知道此事。」

蕭練說著擰起漂亮的眉毛，如初張開手，將整個手掌正面壓到他臉上，說：「停止思考，不要管他。」

蕭練握住她的手腕，說：「沒想管他，只是在思考要不要找他打一架。」

「反對暴力。」如初抱住蕭練的手，說：「走吧，一起去送外婆。媽咪說的，外婆去到更好的世界了，等下可以哭，但還是要爲她高興。」

蕭練很想說，他深深懷疑死亡就是徹底的結束，塵歸塵，土歸土，除了眼前這個千瘡百孔的世界，再無天堂，抑或地獄。

然而他也明白，信仰，有時候眞的能夠創造奇蹟。

「走。」他鬆開眉頭，還之以一個舒坦的笑容：「一起去。」

距離醫院門口近百公尺外的街頭，祝九穿了件淺灰色短版襯衫配深褐色卡其褲，衣服下襬自然地垂在外面，看上去一半休閒一半正式，與周遭來來往往的人群並無任何不同。

前幾天如初的血令他增添不少活力。見蕭練雖然準確定位他的行蹤，卻依然選擇與如初並肩離開，祝九臉上的笑容加深，雙手插在口袋，閒步走到路旁一輛外形低調的豪車旁邊。

他拉開車門鑽進後座，對著前方西裝筆挺的駕駛打了個響指，說：「開車。」

「你還眞當我是你司機了。」坐在駕駛座的殷含光雖然這麼說，卻依然踩下油門，轎車靈活地駛離停車位，朝金瓜石前行。

「合作講求的就是你情我願。我又沒駕照，你不當司機誰當……呃？」

車在路邊停下，後座車門再度被拉開，穿著全黑緊身高領薄毛衣的司少青探頭進來，語笑嫣然地對祝九說：「麻煩讓讓。」

她的笑意未及眼底，祝九摸摸鼻子，乖乖地朝裡面移了移，隨口說：「聯手得好快。夫妻同心，其利斷金？」

「誰跟誰是夫妻？民國初年的結婚證書，現在拿出來就是張古董而已。」少青毫不猶豫地頂了回去，坐好後雙腿交疊，好整以暇地轉向祝九，再問：「你緊張什麼？心思轉得比陀螺還快。」

司少青的異能貌似無大用，卻往往在關鍵時刻扭轉乾坤。祝九收斂心神，聳聳肩，答：「亞醜一族沒出過叛徒，有點好奇族長會怎麼報復妳。」

司少青伸出一隻塗了暗紫色指甲油的纖纖玉手，風情萬種地搭在前方含光的肩膀上，問：「我上他的床，搭他的車，哪一點叛族了？」

祝九正要開口，目光忽地投向窗外。司少青扭頭跟著他的視線向外望，挑眉說：「姜尋。」

姜尋一身素衣，手持一小束白晶菊，正大步往醫院方向走去。他的手腕上繫著崔氏所鑄造的禁制，在陽光下若有若無地發著光。

「他去看誰？」含光問。

「管他呢。」司少青回過頭，對祝九說：「聽說你找到一個被刑名下蠱的傢伙？」

「差不多。」祝九答得模糊。

「有什麼用處？」少青問完，緊接著又說：「別告訴我你本性發作，見不得人受苦，想找出解法拯救蒼生。我才不信。」

她說著取出一柄鑲有綠松石的匕首，漫不經心地在手上把玩。那是司少青的本體，一寸短一寸險，在車內狹小的空間，匕首可比長劍好用太多。

祝九對司少青這種赤裸裸的威脅很不以爲然，卻又無可奈何，他對她搖搖手指，說：「收起來。我找到的是個人渣，本性發作只會讓我想給他個痛快，省得放出去害人害己。」

司少青手指一轉，匕首在空中飛舞了一圈，隨即消失。她直起身，正色問祝九：「那人渣有什麼用？」

「王鉞的異能是什麼？」祝九反問。

「速度。」含光在前方沉聲說：「任何跟他動過手的，都承認快不過他，就連老三也沒辦法。」

祝九唔了一聲，豎起食指漫不經心地說：「第一種可能性。」

「你覺得王鉞的異能不是速度？」少青腦子轉得飛快，她試探地問：「他能料敵機先？」

「第二種可能性。」祝九豎起第二根指頭。

「也不是？」少青若有所思地盯著祝九的手，喃喃說：「那能是什麼，折疊空間？」

「那是軒轅定的異能，我們之間的異能從來沒有兩個會完全相同。」殷含光在前方冷靜地這麼說了之後，頓了頓，補充一句：「而且到了近代，就連相似的也變少了。」

「像不像物競天擇，優勝劣敗？」祝九問出這麼一句，滿意地看到殷含光與司少青同時變了臉色之後，才又說：「走吧，我帶你們去參觀民宿，順便見識人渣。」

殷含光沒出聲，但車子已經離開市區，往金瓜石駛去。

在群山環繞的清晏民宿裡，慕櫻管家正在客廳清理，陳子晴趴在櫃檯寫功課，不時偷瞄樓梯旁一樓套房的房門。

過了一會兒她跑進客廳，挨到慕櫻管家身邊，小聲問：「他都沒有聲音耶，會不會已經死掉了？」

「小孩子亂講話。」慕櫻管家打了子晴的頭一下，繼續擦桌子。

子晴用手護住頭，嘀嘀咕咕地說：「毒癮發作爲什麼不送勒戒所？放這裡很討厭耶。」

「人家的房子，讓誰住妳管人家。」慕櫻管家嘴上訓斥女兒，卻停下工作抬起頭，用憂慮的眼神望向米白色的房門。

一門之隔，瘦到臉頰凹陷的黃昇縮成一團倒在地板上，咬緊牙關不出聲。

小茶几上擺了一個空餐盤，還是中午時慕櫻管家送進來的。他吃得一乾二淨，但有什麼用？吃得越多，瘦得越快，他可以感覺到精力自體內一絲絲流散……

不，他得想法子活下去。

加拿大新斯科舍省，市區近郊的老式屋內，杜長風、殷承影與軒轅定三人散成一個半圓形，圍繞著麟兮站立，而夏鼎鼎唯一一張圖裡沒有人物的預見畫則被豎立在已經沒有生火的壁爐上方，與麟兮遙遙相對，喬巴窩在沙發上呼呼大睡，誰都不理會。

三人之中，杜長風神色凝重，軒轅定態若自如，承影則雙手插在口袋裡，一副無所謂的模樣朝麟兮說：「開始吧。」

麟兮點點頭，下一瞬間，青銅麒麟的防護罩異能啓動，金色輕紗般的簾幕像一個半圓型的防塵罩似地把麟兮籠罩在其中，將牠與其他三人阻隔開來。

軒轅定手捏劍訣，緊接著，預見畫上那柄凌空飛舞的優雅長劍，頓時浮現在他身前。

軒轅定手腕一動，劍訣指向麟兮，輕喝了一聲「去」，長劍輕擺，劍尖對準青銅麒麟後倏然消失，接著一眨眼便又出現在麟兮的防護罩內，維持消失之前的姿勢，劍尖抵在青銅麒麟的鼻尖之上。

當年的軒轅劍，能在百萬軍中取上將之頭，靠的便是這份折疊空間的異能。

軒轅定手腕再一動，長劍回到防護罩外。杜長風點點頭，說：「跟從前一樣，麟兮的防護罩還是擋不住你的劍。」

「目前為止，也沒哪個守備型的異能有辦法擋得住我。」軒轅定輕描淡寫地這麼回應完，瞄一眼預見畫中劍尖上挑的模樣，想了想說：「除非是我自己往防護罩上撞？」

「再來一次？」承影問。

軒轅定點頭，承影也瞧了一眼預見畫，又建議：「這一次，讓麟兮將力量集中，你專攻一處，怎麼樣？」

「行。」

青銅麒麟彷彿聽得懂他們之間的交談似地，金紗般的防護罩逐漸向牠的面前聚集，越縮越小，最後凝聚成一塊巴掌大的厚重金色錦緞似地防護罩，擋在麟兮鼻尖前數公分處，隨風抖動。

軒轅定再捏劍訣，卻不再用異能，而是直接指揮空中的長劍硬攻。劍尖刺進防護罩半寸後攻勢漸緩，最後只能停在麟兮鼻尖前數公分處，再也無法前進。

麟兮等了幾秒，晃晃腦袋，防護罩金光大盛，將長劍反彈出去。長劍劍尖直指天空，在某一瞬間，恰好就是預見畫裡的模樣……

杜長風轉向畫，喃喃說：「所以鼎鼎這幅畫，畫的是你人不在現場，折疊空間出劍卻被擋下？」

「能擋住我折疊空間的異能，那會是什麼？」軒轅定收起劍，也朝畫看去，一臉困惑地又問：「照你們的說法，畫裡也沒有其他人了，那究竟是誰施展異能，擋下了我的劍？」

八道視線（麟兮也算）同時朝畫看過去，過了片刻，承影像發現新大陸似地指著畫紙下半部的角落說：「喬巴！」

肥肥的黃貓的確就躲在一個不起眼處，翻著肚皮呼呼大睡。軒轅定無言地看著畫裡的黃貓一會兒，說：「我出劍，但並無殺氣，所以貓才能繼續睡。」

「這什麼狀況？」杜長風問。

「不清楚……我需要拜見這位修復師，再做推論。」

四月底，陽光明媚的午後，如初站在爸媽身後，看著外婆的骨灰罐被放進墓地。媽媽將頭靠在爸爸肩膀上，偶爾擤擤鼻子，老神父用一隻手扶著眼鏡，專心地一字一句唸聖經，聲音在空氣中迴盪，組成如初聽不太懂的字句：

「那使多人歸義的，必發光如星，直到永永遠遠。」

死亡，爲什麼會與星光，會與永恆扯上關係？

隔壁就是外公的墓地，如初忍不住往後看了一眼，再回過頭來只見媽媽也正好往後看。她的眼眶並不紅，神色流露出懷念，看了幾眼後媽媽側過頭跟爸爸講了幾句話，爸爸摟緊媽媽的肩膀，慎重地點了點頭，彷彿給出某種承諾。

「不要哭，你阿婆去天上見妳阿公了。」

站在她斜前方的大姨忽然低聲開口，如初這才注意到，旁邊大表哥的肩膀一動一動的——他小時候被外婆帶過一陣子，算是孫輩裡跟外公外婆比較親近的，難怪控制不住傷心。

也不對，眼淚的多寡與傷心程度，顯然並無一定關係，因爲外婆親生的五名子女，沒有一人哭泣。然而如初清楚地知道，媽媽是傷心的，只不過歷經了這些日子，她彷彿已將傷痛內化，變成生命的一部分？

大表哥掏出紙巾胡亂抹了一把臉，低聲回了幾句話，告別式繼續進行，但如初發現自己開始不太能夠專心。風聲、鳥聲與遠方傳來的車聲，不時扯動思緒，然而她究竟在疑惑什麼呢？

前方媽媽將頭靠在爸爸的手臂上，如初有樣學樣，抱住蕭練的手臂，靠近他輕聲說：「我死了以後不要辦喪禮，骨灰撒進大海裡就好。」

其他人聽到也無所謂，只有他懂其中真正的意義。

蕭練默然片刻，斷然答：「我不會看著妳死去。」

他會找出結契的辦法，不計任何代價。

神父闔上聖經，媽媽又仰起頭與爸爸竊竊私語。如初呆呆地注視著父母，想像著三十或四十年後，那個臉上滿是皺紋的自己。

過了一會兒，她深深吸了口氣，開口問：「你有勇氣、你願意，一輩子看著我嗎？」

不論健康或疾病，不管年輕或老去。

「當然。」蕭練答得毫不猶豫。

如初感覺他根本沒聽懂問題，或是，沒聽懂她一直拒絕承認的恐懼。然而如果此時此刻不說，她可能一輩子都沒有勇氣講出來了。

她吞了口口水，緊張地注視著前方，說：「我怕你嫌我醜。」

「不可能。」蕭練繼續想都不想就回答。

「爲什麼？我會變老，當然也會變醜。」

「因爲……」

神父闔上聖經，要大家同他一起禱告，蕭練的話因之中斷。

往後的日子裡，如初並未追問，而蕭練也不曾再度提起。直到五月中旬，秦觀潮的喪禮結束後的那個晚上，兩人坐在曾經去過的咖啡店裡，如初正抱著自備的特大號拿鐵杯啜飲，忽然聽見旁邊的他說：

「在我眼底，最美的事物有三樣，一樣是我——」

「你覺得你自己最美？」如初驚訝地打斷蕭練，忍不住加上一句：「雖然也沒有錯，可是，會不會太自戀啊？」

他們的旁邊是一張空桌，再隔壁面對面坐了兩個男生，如初的聲音稍微高了一點，惹得那兩人不約而同地投來好奇的目光。蕭練輕咳一聲，用口型無聲解釋：「本體。」

「……劍？」

他欣然點頭，如初無言片刻，說：「那也還是自戀……好吧，第二樣？」

「火光。」

他沒講清楚，但如初馬上意會：「鍛造時候的火光？那真的很美……第三樣？」

「妳。」

這個答案太出乎人意料之外，如初捧著杯子半張嘴，蕭練微笑，傾身向前，補充：「任何年齡、任何狀態下的妳。」

旁邊的男生將視線收了回去，如初放下杯子，垂頭盯著喝到一半的咖啡，低聲說：「你沒看過任何年齡、任何狀態下的我。」

「不需要，因爲這第三樣，是在遇到妳之後才出現。」

如初猛地抬起眼睛，蕭練湊近，用額頭抵著她，又說：「遇到妳之前，我從不覺得任何人美麗，遇到妳之後，也只有妳。」

他停頓片刻，等她消化完這段話，才緩緩問：「關於嫁給我，妳的心結一直是老去，而非死亡，對嗎？」

咬住嘴唇，閉上眼睛，如初輕輕點頭。

只有她心底曉得，要對著他承認這份恐懼，有多困難。

「問題是，在我的審美觀裡，人類、非常醜陋。」他聳聳肩：「包括化成人形的我自己。」

「你覺得你很醜？」

如初睜開眼睛這麼問，又惹來鄰桌兩人同樣的目光，不過她根本懶得理會，只專心注視著眼前的他——完美無瑕的五官，無論用任何一個年代或任何一個民族的標準，都跟「醜」這個字沾不上邊……

蕭練眼底流露出一抹無奈的笑意，輕輕點頭，如初忽地會過意，問：「你想告訴我，我的擔心，毫無意義？」

「我想告訴妳，我們之間存在許多差異，審美觀只是其中最不需要在意的一部分。以及，妳還不夠了解我。」

他是對的。如初這麼想著，然後又因為自己太過輕易被說服而有點生氣。她正想說點什麼表示她的憂慮並沒有他講的那麼簡單，蕭練忽然握住她的手，用閒話家常般的語氣問：「婚禮就辦在秋天，妳高中旁邊的老教堂？」

「我答應要嫁給你了嗎？」

如初想都不想先反駁，然後在蕭練好整以暇的笑容裡敗下陣來。她喃喃說：「好吧，我答應過……那，蕭練，你也答應我一件事好不好？」

「好。」他連問都不問，一口答應。

如初看進蕭練的眼底，一個字一個字地說：「在我、離開這個世界以後，好好活下去。」

他遲疑片刻，用同樣認真的眼神回望，答：「可以。」

長久以來的緊繃，在這一刻終於完全放鬆，然後如初才發現，她其實一直擔心著蕭練，他是如此強大，卻又如此脆弱；而相遇，徹底改變了兩人生命的軌跡。

她想了想，又問：「你能再去愛一個人嗎？我的意思是，在我離開這個世界之後。」

「不能。」

這句的語氣太過堅決。如初的心頭泛起一陣甜蜜，伴隨著淡淡的酸楚。她嘆了口氣，毫無期待地問：「試試看也不願意？」

「妳願不願意試試看跟我結契？」蕭練反問。

如初不假思索地搖頭，然後說：「現在覺得不行也沒關係。只要記住，如果以後你後悔，我不會怪你。」

蕭練也搖頭，說：「又一椿妳不夠了解我的事情。」

「沒關係，我有一輩子的時間可以用來了解你。」

她微笑著，將手覆蓋在他的手上，對曾經一度不願提及的未來，充滿信心。

「山長鑄造出宵練劍，這一點，無庸置疑。」身旁的他忽地開口，緩緩地這麼說。

尾聲

五月下旬的北海岸，春末夏初，夜晚涼風習習，點上燈的十三層遺址與海遙遙相望，猶如立在雲端的古老神殿，美麗而孤寂。

當然，那是從外面看上去的角度。倘若走進內部，首先映入眼簾的是黃褐色呈現蜂巢狀的牆面，那是水泥經年累月被銅礦侵蝕的結果，鋼筋自崩解的梁柱裸露，廢棄的大鍋爐裡尚存有鍛冶不完全的金屬殘渣，寬廣的陽臺泰半已毀壞，地板凹凸不平，古典歐式迴廊的玻璃窗框尚且保留完整，但玻璃卻早在當年二次大戰的轟炸下碎成片片，窗沿留有無數彈孔，令人觸目驚心。

晚間十點整，祝九一步一步，穩穩地踏進這座廢墟。

他並不孤單，姜尋站在三樓的圓形拱門旁，遠眺大海，聽見腳步聲後他頭也不回地問：「帶來了？」

祝九從口袋裡取出一片金燦燦的青銅樹葉，托在掌心，說：「秦觀潮的女兒在整理她父親遺物的時候，翻出了這個。」

姜尋轉過身，伸手憑空抓住瞬間出現的虎翼刀，緩步朝祝九走過來。刀脊處裝飾用的蟬紋金光閃爍，刃部鋒芒畢露，相較之下，刀柄所繫的絲帶顯得黯淡失色，毫無光澤可言。

他走到祝九面前，瞥了青銅樹葉一眼，厭惡地撇開頭，說：「看著就不舒服。」

「那就怪了，傳承的氣息，對你我都應當深具吸引力。」祝九伸出手，微笑著又說：「借刀一用。」

姜尋將虎翼刀平舉，緩緩推出，刀飛出數寸，停在祝九胸前。祝九沒碰刀身，只一手托起崔氏所鍛造的禁制絲帶，另一手將青銅樹葉拉近，雙掌靠近，仔細觀看。

過了一會兒，他皺起眉頭喃喃說：「還差了點什麼……」

「收集這些東西，你想幹嘛？」姜尋問。

「我差點進了傳承這事，姜拓告訴你了吧？」祝九反問。

「聽說過。」姜尋面無表情地回答。

「我在傳承的門邊待了一陣子，發現兩件事。」祝九豎起食指，饒有興味地看著姜尋說：「第一、山長也必須拿著鑰匙才能進出傳承。第二、在傳承裡，時間的流速與外界不同……你有話想問我？」

從姜尋轉身的那一刻起，雖然他嘴上說不舒服，視線卻不時掃過那片青銅樹葉，眼底的情緒複雜異常，夾雜著思念、不捨，以及憤怒。

聽了祝九的問話，他扭過頭再度遠眺漁火點點的海平面，過了片刻後，姜尋平靜地問：「你所說的山長……就是『她』嗎？」

在姜尋問出這句話的同時，如初與蕭練正在滿天星斗的籠罩之下，沿著山腳下的北海岸漫步。

走著走著，手機忽地噹一聲，如初點開新訊息，瞄了一眼後抬起頭問蕭練：「你眞的沒有信仰？」

「怎麼會想起這件事？」蕭練反問。

他第一次在她面前揭露身分時，曾經這麼告訴過她。

如初舉起手機，答：「我小阿姨傳簡訊提醒我，結婚前一定要問清楚你的信仰。」

她的表情十分之不以爲然，蕭練大笑，問：「妳小阿姨的意見有那麼要緊？」

「一點都不，但是煩啊，而且愛講這講那的又不只她一個。」如初頓了頓，忍不住懷著浪漫情懷問：「如果我不想結婚，只想私奔，你會陪我流浪到天涯海角吧？」

「行，妳要流浪多久？」蕭練反問。

「呃，大概半年左右……」

「然後回家，多提供一個話題供親友詢問？」

如初語塞半晌，喃喃說：「那還是結婚吧，一次性全部解決。」

兩人同時笑出聲，然後並肩繼續往前走。大海就在身邊，腥鹹的氣息撲面而來，漁火在水面上鋪出流動的光與影，伴隨一起一伏的波濤拍擊岸邊，走著走著如初竟不由自主地產生一種幻覺，彷彿天地之間只剩下她與蕭練，而這條路可以不斷走下去，直到世界的盡頭。

「山長鑄造出宵練劍，這一點，無庸置疑。」身旁的他忽地開口，緩緩地這麼說。

如初一下子沒聽清楚，轉頭看向蕭練，只見他眺望著遠方星空，又說：「但蕭練自何而來，將往何處去？我毫無頭緒。」

爲什麼會講到這裡？

如初眨著眼睛想了想，試探地問：「你想說……你是無神論者？」

蕭練收回目光，看向她答：「應該說，我活了這麼久，目睹過奇蹟，卻沒見識過神明。」

「啊，我喜歡這個說法。」

這句話彷彿擊中了記憶深處的某一點。如初打開包包，從夾層裡摸索出那片她一直帶在身邊、卻再也不曾取出來過的青銅樹葉，對蕭練晃了晃，說：「奇蹟。」

「這是什麼？」他眼底浮現困惑。

「你送我的呀，就在保險櫃裡面。」

「初初，我從來沒見過這個東西。」

在琥珀色燈光籠罩下的十三層遺址裡，姜尋與蕭練同樣困惑。

「應如初？」他重複唸了這個名字一遍，然後抬眼問祝九：「她是誰？」

Eurasian Publishing Group
圓神出版事業機構
用心與你對話・視野無限寬廣
圓神出版社
Eurasian Press
www.booklife.com.tw
reader@mail.eurasian.com.tw
圓神文叢 271

劍魂如初3：惟願星辰

作　　者／懷觀
創作統籌／馮勃翰
發 行 人／簡志忠
出 版 者／圓神出版社有限公司
地　　址／台北市南京東路四段50號6樓之1
電　　話／（02）2579-6600・2579-8800・2570-3939
傳　　真／（02）2579-0338・2577-3220・2570-3636
總 編 輯／陳秋月
主　　編／吳靜怡
責任編輯／吳靜怡
校　　對／吳靜怡・林振宏
美術編輯／潘大智
行銷企畫／詹怡慧・朱智琳
印務統籌／劉鳳剛・高榮祥
監　　印／高榮祥
排　　版／陳采淇
經 銷 商／叩應股份有限公司
郵撥帳號／18707239
法律顧問／圓神出版事業機構法律顧問　蕭雄淋律師
印　　刷／祥峰印刷廠
2020年5月 初版

定價 320 元　　ISBN 978-986-133-714-2

許多回憶畫面，在這一瞬間，閃過她眼前——

老街初相識之後，他在公司翻臉不認人；

古鎮上傾心許諾，隨即不告而別……

如今，她即將步上紅毯，而他，將在紅毯的另一端等她。

她跟他，都值得下一個美好的二十年。

——《劍魂如初3：惟願星辰》

國家圖書館出版品預行編目資料

劍魂如初 3：惟願星辰／懷觀 著.

-- 初版. -- 臺北市：圓神，2020.05

368 面；14.8×20.8公分. --（圓神文叢；271）

ISBN 978-986-133-714-2（平裝）

863.57 109001110